A MORTE DE MATUSALÉM

ISAAC BASHEVIS SINGER

A morte de Matusalém
E outros contos

Tradução e glossário
Alexandre Hubner

Companhia Das Letras

Copyright © 1985 by Isaac Bashevis Singer
Publicado mediante acordo com Farrar, Straus and Giroux, LLC, Nova York

Quatro contos foram publicados originalmente na revista *New Yorker*: "Enterro no mar", "Disfarçado", "O amigo da casa" e "O recluso". "A amarga verdade" saiu pela primeira vez na *Playboy*. As outras histórias apareceram primeiro em *Boulevard, Esquire, Harper's, The Miami Herald, Moment, Northeast, Parabola, Partisan Review* e numa edição da Jewish Publication Society.

Grafia atualizada segundo o Acordo Ortográfico da Língua Portuguesa de 1990, que entrou em vigor no Brasil em 2009.

Título original
The death of Methuselah — And other stories

Capa
Mariana Newlands

Imagem de capa
© Jon Hicks/ Corbis (DC)/ LatinStock

Preparação
Leny Cordeiro

Revisão
Veridiana Maenaka
Viviane Teixeira Mendes

Dados Internacionais de Catalogação na Publicação (CIP)
(Câmara Brasileira do Livro, SP, Brasil)

Singer, Isaac Bashevis, 1904-1991
A morte de Matusalém : e outros contos / Isaac Bashevis Singer; tradução e glossário Alexandre Hubner. — São Paulo: Companhia das Letras, 2010.

Título original: The death of Methuselah — And other stories
ISBN 978-85-359-1617-1

1. Contos iidiche I. Título.

10-00947   CDD-839.0933

Índice para catálogo sistemático:
1. Contos : Literatura iidiche   839.0933

[2010]
Todos os direitos desta edição reservados à
EDITORA SCHWARCZ LTDA.
Rua Bandeira Paulista 702 cj. 32
04532-002 — São Paulo — SP
Telefone (11) 3707-3500
Fax (11) 3707-3501
www.companhiadasletras.com.br

Sumário

Nota do autor   7

O judeu da Babilônia   9
O amigo da casa   19
Enterro no mar   29
O recluso   39
Disfarçado   50
O denunciante e o denunciado   61
A cilada   68
O contrabandista   84
Uma vigia no portão   91
A amarga verdade   117
O produtor cultural   126
Logaritmos   140
Presentes   149
Fugindo para lugar nenhum   157
A linha extraviada   168
O hotel   177

Deslumbrado 191
Shabat na Geena 201
O último olhar 208
A morte de Matusalém 220

Glossário 231

Nota do autor

Sempre que começo a ruminar sobre o homem moderno e a decepção que sente com sua cultura, acabo relembrando a história da criação, tal como nos é descrita pelo gênio divino que escreveu o Livro do Gênesis. A própria criação do homem foi uma decepção para Deus. Ele teve de destruir sua obra-prima, que havia se corrompido. Segundo o Talmude e o Midrash, a corrupção era de ordem totalmente sexual. Pouco antes do dilúvio, até os animais tinham um comportamento sexual pervertido — fenômeno que talvez tenha se repetido mais tarde em Sodoma e Gomorra.

Em meu conto "A morte de Matusalém", exploro esse tema. Matusalém, o homem que viveu mais do que qualquer outro ser humano, apaixona-se loucamente por um demônio-fêmea, a que dei o nome de Naamá. Com seu amante Ashiel, Naamá comanda uma conferência de depravados e sádicos provenientes do mundo inteiro. O Mal se tornara a arte maior do homem, sua principal realização. Há, todavia, uma centelha de esperança, pois, com sua arca, Noé, neto de Matusalém, toma a peito a missão de salvar a humanidade da destruição. Ao contrário da maior parte das narrativas que escrevo, esse conto não foi planejado. Quase se escreveu a si mesmo, "automaticamente". Conta para o leitor, e talvez para mim mesmo, a história da arte cósmica e humana. A arte não precisa ser apenas revolta e rancor; também pode ter um potencial construtivo e regenerativo. Também pode tentar, à sua maneira humilde, consertar os erros do construtor eterno a cuja imagem o homem foi criado.

Todas as narrativas incluídas nesta coletânea foram editadas por Robert Giroux, meu amigo e editor de muitos anos. Agradeço imensamente a ele e a todos os tradutores que me ajudaram a preparar este que é meu décimo livro de contos em inglês.

O judeu da Babilônia

O judeu da Babilônia, como era chamado o milagreiro, viajou a noite inteira na carruagem que o levava de Lublin ao vilarejo de Tarnigrod. O cocheiro, um sujeito baixinho e de ombros largos, permaneceu em silêncio durante toda a jornada. Cabeceava de sono e chicoteava o matungo, que andava devagar, passo a passo. A velha égua aprumava as orelhas e olhava para trás com seus olhos grandes, que exprimiam curiosidade humana e refletiam o brilho da lua cheia. Parecia indagar-se sobre aquele passageiro estranho, que trajava um casaco de veludo com forro de pele e tinha um chapéu também de pele na cabeça. Chegou mesmo a franzir o beiço escuro, forjando uma espécie de sorriso equino. O milagreiro estremeceu e murmurou uma fórmula mágica, levando o cocheiro a se dar conta de como seu passageiro era perigoso.

"Anda, égua preguiçosa!"

A carruagem passou por campos arados, montes de feno e um moinho de vento, o qual, girando lentamente, surgia, desaparecia e ressurgia. Seus braços abertos davam a impressão de apontar-lhes o caminho. Uma coruja piou e uma estrela cadente se desprendeu do céu, deixando um rastro ígneo atrás de si. O milagreiro se enrolou em seu xale de lã.

"Ai de mim!", gemeu. "Já não sou páreo para eles." Referia-se aos seres infernais, os demônios aos quais dera combate a vida inteira. Agora que estava velho e fraco, começavam a vingar-se dele.

Chegara à Polônia cerca de quarenta anos antes — um homem alto, magro como um palito, envergando uma túnica comprida, listrada de amarelo e branco, e calçando as sandálias e as meias brancas usadas pelos judeus do Iêmen e de outros países árabes. Dizia chamar-se Kaddish ben Mazliach — um nome estranho — e ter aprendido a arte da clarividência e da cura na Babilônia. Curava a insônia e a demência, exorcizava *dibukim* e sabia como ajudar os homens recém-casados que sofriam de impotência ou que eram alvos de feitiços lançados pelo Mau-Olhado. Possuía também um espelho negro, no qual podiam ser vistos os desaparecidos e os mortos. Vivia como judeu devoto — nem nas noites frias de inverno se esquivava de frequentar as gélidas casas de banhos rituais e jejuava às segundas e quintas-feiras —, porém os rabinos e demais líderes comunitários o evitavam, acusando-o de ser um feiticeiro, um mensageiro do Exército Impuro. Corriam rumores de que tinha uma esposa mal afamada em Roma, exatamente como tivera em seus dias o Falso Messias, o amaldiçoado Sabatai Tzvi. Em toda e qualquer cidade a que chegava, escondiam-se as mulheres grávidas, a fim de que seus olhos não pousassem nelas; e às moças se prescrevia o uso de aventais duplos, um na frente e outro atrás, como forma de proteção. Os pais não deixavam que seus filhos olhassem para ele. Em Lublin, onde após muitos anos de errância Kaddish se instalou na velhice, não o aceitaram no bairro judeu e vetaram sua entrada nas sinagogas e nas casas de estudos, obrigando-o a ir morar na periferia da cidade, num casebre caindo aos pedaços. Sua aparência era deplorável. Tinha um rosto comprido, muito vermelho, e a pele escamosa. A barba desgrenhada voltava-se para todos os lados, como se sob o efeito de um vento incessante. Não abria o olho direito; dizia-se que tinha sido cegado pelo medo. Suas mãos tremiam e, tal qual um bebê recém-nascido, ele não conseguia sustentar a cabeça com firmeza. Eruditos e cabalistas havia muito o advertiam de que estava brincando com fogo e que os poderes do mal não o deixariam escapar facilmente.

Na soturna noite de outono, Kaddish se encolheu no assento da carruagem, ao lado da sombra comprida que viajava com ele, e balbuciou: "Uma seta há de furar seus olhos, Satã, *Kuzu, Bemuchzas, Kuzu*".

Nascido na Terra Santa, filho de um judeu sefardita polígamo e de sua jovem esposa surda-muda, uma tártara convertida ao judaísmo, Kaddish ben Mazliach errara pelo mundo com seus camafeus e fórmulas mágicas. Estivera na Pérsia, na Síria, no Egito e no Marrocos. Vivera em Bagdá e em Bukhara. Curava não somente judeus, mas também árabes e turcos, e, ainda que em Lublin os rabis poloneses o houvessem excomungado e ele fosse tratado como um leproso, continuava a ter poderes de cura e magia. Amealhara ao longo da vida um punhado de diamantes e pérolas, os quais levava num saquinho preso ao pescoço, por baixo da roupa. Nunca perdera a esperança de, ao chegar à velhice, penitenciar-se e regressar à terra de Israel. Porém a sorte nem sempre lhe era favorável. Fora vítima, com alguma frequência, de salteadores que o surravam e levavam seu dinheiro. Casara-se algumas vezes, mas as mulheres tinham medo dele e o forçavam a procurar os rabinos para pedir o divórcio — e ele as deixava.

Justo agora que sua saúde fraquejava, os maus espíritos haviam começado a atormentá-lo, vingando-se de todas as vezes em que ele os sobrepujara com sua magia. Fazia alguns anos que ele não conseguia dormir uma noite inteira em paz. Tão logo cochilava, ouvia risadas femininas e sons de melodias nupciais, entoadas burlescamente por demônios-fêmeas, com um acompanhamento de violinos. Não raro duendes vinham puxar-lhe a barba e os cachos laterais ou bater na vidraça de suas janelas. Em outras ocasiões, faziam troça dele, mudando suas coisas de lugar. Desfiavam seu xale de orações e suas roupas guarnecidas com franjas. Moças nuas e descalças, com tranças que chegavam à cintura, sentavam-se em sua cama e riam, exibindo os dentes brancos no escuro. Roubavam suas moedas de ouro — ele sentia os dedos delas no bolso interno do paletó. Passavam mechas de cabelos em volta de seu pescoço, como se pretendessem estrangulá-lo, choramingando e pedindo tão insistentemente que ele se entregasse a elas que Kaddish chegava a desmaiar.

"Kaddish", diziam, "o Outro Mundo de qualquer forma você já perdeu. Renda-se, venha juntar-se a nós."

Kaddish sabia que havia hordas de *lapiutes* esperando que ele morresse para se apoderar de sua alma pecadora e fazê-la em pedacinhos. Mais de uma vez, ao examinar a inscrição de sua *mezuzá*, verificou que as palavras sacras haviam sido apagadas do pergaminho. Seus livros cabalistas eram roídos por ratos e traças. O couro de seus filactérios rachava e estes se partiam. Conquanto seu casebre na periferia de Lublin fosse aquecido, havia um frio perpétuo no ar, e os cômodos eram escuros como um porão. Para não ser roubado, Kaddish escondia seus pertences em arcas cobertas com peles e reforçadas com cintas de cobre, porém isso de nada adiantava. Nenhuma criada judia se dispunha a trabalhar para ele. A velha faxineira gentia que fazia a limpeza da casa pendurava crucifixos nas paredes e trazia consigo um gato indócil e um cão traiçoeiro. Para não comer nada que não fosse *ko-*

sher, Kaddish preparava ele mesmo as refeições, porém os duendes e diabretes jogavam punhados de sal nos pratos, impedindo-o de levar a comida à boca.

Nos dias santos as coisas ficavam ainda piores. Ao entardecer de sexta-feira, véspera de Shabat, ele cobria a mesa com uma toalha manchada e acendia duas velas espetadas em castiçais foscos, mas elas invariavelmente se apagavam. Sonhava usar o poder da cabala para criar pombos e extrair vinho das paredes, porém nos últimos tempos seus milagres eram cada vez mais raros. Sua memória se deteriorara tanto que ele se esquecia de que não era permitido fazer fogo no Shabat, e punha-se a fumar seu cachimbo. O cachorro rosnava para ele e tentava mordê-lo. Até os coelhinhos que a mulher criava tinham ficado insolentes e subiam em sua cama. Não era de admirar que aceitasse todo e qualquer pedido para realizar magias, curas ou adivinhações, por demorada ou difícil que fosse a viagem.

"Perdido eu já estou. Oxalá possa ao menos salvar uma alma", concluía.

Agora estava a caminho do vilarejo de Tarnigrod, atendendo a uma solicitação do rico *reb* Falik Chaifetz, cuja residência, uma casa construída recentemente, de súbito começara a apodrecer com fungos e tinha cogumelos selvagens brotando nas paredes. Apesar de estar sentado, Kaddish dormitava na carruagem. A cabeça pendia por causa do cansaço, e ele ressonava com um assobio surdo. Quando amanheceu, o céu se incendiou inteiro, e sobre a estrada caiu uma neblina densa, como se eles estivessem se aproximando do mar aberto. O cocheiro agora andava cautelosamente ao lado da carruagem, passo a passo, pois lhe haviam recomendado que não sentasse muito perto do mago. Apenas quando a égua se alvoroçava — empinando e relinchando — era que a chicoteava e repreendia: "Calma, égua velha! Não se meta no que não é chamada!".

* * *

    Kaddish passou o dia inteiro na casa parcialmente desocupada de *reb* Falik Chaifetz, preparando as simpatias e os amuletos necessários à purificação da moléstia que se apossara daquele lar. A umidade nos aposentos era tamanha que as paredes estavam recobertas de manchas amarelas. Kaddish tinha certeza de que havia um mau espírito escondido em algum lugar, quem sabe num lenço com nós de feiticeira ou num camafeu com nomes ímpios ou nos cabelos de um doido. Tão logo entrara na casa, sentira um bafo pestilento. Era evidente que o espírito de um inimigo se alojara ali — dissimulado, obsceno e extremamente perverso. Com uma vela na mão, Kaddish procurara em todos os cantos da casa. Inspecionou a chaminé, o fogão, e cutucou rachaduras e reentrâncias fuliginosas. Subiu a escada em espiral que levava ao sótão e depois desceu até o porão. *Reb* Falik o acompanhou pela casa inteira. Kaddish ateou fogo a todas as teias de aranha, e tarântulas de ventre branco se dispersavam quando seus lábios azulados se punham a murmurar fórmulas mágicas. Ele cuspia em todos os lugares onde o invisível pudesse estar à espreita.
    Era, talvez, sua última e mais decisiva batalha contra os maus espíritos. Se não capitulassem dessa vez, como haveriam de ser expulsos para o deserto, atrás das montanhas negras, para todo o sempre?
    Kaddish chegara clandestinamente a Tarnigrod. Assim ficara ajustado entre ele e *reb* Falik Chaifetz. No entanto, os habitantes do vilarejo tomaram conhecimento de sua vinda. Mesmo antes da chegada do milagreiro, muitos deles se aglomeravam em frente à residência de *reb* Falik. As mulheres, em pequenas rodas, apontavam para Kaddish e cochichavam. Os jovens mais atrevidos subiam nos ombros uns dos outros e tentavam espiar

por entre as lâminas das venezianas cerradas. Alguns camponeses traziam seus aleijados, seus epilépticos, seus loucos e seus coxos. Uma mãe carregava no colo o filho convulsionado, seus olhos revirando nas órbitas. Um pai arrastava atrás de si o filho maluco, preso qual um animal a uma carroça. Uma mulher trazia uma rapariga em cujo rosto despontavam fios de barba.

Reb Falik Chaifetz saiu e alertou as pessoas que ali não se procederia a nenhuma cura. Implorou que fossem embora, porém a aglomeração se tornou ainda maior. Kaddish abriu uma janela no andar de cima, pôs para fora a cabeça despenteada e pediu: "Minha gente! Estou fraco. Não me atormentem". Todavia recebeu os enfermos e aleijados durante todo o dia.

Ele queria partir o quanto antes. Mas quando já caía a noite o sacristão apareceu de supetão e anunciou que o rabino desejava vê-lo. Kaddish foi com ele até a casa do rabi, onde as persianas já tinham sido fechadas. Trajando um roupão preto, o velho rabi tinha o chapéu inclinado na cabeça e uma cinta grossa na cintura. Olhou para o mago com uma expressão feroz, medindo-o dos pés à cabeça, e inquiriu: "É o infame Kaddish ben Mazliach que está diante de mim?".

"Sim, rabi."

"Seu nome, Kaddish, significa sagrado, mas você é impuro e corrupto", bramiu o rabino. "Não pense que o mundo dorme. Você é um feiticeiro que anda com os mortos."

"Não, rabi."

"Não negue." O rabino bateu o pé no chão. "Sei que invoca demônios. Não toleraremos isso em silêncio."

"Eu sei, rabi."

"Lembre-se, ainda vai se arrepender!", esbravejou o rabino, e pegou seu cachimbo comprido como se pretendesse atingir a cabeça de Kaddish. "Vagará por centenas de anos entre demônios e nem no Inferno poderá entrar. O mundo não é só caos!"

Kaddish estremeceu, tentou responder, perdeu a língua. Queria falar da enorme quantidade de pessoas que salvara da morte. Levou a mão ao bolso onde guardava as cartas que recebia de pacientes agradecidos, cartas escritas em hebraico, ladino, árabe e mesmo ídiche, porém não conseguia mover os dedos. Saiu correndo, as pernas bambas, ouvindo vozes e risadas. Não via para onde estava indo.

Decidiu retornar imediatamente a Lublin, porém agora o cocheiro se recusava a levá-lo de volta. Kaddish não teve alternativa senão passar a noite ali, na casa vazia em que permanecera o dia inteiro. A empregada de *reb* Falik Chaifetz levou-lhe lençóis, um castiçal com uma vela grossa, uma chaleira com água quente, pão e uma tigela de *borshtch*.

O judeu da Babilônia tentou comer, mas não conseguia engolir. Parecia-lhe ter a cabeça cheia de areia. Apesar de as janelas estarem fechadas, um vento gelado varria o aposento. A chama da vela bruxuleava e sombras tremulavam nos cantos, rastejando qual serpentes. Escaravelhos grandes e lustrosos se arrastavam pelo chão e sentia-se um cheiro podre no ar. Kaddish deitou-se ainda vestido na cama. Dormitou um pouco e viu-se na cidade cabalista de Sfat. Sua mulher iemenita se ajoelhava diante dele, tirava-lhe as sandálias e lavava-lhe os pés, bebendo a água da bacia em seguida. De súbito ele foi arrancado da cama, como se um terremoto houvesse eclodido. Todas as luzes se apagaram. No escuro, as paredes pareceram expandir-se, e os cômodos começaram a balançar e a se mover de um lado para o outro, como um navio em mar revolto. Figuras barbadas, com chifres e focinhos, empurravam-no, rodando como lobos à sua volta. Morcegos voavam acima de sua cabeça. Tudo rangia e estalava, como se a casa estivesse prestes a vir abaixo. Como sempre fazia quando as criaturas noturnas se apoderavam dele, Kaddish abriu a boca para exorcizá-las, mas pela primeira vez na vida se esquecera de todos os nomes e imprecações. Seu coração parecia ter parado, sentia os pés ficando frios. O saquinho que sempre trazia pendurado ao pescoço foi arrancado, e ele ouviu as moedas de ouro, as pérolas e os diamantes se esparramando pelo chão.

Quando finalmente conseguiu sair para a rua, Tarnigrod parecia adormecida. Uma lua sangrenta cintilava sob a tez das nuvens. Bandos de cães, que dormiam durante o dia e rondavam os açougues à noite, latiam para ele de todos os lados. Kaddish ouvia atrás de si os passos de uma multidão desgovernada. Um vento forte o colheu por baixo do casaco e ele começou a voar. Luzes pareciam acender-se, e ele ouvia músicas, tambores, gargalhadas. Compreendeu que se tratava de um casamento e que ele, Kaddish, era o noivo. Vinham em sua direção, dançando sobre pernas de pau, gritando: "*Mazel tov*, Kaddish!". Era evidente que os maus espíritos o estavam dando em casamento a um demônio-fêmea. Aterrorizado, e reunindo o que restava de suas forças, ele conseguiu exclamar: "Shadai, destrua Satã, Shadai!".

Tentou fugir, porém seus joelhos fraquejaram. Foi cingido por braços compridos, que o beliscavam, puxavam, faziam-lhe cócegas, apertavam-no e o socavam como se ele fosse massa de padeiro. Era o convidado da festa, a razão daquela alegria impura. Agarravam-se a seu pescoço, beijavam-no, acariciavam-no, violentavam-no. Espetavam-no com seus chifres, lambiam-no, afogavam-no em baba e saliva. Uma mulher gigante o estreitou contra seus seios nus, depositou todo o peso de seu corpo sobre ele e suplicou: "Não me envergonhe, Kaddish. Diga: 'Com este anel negro, caso-me contigo, segundo a blasfêmia de Satã e Asmodeu'".

Com os ouvidos ensurdecidos, Kaddish escutava um estardalhaço de vidros se quebrando, pés que batiam no chão, gargalhadas licenciosas e gritinhos estridentes. O esqueleto de uma avó, com pés de ganso, dançava com uma *chalá* trançada nas mãos e dava cambalhotas, pronunciando os nomes de Chavriri, Briri, Ketev-Mriri. Kaddish fechou os olhos e, pela primeira e última vez, soube que era um deles, um consorte de Lilith, a rainha do Abismo.

Pela manhã, encontraram-no morto, deitado de bruços no meio de um descampado, não muito longe do povoado. Tinha a cabeça enterrada na areia, os braços e as pernas estendidos, como se houvesse despencado de grande altura.

O amigo da casa

Estávamos no Café Piccadilly, eu e Max Stein, e falávamos sobre mulheres casadas cujos amantes eram tolerados pelos maridos. "Amigos da casa", era como nos referíamos a esses homens no Clube dos Escritores Ídiches de Varsóvia. Sim, mulheres — sobre o que mais poderíamos falar? Não nos interessávamos por política nem por negócios. Reparei que nas outras mesas os homens liam as notícias do mercado financeiro ou os resultados das corridas de cavalo. As mulheres folheavam revistas ilustradas, com fotos de príncipes, princesas, assassinos, aventureiros, atores de cinema. De quando em quando tiravam batons e espelhinhos da bolsa e besuntavam os lábios já tingidos de vermelho carmim. Por que fazem isso?, indaguei a mim mesmo. A quem pretendem impressionar? Os homens eram todos um tanto idosos, com cabelos grisalhos nas têmporas. Nas raras ocasiões em que tiravam os olhos do jornal, só o faziam para acender um charuto ou para bater com uma colher num copo a fim de pedir a conta ao garçom. Max Stein, um pintor frustrado, tentava fazer um esboço de mim em seu bloco de desenho, porém não estava tendo muito sucesso. Disse: "É impossível desenhar você. Seu rosto muda a todo instante. Agora parece jovem, daqui a pouco está velho. Você tem uns tiques esquisitos. Até seu nariz fica diferente de uma hora para outra. Do que estávamos falando mesmo?".

"Dos amigos da casa."

"Pois é, pois é. Começo a falar uma coisa e logo perco o fio da meada. Às vezes tenho medo de estar ficando senil. Homens que toleram os amigos da casa sabem de tudo. Não se iludem nem por um minuto. É uma necessidade que eles têm. Casam-se num dia e no dia seguinte entra em cena o amigo da casa. A bem da verdade, anteveem sua chegada muito antes do casamento. São homens que morrem de tédio de si mesmos. Tipos assim só deviam se casar com mulheres de temperamento e inclinações semelhantes. Supõe-se que o amor seja um instinto, mas o que é o instinto? O instinto não é cego; e tampouco é o que chamam de inconsciente. O instinto sabe o que quer e é perfeitamente capaz de planejamento e cálculo. Com frequência é astuto e previdente. Schopenhauer insiste bastante na questão da vontade cega. Mas a vontade não tem nada de cega — muito pelo contrário. A inteligência é que é cega. Me dê um cigarro."

"Acabou o maço", disse eu.

"Então espere um minuto." Max Stein foi comprar outro maço de cigarros. Voltou e disse: "Parece que vai chover. Quando eu tinha dezesseis anos, já era o amigo da casa de um sujeito. O nome dele era Feivl, e na época eu ainda era conhecido como Mottele, e não Max. Meus pais eram pobres, mas os do Feivl eram donos de um armarinho na rua Gesia. Ele vivia com o bolso forrado. Namorava uma moça chamada Saltcha, e eu era, digamos assim, o amigo da casa. Todo fim de tarde os dois iam a uma delicatéssen comer salsichas com mostarda e tomar uma caneca de cerveja, sempre insistindo que eu os acompanhasse. Eu perguntava ao Feivl: 'Por que precisam de mim?'. E ele respondia: 'Fico sem jeito quando vamos só eu e a Saltcha. O que há para se dizer a uma moça? Pergunto sobre a casa dela, sobre os pais — isto, aquilo. Mas ela começa na mesma hora a bocejar. Acostumou-se com você. Quando você não pode vir conosco, ela inventa uma desculpa para não ir também. Precisa lavar o cabelo, está com dor de cabeça, seus sapatos de repente ficaram muito apertados, tem alguma tarefa para fazer para a mãe'.

"Aonde quer que fôssemos, íamos sempre em trio. No Shabat, depois do *cholent*, Feivl levava Saltcha ao teatro ídiche, na rua Muranowska, e sempre comprava ingressos para nós três. Eu costumava provocá-lo: 'Você não tem ciúmes?'. E ele respondia: 'Ciúmes? Por quê? A Saltcha gosta da sua companhia. Acha interessante tudo o que você diz. Quando você está conosco, ela fica de ótimo humor. Fala pelos cotovelos, ri, brinca, e é carinhosa comigo também. Sem você, se faz de difícil e não para de pegar no meu pé'. Um dia perguntei: 'Como vai ser quando se casarem?'. E ele: 'Vai ter que nos visitar todos os dias'.

"E assim foi. Saltcha também vinha de uma família rica. O pai lhe deu um dote generoso. Casaram-se no salão Viena e fui o padrinho. Nessa altura eu já tinha começado a pintar, e o Feivl me encomendou um retrato da mulher.

"Mesmo naquele tempo era costume os recém-casados saírem em lua de mel. Por algum motivo, Feivl e Saltcha tiveram de adiar a deles, mas quando finalmente puderam viajar, decidiram ir para Druskieniki — uma estação de veraneio à beira do rio Niemen — e, você não vai acreditar, mas marido e mulher insistiram que eu fosse com eles. Quando soube disso, a mãe da Saltcha fez um escândalo. 'Vocês três ficaram loucos? As pessoas têm olhos grandes e línguas compridas. Vão falar coisas horríveis, e vocês serão motivo de chacota na cidade inteira.' O pai da Saltcha estava ocupado demais com os negócios para se importar com a coisa. Quanto a meus pais, não estavam nem aí. Eu já saíra de casa e eles tinham filhos mais novos com que se preocupar. Éramos muito, muito pobres, e não exatamente carolas. Além do mais, quem se importa com a pureza de um filho homem? Para encurtar a história, Feivl e Saltcha foram para Druskieniki e eu fui com eles. Tire esse sorriso bobo do rosto. Não aconteceu nada do que você está pensando. Pelo menos não nessa altura. Mas eu já beijara Saltcha muitas vezes na presença de Feivl, e ele sempre me dizia para ir em frente. Se nos encontrávamos e eu me esquecia de beijá-la, ele chamava a minha atenção. Espere, vou acender um cigarro."

Max Stein acendeu o cigarro e prosseguiu: "Há homens e mulheres que não sabem o que é ter ciúmes. Precisam repartir seu amor e, além do mais, nunca desconfiam de ninguém. Minha tese é que todo ser humano nasce com suas idiossincrasias e seus caprichos. Quando estava na barriga da mãe, Napoleão já era o que viria a ser, como o eram Casanova, Rasputín, Jack, o Estripador, e também gênios como Shakespeare, Tolstói — todos eles. Pode-se alegar a interferência de outros fatores — o ambiente, a educação, essas palavras que os sociólogos não se cansam de usar —, mas para mim tudo no homem é preconcebido. Por que no inverno a geada forma nas vidraças aqueles desenhos que se parecem tanto com arbustos e flores varridos por um furacão? Por que todo floco de neve é hexagonal? Dizem que as moléculas assumem sempre a mesma configuração. Mas como se lembram de reconstituir a configuração do ano anterior? Medito sobre esses mistérios desde criança. Conforme passavam os anos, eu fazia planos para mim mesmo, porém sempre acabava me tornando o amigo da casa de alguém. Habituei-me tanto às mulheres casadas que, quando uma mulher dizia que era solteira, se tornava *a priori* um tabu para mim. Dá para entender uma coisa dessas?".

"Tudo tem explicação", eu disse.

"E como explica o que acabo de lhe contar?"
"É uma questão de condicionamento."
"Só isso?"
"Se faz questão, podemos dizer que você sofre de algum complexo."
"Bom, e você é um cético", volveu Max Stein. "Na minha idade, isso não é ruim; mas na sua, deve ser evitado. Freud foi, a seu modo, um grande homem. Não é culpa dele que tantos de seus discípulos sejam idiotas. Todo discípulo é idiota. O que eram os seguidores de Tolstói? O que são os marxistas? O que são os hassidim que brigam e se empurram para recolher as migalhas do banquete do rabino? O que são esses supostos artistas que imitam Picasso ou Chagall? Não passam de um rebanho de ovelhas, e há sempre um cão para lhes servir de guia."
"O que aconteceu com o Feivl?", indaguei.
"Nada. Pessoas assim vão levando a vida com paz e sossego. Ele era um chato de galochas e, passado algum tempo, a Saltcha ficou igual a ele. Tiveram seis filhos, e todos saíram ao pai, não à mãe. Quando alguém dizia para se sentarem, eles se sentavam, quando os mandavam deitar-se, deitavam-se. Fizeram o primário e o secundário. Um dos garotos fez faculdade de medicina. Outro se formou advogado. Pura perseverança."

Começou a chover e a trovejar. A noite caiu. A clientela diurna reuniu seus jornais e revistas e partiu. As garçonetes recolheram os cinzeiros e as toalhas de mesa vermelhas, estenderam toalhas brancas e trouxeram a prataria. O café se transformou em restaurante. Eu e Max Stein resolvemos ficar para jantar. Os candelabros de cristal foram acesos e, à sua luz, o rosto de Max Stein se tornou amarelado e seus cabelos, brancos. Ele ajeitou a gravata e disse: "Por que sair nessa chuva e pegar um resfriado?

Não temos mulheres nem filhos. Já que você quer ser escritor, tenho mais histórias para lhe contar do que Xerazade tinha para contar ao sultão. Eu mesmo podia tê-las escrito, mas em vez da pena prefiro o pincel. Além disso, muitas dessas pessoas continuam vivas e acabariam se reconhecendo. Não quero me envolver em escândalos. A uma conclusão eu cheguei: na vida não há regras. Há mulheres bonitas que continuam solteiras até ficar grisalhas e cheias de rugas, ao passo que há feias que agarram maridos ricos e ainda por cima arrumam amantes. Por anos a fio acreditei que uma mulher podia abandonar o marido ou o amante — mas não a ambos. Estava errado. Quando vi isso acontecer, entendi que a compreensão que temos das coisas é sempre precária.

"O sujeito era dentista e tinha um fraco por pintura. Passava o dia inteiro no consultório, obturando dentes. À noite, transformava-se em artista. Queria que eu o ensinasse, mas tudo o que conseguia fazer era imitar os outros. Era casado com uma mulherzinha atraente — Hanka, cerca de doze anos mais nova que ele. Foi sua assistente por algum tempo. Depois, com jeitinho, o convenceu a contratar outra para o lugar dela, e quando ele começou a tomar aulas comigo, também quis ser minha aluna. Para ela as coisas eram mais fáceis. Ele passava o dia inteiro em pé no consultório, enquanto Hanka tinha uma empregada. Os homens são uns covardes; com um sorriso ou um afago, as mulheres arrancam qualquer coisa deles. O que ele sentia por ela não era amor, era adoração. Hanka isto, Hanka aquilo. Estava doido para ouvir de mim que ela tinha talento, e foi o que, para seu próprio bem, acabei dizendo. Hanka se pôs a pintar uma tela abominável após a outra, com as quais cobriu as paredes. Não perdia uma exposição, fosse na Zacheta ou em galerias, e fazia imitações grosseiras de tudo o que via. Lia todos os artigos e matérias que saíam nos jornais e revistas e macaqueava o jargão dos críticos. Cubismo? Sejamos cubistas. Expressionismo? Sejamos expressionistas. Suas cabeças saíam todas quadradas, e os narizes também. Chagall pintava seus judeus e corças em pleno voo, e Hanka o imitava. Pessoas assim são tão ávidas de admiração que não têm vergonha de mendigar elogios, e se os outros não exaltam suas qualidades, elas próprias cuidam de se colocar no céu.

"Comecei a ter um caso com Hanka não porque gostasse dela ou a desejasse sexualmente, mas porque Morris — esse era o nome do dentista — no fundo arquitetou para que ficássemos juntos. Não perdia oportunidade de me dizer como o artista, por ter uma alma tão rica, tão variegada, tem dificuldade em se acostumar com uma pessoa só. Homens assim não são apenas tolerantes; praticamente levam suas parceiras à traição. O que Feivl fazia por ingenuidade, Morris fazia de caso pensado. Queria que eu dormisse com a mulher dele, e conseguiu. Hanka também queria, pois assim ficaria em pé de igualdade com as outras artistas que tinham aventuras. Era a moda entre os pseudoprogressistas. Ela frequentava todas as reuniões, participava das passeatas, e acabou fugindo com um salafrário — um brutamontes do sindicato dos carregadores que andava com um punhal na cintura. Com isso, nem eu nem o Morris contávamos."

"E para onde ela foi?", indaguei.

"Para onde iam todos?", volveu Max Stein. "Para o país do socialismo, o paraíso comunista. A coisa aconteceu da noite para o dia, sem mais aquela. É muito fácil fazer a cabeça de quem tem miolo mole. Hanka pegou suas coisas e deixou uma carta malcriada, dizendo que eu e o Morris éramos fascistas, exploradores, imperialistas, provocadores. Foram para Nieswiez, na fronteira, e entraram clandestinamente na Rússia soviética. Os guardas poloneses não criaram obstáculos. Da recepção que tiveram na Rússia, eu só tive notícias anos mais tarde. Isso foi muito antes de o camarada Stálin dar início aos expurgos e aos processos de

Moscou, mas já naquela altura estavam prendendo todo mundo. Os escravos se ajoelhavam para beijar o chão socialista, e então aparecia um tchekista ou um soldado do Exército Vermelho e dizia: 'Poidióm — venham comigo'. O idealismo é uma coisa bonita, mas a recepção habitualmente concedida aos idealistas era uma estada na cadeia de Liubianka. Segundo me contaram, acabaram sendo todos despachados para a Sibéria."

Seguiu-se um silêncio prolongado, enquanto Max Stein tentava equilibrar um garfo na borda do prato. O garfo caiu, e ele murmurou: "*Nu*".

"E depois, o que aconteceu?", perguntei.

"O que poderia acontecer?", disse Max Stein. "Ficamos surpresos e chocados, mas quanto tempo podem durar a surpresa e o choque? A primeira coisa que Morris fez foi arrancar os quadros de Hanka das paredes e atirá-los no latão de lixo que havia no pátio do edifício. Vi tudo pela janela. Imaginei que alguém fosse recolhê-los, mas aparentemente os outros moradores não se interessavam por cubismo, expressionismo, arte abstrata. Ficaram apenas olhando, perplexos. Morris não teve muito tempo para ficar remoendo as mágoas. Os pacientes tinham consultas marcadas e ele precisava atendê-los. Eu os ouvia perguntar: 'Onde está sua mulher?', e Morris respondia: 'Viajando'. Eu ainda tinha uma sala alugada, a qual chamava de ateliê. Com a partida de Hanka, minha permanência no apartamento de Morris não fazia mais sentido. Falei que era hora de nos despedirmos. Mas ele replicou: 'Não me diga que vai fugir também. Fique'.

"'A troco de quê?', perguntei. 'Para respeitar os trinta dias de luto?' E ele disse: 'Não vou ficar sozinho para sempre. Mais cedo ou mais tarde, encontrarei alguém. Não quero perder vocês dois'.

"Pode parecer brincadeira, mas esperei que Morris se casasse para voltar a ser o amigo da casa. Você ri, não é? Eu também riria. A vida humana não é apenas trágica, mas tremendamente cômica. A sala que eu chamava de ateliê era acanhada e escura. No inverno era gelada. Anos antes eu passara por uma crise espiritual e perdera por completo o desejo de pintar. Nenhuma modelo iria querer posar para mim naquele lugar horrível. Morris tinha um apartamento confortável. Era bem iluminado e aquecido."

"Por que ele não casou com a assistente?", indaguei.

"Pois foi exatamente o que fez", respondeu Max Stein. "Não de imediato. Levou alguns meses para se resolver. Deve ter tentado arrumar uma mulher mais bem-apanhada. Milcha, a assistente, estava longe de ser um mulherão. Viera do interior para completar os estudos em Varsóvia, mas não dispunha de recursos. Tinha feito um curso na Wszechnica, uma universidade popular em que a pessoa podia ingressar sem precisar apresentar nenhum certificado. Vou lhe contar uma coisa que parecerá a mais rematada maluquice. Como Milcha era uma moça solteira, e não a mulher de alguém, ela não despertava a menor atração sobre mim, mas eu sabia que mais cedo ou mais tarde Morris seria obrigado a se casar com ela e aos poucos fui me interessando. Comecei a elogiá-la, enaltecendo uma beleza que não possuía, e me ofereci para dar a ela algumas noções de pintura. Cheguei mesmo a beijá-la na presença do Morris. Quando viu isso, ele me confessou que estava apaixonado por Milcha fazia algum tempo. O amor às vezes é muito prático, dá até para encomendar."

"Quanto tempo ficou com eles?", indaguei.

Max Stein refletiu um pouco. "Alguns anos", disse. "É difícil dar uma resposta precisa. Enquanto estava com eles, tornei-me amigo da casa de outro sujeito. Parecia um estudante de *yeshivá*. Comia numa casa e dormia em outra. Dava para você escrever um livro sobre isso. Especializei-me tanto na coisa que só precisava trocar meia dúzia de palavras com um casal para saber se estavam à procura de um parceiro."

"Esse tipo de gente no fundo é homossexual", comentei.

"Como assim? Isso é só uma palavra, um nome", retorquiu Max Stein. "O que as pessoas realmente são, nem elas próprias sabem. O fato é que todos vivemos uma busca incessante. Ninguém é feliz com o que tem. Um dia depois do casamento, a busca recomeça de ambos os lados, tanto do marido como da mulher. Para mim, essa é a verdade nua e crua."

Enterro no mar

Estavam os três numa cela: Zeinvel, o Mão-Pesada; Koppel, o Ladrão; e Reuven, o Vinte e Um. Passavam a tarde jogando com um baralho de cartas marcadas e ensebadas. Como não tinham dinheiro, apostavam os respectivos narizes e orelhas. O vencedor tinha o direito de puxar a orelha do perdedor ou apertar seu nariz. Se alguém ganhasse mais de dez rublos, podia dar um murro em vez de um beliscão. A aposta mais alta era de vinte e cinco rublos e uma pancada na cabeça, porém a coisa nunca chegava a esse ponto, visto que perder podia ser perigoso. Ao cair da tarde, a gaiola — como os presos se referiam à cadeia — mergulhava na penumbra, pois as barras de ferro das janelas eram cobertas por uma tela de arame muito grossa, e então eles ficavam apenas conversando e contando histórias.

Nesse dia falavam sobre casamento, e Koppel, o Ladrão, um homem com mais de sessenta anos, rosto bexiguento e uma cicatriz na testa — relíquia de uma punhalada —, disse: "Nem todos os homens são iguais. Um sujeito como nós normalmente resolve seu problema com uma dona e depois toma seu rumo.

Quem quer saber de casamento? Isso é para os que andam na linha. Quando trancam um malandro aqui dentro, a mulher dele pode deitar e rolar lá fora. Mesmo que jure fidelidade com a mão sobre a Bíblia, mesmo que venha e traga encomendas todos os dias, mesmo que beije os pés do sujeito, ele não tem como se garantir. O casamento é para nós como o leito de doente para o homem saudável. Em Piask, os bandidos até se casavam, mas a gangue de lá tinha códigos rígidos. Quando os tiras pegavam alguém, os outros faziam tudo o que podiam por ele. Se a mulher pulasse a cerca e engravidasse de outro, estava frita. E faziam o pai do bastardo se arrepender também. Eu sei. Morei sete anos em Piask e só uma vez aconteceu de uma mulher deles chifrar o marido. Houve um julgamento e a fulana foi condenada. Ainda tentou passá-los no papo, mas foram eles que passaram uma corda no pescoço dela.

"Por que estou falando isso? Bandido que tem miolo na cachola passa longe do dossel de núpcias. Mas coisas estranhas acontecem e às vezes acabam muito mal. Isto não aconteceu em Piask, mas em Varsóvia — no bairro de Pociejow. O Wolf Batedor tinha uma birosca lá. O Chazkele Spiegelglass ainda era vivo. Em Pociejow ficavam todos os bordéis. As ruas transbordavam com os capiaus que chegavam do interior. Além da birosca do Wolf, nosso pessoal também frequentava o sopão de uma viúva chamada Sprintze Chodak. Essa Sprintze se mantinha *kosher* e usava peruca. Era esperta nos negócios. Quando o marido morreu, ficaram só ela e uma filha única. O nome da moça era Shifra. O rabo de saia mais bonito que eu já vi na vida. E inteligente que só vendo — não porque tivesse estudo; o que ela sabia tinha aprendido na vida. Falava polonês melhor que os poloneses e russo como uma russa. E o ídiche dela! Que coisa mais linda. Dava vontade de beijar cada palavra que saía daquela boca. Tinha cabelos ruivos, da cor do fogo, e olhos de gato. Seu corpo parecia ter sido esculpido com cinzel. Quem, numa tarde de Shabat, cruzasse com a Shifra na rua e a visse em seu vestidinho justo, um chapéu com penas de avestruz na cabeça, os sapatos de salto alto nos pés, a bolsa numa mão e uma sombrinha na outra, nunca mais a esquecia. Os homens a devoravam com os olhos, mas a Sprintze a protegia como a um tesouro. Antes de ficar viúva, ela e o marido tinham resolvido casar a filha cedo, e a Sprintze já juntara até o dote da moça: dez mil rublos guardados no Banco Imperial de Petersburgo. Os rapazes a paqueravam, mas a Shifra não dava trela. Cuidava da contabilidade para a mãe. Ajudava a comprar comida dos atacadistas. Era um prazer ouvi-la ao telefone. Regateava e brincava com todo mundo. Na época eu tinha só doze anos, mas ficava acordado até altas horas, imaginando fantasias com ela. Quando eu finalmente adormecia, ela vinha e aparecia nos meus sonhos."

"Pare de provocar. Comece logo essa história", queixou-se Reuven, o Vinte e Um.

"Já vai, calma. A história começou quando dois sujeitos ricos se apaixonaram por ela. Um deles foi o Mendele, o filho do nosso senhorio. Estava terminando o colégio e estudava na Filarmônica. Andava sempre com o estojo de violino debaixo do braço. Quando passava na rua, as moças paravam para olhar. Leizer, seu pai, tinha contratado um tutor para ensinar a Guemará para ele. Mendele e Shifra formariam um casal perfeito, mas quando soube que o filho queria pedir a mão dela em casamento, o velho Leizer ficou uma fera e ameaçou deserdá-lo. O pai da Shifra tinha sido cocheiro de uma carroça de carga. A mulher do Leizer dizia: 'Mendele, meu filho, seu casamento será a minha morte'. Mas o rapaz não dava o braço a torcer. Respondia: 'Eu quero me casar com a Shifra, não com o falecido pai dela'.

"O outro que ficou de beiço caído pela Shifra foi um advogado chamado Boris Bundik. Era quinze anos mais velho que o

Mendele. Não morava em Pociejow, e sim na rua Graniczna, mas toda a sua clientela era de Pociejow. Era um homem corpulento, bem-apanhado, muito mais alto que o Mendele, e era amigo de todos os tiras. Tempos depois, soube-se que ele tinha, sabe-se lá onde, uma mulher, mas em Pociejow o sujeito era dado como solteirão. A Sprintze era sua cliente, e volta e meia ele ia beliscar uns petiscos na cozinha dela. Apesar de ser conhecido como sopão dos pobres, o lugar era um restaurante como outro qualquer. Se a pagassem para tanto, a Sprintze cozinharia para um imperador. Logo ficou evidente que Boris Bundik não ia lá para comer, mas com a intenção de olhar para a Shifra. Resumindo, gamou na moça. Queria casar com ela, mas a essa altura ela já estava de rolo com o Mendele. Teve início uma disputa ferrenha, mas parece que a jovem dizia: 'Não sei qual escolher — gosto dos dois'.

"O que vou contar agora só veio à tona mais tarde. Os três falaram muito sobre o assunto, trocando confidências para cá e para lá, até que arquitetaram um plano: como a Shifra gostava dos dois, devia se casar com ambos. Calhou que nessa mesma altura a Sprintze adoeceu: estava com pedras nos rins e precisou ser operada. Depois da cirurgia, foi passar um mês em Otwock para respirar um pouco de ar puro. Shifra ficou encarregada de tudo, da casa e dos negócios. Boris e Mendele iam visitá-la e ficavam com ela até tarde da noite. As pessoas de Pociejow começaram a desconfiar, mas a Shifra não admitia que metessem a colher na vida dela. Se um bêbado fazia uma cena, pegava-o pelo colarinho e o jogava na sarjeta. Bom, e quem ia querer criar caso com Boris Bundik? As pessoas tremiam só de olhar para ele.

"Para encurtar a história: um belo dia, os três — Shifra, Mendele e Boris Bundik — deram no pé. A Sprintze, que já tinha voltado para casa, levantou-se pela manhã e não encontrou a filha. Pôs-se a procurá-la aos berros, parecia uma louca, mas a garota já tinha escapulido. E o Mendele também. Pociejow ficou em polvorosa. A polícia preparou um boletim de ocorrência, mas já não havia o que fazer. No princípio, achamos que ela havia fugido com o Mendele. Mais tarde soubemos que Boris Bundik também desaparecera. O delegado, dizem, emitiu um alerta, informando o desaparecimento dos três e pedindo notícias de seu paradeiro, porém a essa altura eles já tinham cruzado a fronteira."

Koppel fez uma pausa. Limpou a boca na manga da camisa e coçou a cicatriz que tinha na testa.

"Mas que história!", exclamou Zeinvel, o Mão-Pesada. Zeinvel era pequeno e redondo como uma barrica. Chamavam-no de Mão Pesada porque certa feita ele dera um murro numa mesa de carvalho e arrebentara as quatro pernas do móvel.

"Onde eles se casaram? Em Varsóvia?", indagou Reuven, o Vinte e Um. Reuven era o cérebro do grupo. Escrevia as cartas que Koppel e Zeinvel enviavam para amigos e parentes. Começara a carreira no jogo, tapeando os caipiras no vinte e um. Agora cumpria pena por falsificar uma nota promissória.

Os três ficaram alguns instantes em silêncio. Então Koppel prosseguiu: "Tenham um pouco de paciência. Soubemos de tudo meses depois. É verdade, eles se casaram em Varsóvia. Para um rabino, Boris Bundik fez o papel de irmão mais velho da Shifra e Mendele foi o noivo. Para outro, Boris foi o noivo e Mendele o irmão mais novo dela. Um rabi por acaso entende alguma coisa? Por três rublos ele redige um contrato de casamento. Em Varsóvia a pessoa pode casar dez vezes que o galo não canta.

"Por quanto tempo alguém é capaz de ficar arrancando os cabelos, amaldiçoando o dia em que nasceu? Os pais do Mendele tinham outros seis filhos, e netos também. Mendele era o caçula. A Sprintze chorou muito, ficou desesperada, mas num sopão é preciso acordar às cinco da manhã e preparar caldeirões enormes de comida. Contratou uma empregada, uma cozinheira, mas sabem como é: 'Mão de gente estranha só serve para acender o fogo'. Passaram-se semanas. Meses. A viúva foi se consultar com Max Blotnik, um mago que dizia ser capaz de mostrar pessoas desaparecidas num espelho negro — mas era só conversa fiada.

"Um dia, a mãe do Mendele estava no bazar do Ulrich com a criada quando ouviu alguém gritar: 'Mamãe! Mamãe!'. Virou-se e lá estava o filho, pálido como um cadáver, as roupas todas esfarrapadas. Houve um tumulto e ela perguntou com a voz esganiçada: 'Meu Deus! Onde você estava?'. 'Nos Estados Unidos', ele respondeu. 'Foi para os Estados Unidos e voltou?', ela perguntou por cima do vozerio. E ele disse: 'Me deportaram!'.

"Então soubemos o que acontecera: os três haviam cruzado clandestinamente a fronteira com a Prússia e depois foram para Hamburgo. Nenhum deles tinha passaporte, mas, num país estrangeiro, com dinheiro se resolve tudo. O Boris estava cheio da grana, porém o Mendele só podia contar com a mesada que recebia do pai. Deu mal e mal para juntar cem rublos. A Shifra tinha os vestidos dela e um bracelete que acreditava ser de ouro incrustado com diamantes — mas quando o levou a um joalheiro descobriu tratar-se apenas de latão e contas de vidro. Quando Boris Bundik compreendeu que era o homem rico e Mendele, um pobretão, começou a dar mostras das cachorradas de que era capaz. Comprou passagens para Nova York: de primeira para ele e Shifra e de terceira para Mendele. Teria dado tudo certo se ela não tivesse se recusado a ficar longe do Mendele no navio. Fez o maior escarcéu, mas o Boris não se comoveu. Parecia ter mudado de ideia em relação à maluquice toda. Por que iria querer um rapaz como sócio? Esse tipo de despropósito não dura muito. Quando passa a embriaguez, a brincadeira perde a graça.

"Tempos depois, Mendele contou a história inteira para todo mundo. Ele tinha sido instalado num cantinho apertado, entre dois conveses, e então a Shifra saiu da primeira classe e foi visitá-lo. Comeram batatas com casca em salmoura de arenque e ela dormiu com ele num banco duro. Boris Bundik apareceu para levá-la de volta ao camarote de luxo, mas a Shifra disse: 'Já que você é tão egoísta e mesquinho, não o quero para marido. Assim que chegarmos a Nova York, vou me divorciar de você. Quero um só Deus e um só marido'. Nisso os dois homens se atracaram, mas quem disse que o Mendele tinha alguma chance? As mãos de Boris Bundik eram patas de assassino. Com um bofetão, fez Mendele rodopiar três vezes. E avançou sobre a Shifra também. Foi tudo muito rápido. Completamente fora de si, pegou uma faca e a apunhalou no seio esquerdo, bem na altura do coração. Ainda tentaram reanimá-la, mas ela morreu na hora. Dois ou três passageiros mais fortões caíram em cima dele. Derrubaram-no e o espancaram. O capitão logo soube o que estava acontecendo e chegou com sua tripulação. Alguns o aconselharam a enfiar o assassino num saco e atirá-lo ao mar. Outros argumentavam que isso não poderia ser feito sem um julgamento. Um marujo trouxe uma corda e eles amarraram o brutamontes e o levaram para o compartimento de bagagens, no porão — um lugar infestado de ratos. A ordem era que fosse mantido a pão e água. Como os navios não podem transportar cadáveres, enrolaram Shifra num lençol, à guisa de mortalha, e a baixaram ao mar. Um passageiro, judeu religioso, recitou as palavras sagradas e o *kadish*. Passageiros de todas as classes compareceram ao enterro, se é que se podia chamar aquilo de enterro. O Mendele começou a delirar e a bater a cabeça na parede. Ficou todo ensanguentado. Não pôde nem assistir à cerimônia. Levaram-no para a enfermaria, onde havia um médico e um estoque de remédios. Fizeram-lhe curativos e o deitaram num beliche. Sei de tudo isso porque ouvi o Mendele contar a história — não uma, mas várias vezes. Quando melhorou, um dos homens do capitão foi vê-lo e o levou para ser interrogado. Mendele contou tudo exatamente como tinha sido, sem omitir nada. Os dois a amavam e por isso ambos a haviam desposado. Boris também foi ouvido, mas negou tudo. Na versão que contou, ele era o marido de Shifra e Mendele tentara roubar-lhe a mulher.

"Quando o navio atracou nos Estados Unidos, o capitão procurou as autoridades e relatou-lhes a história. Há uma ilha lá, chamada Ellis — a ilha das lágrimas, como era conhecida entre os passageiros —, onde todos os que viajavam de terceira permaneciam detidos. Um médico os examinava, um por um, e quem tinha a vista fraca ou sarna ou qualquer outra coisa era mandado de volta. Os funcionários da ilha falavam tudo quanto era língua — inglês, ídiche, russo, polonês, até chinês — e submeteram Mendele e Boris Bundik a um novo interrogatório. Também ouviram testemunhas. Mendele contou toda a verdade de novo, porém Boris Bundik não teve pejo de mentir para se safar. Só que o pessoal da ilha não era bobo. Encontraram os dois contratos nupciais entre as coisas da Shifra. Num deles estava a assinatura de Boris, no outro, a de Mendele. Após algum tempo, resolveram deportar Mendele para Hamburgo e levar Boris a julgamento lá mesmo. Nos Estados Unidos eles põem o assassino numa cadeira elétrica e o torram até virar carvão. Mendele nunca soube o que aconteceu com o Boris."

"Por que não deixaram o Mendele ficar nos Estados Unidos?", perguntou Zeinvel.

"Porque a bigamia também é proibida lá", respondeu Koppel.

"Ele podia ter dito que era o marido e Boris o amante", volveu Reuven, o Vinte e Um.

Koppel riu e deu uma piscadela. "Primeiro, ele não tinha essa sua cabecinha matreira. Segundo, de que serviriam para ele os Estados Unidos sem a Shifra? Teria de passar muita roupa. Em Varsóvia, ele tinha um pai rico."

"Isso lá é verdade."

"E o que aconteceu com ele? Casou de novo?", indagou Zeinvel.

"Sim, quatro anos depois", respondeu Koppel. "Nos primeiros meses, andava a esmo pelas ruas; parecia um homem sem cabeça. Não queria comer; e a mãe o levava de um médico a outro. Vagava pelas ruas e falava sozinho, como um alienado. A história chegou aos jornais. Não somente aos jornais ídiches como também aos poloneses."

"Chegou a conhecer a segunda esposa dele?", indagou Reuven, o Vinte e Um.

"Conheci. Uma moça de berço, mas não era a Shifra."

"E alguém voltou a ter notícias de Boris Bundik?"

"Sumiu que nem pedra na água."

Fez-se silêncio entre os presos e eles ouviram, do lado de fora, o ruído surdo de um bonde passando sobre os trilhos. O cabo elétrico soltou uma faísca, iluminando a cela por um instante.

"O amor é como a eletricidade", comentou Zeinvel. "Inflama-se por um instante e depois se apaga."

"Que sentido faz casar com dois homens?", questionou Reuven, o Vinte e Um.

"E que sentido fazia antigamente, quando um homem se casava com duas, quatro ou seis mulheres?", redarguiu Koppel. "Os homens empunhavam a pena e faziam as leis conforme lhes convinha. Se um dia as leis forem escritas pelas mulheres, elas tratarão de legalizar o casamento com uma dúzia de maridos."

"Imaginem se uma coisa *meshugga* dessas acontecesse mesmo. Como os homens fariam para saber se são pais dos seus filhos?", perguntou Zeinvel.

"Iam ficar sem saber", respondeu Reuven, o Vinte e Um.

E os três presos caíram na gargalhada ruidosa daqueles que nada têm a perder.

O recluso

A noite de inverno era demorada e fria. Os mendigos e andarilhos que dormiam, estendidos nos bancos da casa de estudos, começaram a se mexer e a acordar. Um suspirava, outro tossia, um terceiro coçava a cabeça. Uma vela comemorativa, espetada num candelabro ao lado da Arca Sagrada, projetava sombras trêmulas nas paredes e no teto.

Ouviram-se passos no vestíbulo e alguém bateu os pés no chão para tirar a neve das botas. A porta se abriu e um homem magro, pálido, coberto de neve entrou. Os mendigos se endireitaram nos bancos.

"Ei, de onde vem você, assim, no meio da noite?", perguntou um deles.

"Estou perdido. Caminhava na direção de Lublin, mas começou a nevar tanto que a estrada ficou obstruída e não pude continuar. É um milagre estar vivo."

"Com uma nevasca assim, é mais que milagre!"

"Terá de recitar a oração de graças no Shabat", advertiu outro.

"Deve estar com fome", comentou um terceiro.

"Antes preciso beber alguma coisa."

O desconhecido tirou o casaco puído e depois outro que vestia por baixo. Ao entrar, tinha a barba branca por causa da neve, mas à medida que a neve derretia a barba ia ficando preta de novo. Não parecia um mendigo ou andarilho típico. Lembrava antes um mercador que houvesse se perdido a caminho de uma feira. Trazia nas mãos uma bolsa e o tipo de cesta usado pelos rapazes das *yeshivot*.

"O que o fez pegar a estrada com um tempo assim?", inquiriu um quarto mendigo. "Não podia ir de trenó?"

"Não esperaram por mim; e por que eu deveria ser puxado por um cavalo, se tenho meus próprios pés?"

"Se está com fome, posso lhe oferecer um resto de carne que uma dona de casa caridosa me deu ontem", disse um dos mendigos.

"Carne? Não. Obrigado."

"Uma fatia de pão?"

"Pão eu aceito. Mas preciso lavar as mãos."

"Tem uma pia no vestíbulo."

"Obrigado. Daqui a pouco."

"Receia que a carne não seja estritamente *kosher*?"

O estranho permaneceu alguns instantes em silêncio, como se ruminasse uma resposta. Então disse: "Para mim, nenhuma carne é *kosher*".

"Nunca come carne?"

"Nunca."

"Como faz no Shabat?"

"O Shabat é um dia de descanso, não um dia de comer carne."

"Que espécie de homem é você? Um recluso?"

"Pode-se dizer que sim."

"*Nu*, então é isso."

Os indigentes murmuraram e sussurraram entre si. Na Lituânia, um recluso não chegava a ser novidade, porém na Polônia eles eram raros. Um dos mendigos indagou: "E vinho, também não bebe?".

"Não."

"Como faz com as quatro taças de vinho que é preciso beber durante o Seder?"

"Essas quatro taças eu bebo."

"O que mais se permite fazer?"

Todos ficaram esperando uma resposta, porém o desconhecido se manteve em silêncio. Pôs-se a andar de um lado para o outro no interior da casa de estudos. Aqueceu uma mão na estufa de barro e foi até as estantes de livros. Tirou um livro da prateleira, deu uma olhada e o recolocou no lugar. Ninguém imaginava que fosse querer entabular uma conversa, mas de repente ele voltou para perto dos mendigos e disse: "Deus Todo-Poderoso nos colocou neste mundo para suportarmos nossos sofrimentos. Não há como escapar deles".

"Quem diz? Os ricos se esbaldam e aproveitam a vida."

"Como assim? Eu era rico", retorquiu o sujeito, "e minha vida não era boa."

"Era doente?"

"Tinha uma saúde de ferro. E ainda tenho, graças a Deus."

"Suas palavras são enigmáticas."

"Amigos, esta noite não dormirei." O desconhecido levantou a voz. "Se têm disposição para ouvir, eu lhes contarei uma história. Prometo não fazer rodeios e ir direto ao ponto. Talvez extraiam daí alguma lição. A menos que prefiram voltar a dormir."

"Não. Ouviremos."

* * *

O desconhecido balbuciou algo consigo mesmo e pareceu hesitar. Tornou a olhar para as estantes de livros, como que esperando por seu conselho ou autorização. Então, sentou-se num dos bancos e começou:

"Nasci na cidade de Radom. Meu pai, que Deus o tenha, era um homem abastado. Não exagero se digo que já menino eu era um erudito, sendo procurado pelos casamenteiros antes mesmo de tornar-me *bar mitzvá*. Casei-me com uma moça da cidade de Pilitz. Meu sogro era rico e quis que eu o ajudasse nos negócios. Como minha mulher era filha única, quando ele morresse — após cento e vinte anos, como dizem —, todo o seu patrimônio ficaria para mim. Não tínhamos filhos, e isso era motivo de grande tristeza para nós, sem dúvida, mas o que fazer? Meu sogro atuava no ramo madeireiro e, para falar com franqueza, revelei-me um negociante impetuoso. Tinha todos os outros negociantes na palma da mão. Se alguém na época houvesse me dito que eu viria a ser o que vocês chamam de recluso, eu teria rido da pessoa. Minha mulher — seu nome era Esther — fazia compras em Radom e às vezes até em Varsóvia, pois Pilitz não passava de um vilarejo. Tinha muitas joias, contava com o auxílio de duas criadas e não raro nos refestelávamos com pombos assados e marzipã em pleno dia de semana.

"Quando o casal não tem filhos, o homem assume o papel da criança. Digo-lhes desde já que eu não era nenhum santo. Sucumbia quase por inteiro às paixões mundanas. Para preservar as aparências, estudava diariamente uma página do Talmude, mas no fundo cedia às minhas vontades. Claro que só ingeria comida *kosher*. Porventura os alimentos não *kosher* são mais saborosos que os *kosher*? Eu tinha principalmente um fraco por uma coisa que não há quem deteste — sabem ao que estou me referindo. Sou um homem de índole fogosa, e não me contentava com uma mulher só. Minha esposa vivia adoentada, e as mulheres, duas semanas por mês, ficam impuras. Eu viajava a negócios e, como acontece nesses casos, costumava voltar para casa justamente em seus dias impuros. Era um suplício para mim. De modo que, quando encontrava uma mulher apetitosa, não resistia à tentação. Sabia que era um pecado capital, mas encontrava toda sorte de desculpas. O Demônio faz muito bem o papel do erudito. Consegue dar às coisas aspectos tão inusitados que comer carne de porco no Yom Kipur se torna uma *mitzvá*.

"Certa noite de verão, eu voltava para casa numa carruagem. Eram dois os passageiros: eu e uma mulher de um vilarejo próximo a Lublin. Seria um despropósito mencionar nomes. A noite era cálida e escura. Ainda por cima, calhou de o cocheiro ser surdo. Enfim, o cenário ideal. Encetei uma conversa com a moça. Seu marido era um homem devoto — atuava como procurador em tribunais rabínicos, contou-me. Em geral eu escolhia uma criada, uma mulher abandonada ou a garçonete de alguma estalagem, porém sempre dava preferência às mulheres casadas. Por algum motivo, dessa vez o Demônio obteve mais do que esperava. 'Baruch', disse-me ele, 'não seja bobo. Ela está madurinha, pedindo para ser colhida. Aproveite, divirta-se.' Cheguei mais perto da mulher, mas ela se fez de desentendida. Elogiei sua beleza e inteligência e outras coisas assim, e então aos poucos ela foi se mostrando mais interessada. Por que perder tempo com rodeios? Pequei com ela naquela noite mesmo, bem ali, no interior da carruagem. A estrada era pedregosa e as rodas trepidavam. Como já disse, a noite estava escura e o cocheiro era surdo como uma porta. Enquanto tudo se desenrolava, era grande a minha perplexidade. Indagava a mim mesmo como a mulher de um homem devoto, a filha judia de um lar respeitável, podia se degradar daquela maneira. Embora na hora tivesse a impressão de estar fazendo o melhor negócio da minha vida, a situação como um todo me inquietava, e o Demônio aparecia para me reconfortar: 'Por acaso o rei Davi recebeu permissão para se casar com Betsabeia? Simplesmente despachou o marido — Urias, o heteu — para a guerra. Nu, e todos aqueles outros dados como santos? São mesmo tão virtuosos assim?'. O Mau Espírito tem resposta para tudo.

"O problema é que, quando dois estranhos se conhecem na estrada e se entregam a uma coisa abominável como essa, invariavelmente sobrevém ao final a vergonha, chegando mesmo a haver certo estranhamento entre eles. Sentei-me num canto e ela em outro. Após alguns instantes, minhas pálpebras ficaram pesadas e adormeci. Em meu sonho, vi um homem. Sua imagem era tão viva que eu parecia estar acordado. Ele era pequeno, tinha uma barba loura, trajava um gabardo de veludo e roupas largas, guarnecidas com franjas, e calçava chinelos como os dos rabinos. Nunca tinha visto aquele homem antes e mesmo no sonho eu sabia que ele me era completamente desconhecido. Reparei que do lado direito de sua testa sobressaía um tumor. Ele chegou bem perto de mim e disse: 'O que você fez, Baruch? Por tais iniquidades, perde-se o Mundo Vindouro'.

"No sonho eu perguntava: 'Quem é você?', e ele respondia: 'Que diferença faz? Os olhos só veem na luz, porém a alma vê também no escuro'. Foram essas as suas palavras. Estremeci e acordei. Sem que eu atinasse a razão, essas palavras provocaram comoção em mim. Ouvi a mulher mexendo na bolsa e perguntei: 'Seu marido a espera em casa?'.

"'Por que quer saber?', questionou ela.

"'Simples curiosidade', respondi.

"'Ouça, meu senhor', disse ela, 'o que passou, passou. O senhor não me conhece e eu não conheço o senhor. E a coisa termina aqui. Logo estarei em casa com meu marido e o senhor voltará para sua casa e para sua esposa. Façamos de conta que nada aconteceu.'

"Eu já ouvira tais vulgaridades de criadas e cozinheiras e outros tipos devassos, mas fiquei chocado ao ouvi-las da boca de uma mulher como aquela. Não falei mais nada. Tornei a baixar a cabeça e peguei no sono. Imediatamente vi o mesmo homem, com a barba loura, o gabardo de veludo e o tumor na testa. Ele esbravejava: 'Você, Baruch, já não faz jus ao seu nome. Baruch significa bendito, mas você é um maldito'.

"Senti um arrepio percorrer meu corpo e acordei suando frio. A mulher também parecia ter adormecido. Disse-lhe alguma coisa, mas ela não respondeu. Exatamente como está escrito no Livro dos Provérbios: Comeu, limpou a boca e disse que não fez nada de errado.

"Ao chegar em casa, eu estava arrasado. Nunca antes sentira raiva das mulheres com que havia tido alguma aventura. Ter raiva por quê? Mas daquela mulher eu sentia repugnância. Alguma coisa queimava dentro de mim e eu não sabia o motivo. Ouvia alguém me recriminando, mas não sabia dizer quem era nem o que estava dizendo. Refleti: Se uma mulher como ela, esposa de um homem culto, é capaz de trair o marido com tamanha indiferença, então nenhum homem pode realmente confiar em sua mulher. Se é assim, trata-se do fim do mundo. Também me ocorreu que ela poderia ter engravidado e, portanto, talvez viesse a dar ao marido um filho bastardo. Eu já não tinha descanso. Receava ter submergido nos Quarenta e Nove Portais da Corrupção. Também comecei a olhar com outros olhos para minha mulher. Quem sabe? Ela parecia debilitada quando estava comigo, mas talvez rejuvenescesse de repente quando eu saía em viagem. Não tive mais sossego, nem naquela noite nem nos dias e noites seguintes. Minha desconfiança assumiu proporções tão absurdas que quando o açougueiro veio a nossa casa e minha mulher comprou dele tripas com patas de vitela eu já suspeitava o pior. Imaginei tê-la visto piscar e fazer um aceno com a cabeça para ele. Passei semanas nesse estado. Em geral, o tempo cura perturbações assim. Porém meu desassossego só fazia aumentar. Estava deixando minha cabeça em pandarecos. Eu receava seriamente estar perdendo o juízo e acabar num asilo de loucos. Pensei em consultar um médico e falar-lhe sobre minha aflição. Comecei a sentir um ódio muito grande da minha esposa, embora no íntimo soubesse que ela era uma mulher honesta e que jamais tivera, nem por um segundo, pensamentos indignos como aqueles. De repente meu amor por ela renascia, assim como meu desejo de vê-la feliz e com saúde. No instante seguinte eu desejava sua morte e imaginava toda sorte de vinganças cruéis. Sempre que a via conversando com um homem, mesmo que fosse apenas o aguadeiro, tinha certeza de que estavam planejando me trair e até mesmo me matar. Para resumir, eu estava à beira da loucura, talvez até do homicídio. Meus bons amigos, não olhem assim para mim. Isso pode acontecer com qualquer um, se a pessoa não refrear os poderes do mal que habitam em todos nós. Basta dar um só passo para longe de Deus e já se está nos domínios de Satã e do Inferno. Não acreditam em mim, não é?"

"Eu acredito, eu acredito", disse um dos mendigos. "Em nossa cidade, um magistrado estrangulou a mulher porque ela sorriu para outro magistrado. Tentou matar o sujeito também, mas ele fugiu."

"Mas esses eram gentios, não judeus", disse outro mendigo. "E não um estudioso da Torá, como parece ser o amigo aqui."

"O Demônio tenta todo mundo", disse um terceiro mendigo. "É capaz de assediar até a mente de um rabino de oitenta anos. Isso eu ouvi de um pregador na cidade de Zamosc."

"Tem razão, é verdade", disse o estranho. "Na época eu não sabia, mas agora sei. Quem me dera tivesse clareza disso na ocasião. Meu sono hoje não seria tão atormentado."

Por um instante, todos permaneceram em silêncio. Os mendigos olhavam uns para os outros e davam de ombros.

"Agora escutem isto", exclamou o desconhecido. "Uma manhã, fui à casa de estudos e vi um homem de barba loura, trajando um gabardo de veludo e com um tumor na testa. A congregação o acolheu muito respeitosamente. Perguntei quem era e disseram-me tratar-se de um procurador que atuava em julgamentos rabínicos em alguma outra cidade. Era como se tivesse levado uma martelada na cabeça. Aquele era o homem do meu sonho. Empalideci e comecei a tremer. As pessoas se aproximavam de mim e indagavam: 'Não está se sentindo bem, Baruch? Qual é o problema?'. Segurei a cabeça entre as mãos e saí correndo da casa de estudos. Fui ter com minha esposa e disse: 'Esther, tome conta de tudo — de todos os negócios. Considere-se viúva'. Ela pensou que eu tinha enlouquecido.

"'O que aconteceu?', perguntou. E eu disse: 'Você é uma boa esposa, mas não mereço ser seu marido'.

"'O que você fez?', indagou ela. Eu queria contar a verdade, mas as palavras não saíam da minha boca. Acontece que ela não estava passando bem naquele dia e eu temia que o que tinha para contar pudesse matá-la. Cometer adultério é uma coisa, matar uma esposa querida é outra. E, de fato, sua aparência indicava que ela seria bem capaz de cair morta. Como eu não podia falar a verdade, tinha de inventar uma mentira: a de que estava com algum problema nos negócios. Ela tentou me consolar. 'É só dinheiro', disse. 'Acalme-se. Para mim, sua saúde é mais importante que todo o dinheiro do mundo.' Naquele instante, compreendi que desconfiar de uma pessoa inocente pode induzir ao pior dos crimes.

"Não preguei os olhos à noite. Desejava pedir a Esther que me perdoasse por ter suspeitado dela, mas então ouvi o Mau Espírito dizer: 'Aquele sujeito, com cuja esposa você pecou, talvez houvesse agido tão covardemente quanto você, se nutrisse alguma desconfiança em relação à mulher. São todas iguais: falsas e infiéis. Antes de o Templo ser destruído, quando um homem era dominado pelo espírito do ciúme, podia conduzir a mulher ao sacerdote e fazê-la beber da água da amargura. E se ela o tivesse realmente traído, seu ventre inchava e sua coxa caía. Nos dias de hoje, porém, elas cedem a todo tipo de desejo lascivo e nenhum galo canta'. Na mesma hora todo o ódio que eu tinha por minha esposa voltou. Senti que precisava deixá-la. E foi o que fiz. Sabia que abandonar uma mulher honesta é a pior coisa que um homem pode fazer. Mas também sabia que havia meios de enviar-lhe a certidão de divórcio e então ela poderia casar-se de novo. E fiz exatamente isso. Dirigi-me a uma cidade distante, solicitei a um escriba que redigisse a certidão de divórcio e enviei o documento por meio de um mensageiro. Eu sabia que permanecer a seu lado seria a morte de ambos, a dela e a minha."

"E nunca voltou?", inquiriu um dos mendigos.

"Nunca."

"Nunca se sentiu tentado a voltar?"

"Sim, e não foi uma, mas milhares de vezes. Mas não podia fazer isso."

"Ela podia estar grávida quando a deixou."

"Eu sabia que não estava."

"Acha certo o que fez?"

"Não. Foi errado, mas já ouvi tantas histórias de traição nesses anos de andanças que minha fé nos seres humanos se extinguiu para sempre. Cheguei à conclusão de que não me restava alternativa senão tornar-me um andarilho sobre a Terra. Além disso, nunca fico mais que um ou dois dias num lugar, para não me apegar a nada nem a ninguém."

"Está sempre fugindo?"

"Não fujo de ninguém, só de mim mesmo. Uma pessoa como eu não deve pertencer a nenhuma comunidade."

"Quanto tempo pretende ficar nesta cidade?"

O desconhecido refletiu alguns instantes. "Já falei demais. Partirei ao amanhecer."

Disfarçado

Quando Temerl se viu sob o dossel de núpcias, decerto não sabia que menos de seis meses depois seria abandonada. Temerl era filha de um homem rico. Pinchos — ou Pinchosl, como seu marido era chamado, graças ao porte apequenado e franzino — era um estudante de *yeshivá* desprovido de recursos. Recebeu do sogro um polpudo dote e o compromisso de ter por dez anos todas as despesas custeadas. Temerl era bonita. Por que alguém iria querer abandoná-la? Contudo Pinchosl partiu alguns meses após o casamento. Colocou sorrateiramente algumas mudas de roupa numa trouxa, pegou seu xale de orações e seus filactérios e deixou a cidade a pé. Conquanto pudesse ter levado o dote inteiro, pegou apenas três moedas de prata.

Não, Pinchosl não era ladrão nem vivia atrás de mulheres. Mal olhou para Temerl ao levantar o véu que cobria o rosto da noiva na noite do casamento. Por que então foi embora? Houve quem pensasse que ele tinha saudades de Komarov, onde fora criado, e sentia muita falta da mãe e do pai. Porém seus pais tampouco receberam notícias suas depois que ele largou a esposa.

Uma pessoa o viu em Zamość, outra em Lublin. E então não se soube mais nada dele. Pinchosl desaparecera.

As pessoas exprimiam toda sorte de opiniões. Quem sabe o rapaz não havia brigado com a esposa? Quem sabe não antipatizava com a cidade em que moravam os parentes da noiva? Quem sabe não desejava pôr um fim ao Exílio judeu e regressar à terra de Israel? Mesmo assim, não precisava ter fugido. Podia ter-se divorciado de Temerl ou, pelo menos, mandado por meio de um mensageiro a certidão de divórcio. Abandonar uma filha judia é um pecado grave, pois a menos que esteja divorciada segundo as leis de Moisés e Israel a mulher não pode se casar novamente.

Temerl acabrunhou-se e chorou. A infelicidade não seria tão grande se ele a houvesse deixado com um filho. Porém só a deixara com dor no coração. As mulheres a interrogavam: "Ele a procurou na cama em suas noites puras?"; "Falava-lhe com delicadeza?"; "Alguma vez o repeliu?". Pelas repostas de Temerl ficou claro que os dois haviam se comportado mais ou menos como marido e mulher.

Até onde a família sabia, na noite anterior a sua partida Pinchosl ficara até tarde na casa de estudos, debruçado sobre um livro talmúdico. Seu semblante não traía nenhum sinal de que estivesse se preparando para fazer algo inusitado. No meio da noite, contudo, enquanto Temerl dormia, ele arrumara a trouxa e saíra de mansinho. Por quê? E para onde tinha ido? Seus pais e seu sogro despacharam mensageiros para procurá-lo nas cidades das redondezas. A família escreveu a rabis e líderes comunitários de toda a Polônia. Mas Pinchosl parecia ter evaporado.

Só havia uma explicação: os demônios o haviam capturado. Mas quando os demônios capturam um homem, ele não é visto em Zamość e em Lublin. Levam-no para trás das montanhas negras, onde nenhuma pessoa anda, gado nenhum pisa. Algumas mulheres diziam à boca pequena que talvez no íntimo Pinchosl nutrisse um sentimento de ódio por Temerl. Mas como alguém poderia odiá-la? Tinha apenas dezessete anos, uma tez sedosa, olhos escuros e membros graciosos, e parecia extremamente dedicada ao marido. Costurara um estojo para seu xale de orações e enviara-lhe, como presente de casamento, um recipiente para *matzot* de veludo, debruado com fios de ouro e com o nome dele bordado com pedrinhas preciosas. Quando Pinchosl se demorava demais na casa de estudos, Temerl mandava a criada ir chamá-lo para o almoço.

Surgiram boatos de que um rapaz que parecia judeu fora visto numa procissão de padres e monges realizada no interior de um mosteiro. Mas estava fora de cogitação que se tratasse de Pinchosl, um jovem instruído, extremamente cioso da lei judaica. Costuma-se dizer que os desígnios do Todo-Poderoso escapam ao nosso entendimento. Todavia os desígnios dos seres humanos às vezes são igualmente insondáveis.

Passaram-se dois anos. Os pais e os sogros de Pinchosl tinham procurado o rapaz em toda parte. Perguntaram por ele em todos os vilarejos e cidades em que um judeu poderia fixar residência. Certo dia, Temerl deixou os pais atônitos com a notícia de que decidira sair pelo mundo em busca do marido. A mãe, Baila, chorou amargamente. Como poderia permitir que a filha de dezenove anos partisse mundo afora? Aonde ela iria? Onde se hospedaria? Apavorava-a a possibilidade de que Temerl tivesse o mesmo destino de Pinchosl. Contudo o pai, *reb* Shlomo Meltzer, pensava diferente. Não era inaudito que uma esposa abandonada saísse à procura do marido. Mais de uma vez acontecera de a mulher finalmente encontrar o esposo e obter dele o divórcio ou então localizar testemunhos de seu falecimento. O que Temerl tinha a perder? Sua vida já estava arruinada mesmo. *Reb* Shlomo deu dinheiro à filha e mandou com ela uma criada para ajudar em todos os seus esforços. A criada, uma viúva, era parente distante de *reb* Shlomo.

Iniciou-se uma longa jornada para Temerl. Suas viagens não obedeciam a nenhum plano específico. Ela seguia toda e qualquer pista. Se lhe falavam de alguma cidade que os mensageiros podiam ter deixado de fora em suas inquirições, Temerl arrumava um transporte e se dirigia para lá. Aonde quer que fosse, procurava o rabino e os líderes da comunidade e visitava a sinagoga e a casa de estudos. Percorria os mercados, as vielas, o asilo de indigentes. Indagava se alguém tinha visto ou ouvido falar de um certo Pinchosl. As pessoas encolhiam os ombros, balançavam negativamente a cabeça. Pinchosl não possuía traços marcantes. Parecia um jovem hasside como outro qualquer. Ao abandoná-la, ainda tinha o rosto imberbe, porém agora devia estar com uma barba rala. Aonde quer que Temerl e sua criada fossem, ouviam sempre o mesmo refrão: "Estão procurando agulha em palheiro".

Passaram-se meses e Temerl dava prosseguimento a suas buscas. Viajando por toda a região de Lublin, alcançando lugarejos cada vez mais remotos no interior da chamada Grande Polônia, acabou amadurecendo antes da hora. Adquiriu o tipo de conhecimento compartilhado por aqueles que se hospedam em estalagens e ouvem toda espécie de conversas. Encontrou outras esposas abandonadas. Os homens realmente desapareciam. Vez por outra, desapareciam também mulheres, porém esses eram casos raros. Temerl viu como era vasto o mundo e como as pessoas podiam ser esquisitas. Cada ser humano cultivava seus desejos, suas maquinações egoístas e, às vezes, suas loucuras. Na cidade de Chełm, conforme lhe contaram, a filha de um judeu rico se apaixonara por um açougueiro que vendia carne suína e convertera-se ao catolicismo. Em Jarosław, um abastado homem de negócios se divorciara para casar com uma prostituta. Em

Lemberg fora preso um charlatão que tinha vinte e quatro famílias em vinte e quatro cidades e vilarejos diferentes. Temerl também ouviu muitas histórias sobre pessoas que haviam sido levadas por duendes, crianças que eram raptadas e escravizadas por ciganos e homens que fugiam para os Estados Unidos, onde, segundo diziam, era noite quando na Polônia era dia e as pessoas andavam de cabeça para baixo. Circulavam também rumores sobre um monstro que nascera com uma barba grisalha e dentes de lobo. Mas por algum motivo Temerl pressentia que Pinchosl não fora capturado por demônios nem se perdera nos distantes Estados Unidos, do outro lado do oceano.

Temerl esteve em todos os povoados judaicos. O dinheiro que o pai lhe dera acabou, porém ela levava suas joias consigo e conseguiu vender algumas. Escrevera para os pais, mas eles não tinham como responder, pois ela nunca ficava muito tempo em determinado lugar. A criada por fim se cansou da peregrinação e voltou para casa. Para Temerl, vaguear de um lado para o outro se tornou um hábito. Numa cidade, viu um rapaz parecido com Pinchosl. Alertou os líderes da comunidade e o sujeito foi levado ao rabino e em seguida ao banho ritual, mas não identificaram em seu corpo as marcas mencionadas na descrição de Temerl. A unha do dedão de seu pé esquerdo não era preta e ele não tinha nenhuma verruga no pescoço. Negou ter nascido em Komarov e jurou que seu nome não era Pinchosl, mas sim Moshe Shmerl. Admitiu ser casado e ter filhos, mas disse que não abandonara a esposa. Pelo contrário. Fora rejeitado pela mulher, pois não conseguia garantir o sustento da família, e então resolvera sair à procura de um emprego de professor. O rabino e os líderes da comunidade acreditaram nele e Temerl foi condenada a pagar uma multa de dezoito *groschen* por lançar suspeitas sobre um inocente e manchar a reputação de um desconhecido.

* * *

Temerl chegou à longínqua Kalisz, e estava passando por um mercado quando seu olhar foi atraído para uma mulher que lhe pareceu extremamente familiar. "Onde foi que vi esse rosto antes?", indagou a si mesma. A mulher comprava ovos numa banca e tinha uma cesta nas mãos, na qual guardava a mercadoria. Nada havia de extraordinário nisso, porém Temerl permanecia ali, boquiaberta, sem conseguir sair do lugar. De repente lhe veio à cabeça quem era a pessoa com que a mulher se assemelhava: ninguém menos que Pinchosl! "Será que estou ficando louca?", perguntou-se com perplexidade. E recordou a multa que recebera por fazer acusações falsas.

Naquele instante, a mulher olhou para Temerl e pareceu ficar tão abalada que deixou cair a cesta, quebrando boa parte dos ovos. Tentou sair correndo, mas o vendedor correu atrás dela, esbravejando por não ter sido pago. A mulher parou e pôs-se a procurar o dinheiro, porém sua mão tremia e as moedas caíram da bolsa. A própria Temerl estava prestes a perder os sentidos, contudo notou que as faces da mulher não eram totalmente lisas — pareciam cobertas por uma penugem, como o princípio de uma barba. Além disso, suas mãos eram grandes demais para uma mulher. Um pensamento doido passou pela cabeça de Temerl: vai ver que é o Pinchosl vestido de mulher. Mas por que um homem sairia pelas ruas se fazendo passar por mulher? A lei mosaica proíbe que um homem se vista com as roupas de uma mulher e vice-versa.

A mulher recolheu as moedas do chão e pagou o vendedor. Então começou a se afastar com passos rápidos. Estava praticamente correndo, e Temerl corria atrás dela, gritando e chamando-a de volta. A mulher parou abruptamente. "Por que está me perseguindo? O que quer de mim?", indagou com a voz de Pinchosl.

"Pinchosl, é você!", exclamou Temerl.

Em vez de negar, a estranha ficou ali parada, lívida e sem fala. Por fim conseguiu romper o mutismo e perguntar — de novo com a voz de Pinchosl: "O que veio fazer em Kalisz?".

"Vim procurar meu marido. E o encontrei!", exclamou Temerl. "Você me largou, me abandonou." Em sua consternação, Temerl foi sacudida por um choro espasmódico.

A mulher a fitou e disse: "Venha comigo", indicando uma viela enlameada, repleta de lixo e poças d'água. Ali, depois de tentar fazer que Temerl se acalmasse, a estranha admitiu: "É verdade, sou eu".

"Por que fugiu? Por que está usando essas roupas de mulher?", gemeu Temerl. "Por acaso enlouqueceu? Foi possuído por um *dibuk*? O que está fazendo neste lugar? E para quem são os ovos? Você é criado ou escravo de alguém? Meus olhos me enganam? Ou estou sonhando? Ou é algum feitiço? Que sina terrível a minha, meu Deus!" Temerl sentia as pernas bambas, estava prestes a desfalecer. Agarrou-se ao ombro de Pinchosl, e de sua garganta saiu um ganido assustador.

Receando chamar atenção e ter uma multidão como testemunha de sua desmoralização, Pinchosl disse de repente: "Sei que ficará escandalizada, mas o fato é que vivo com um homem aqui em Kalisz".

"Um homem?", interpelou Temerl entre um soluço e outro. "Está caçoando de mim? Que brincadeira é essa? Como assim, um homem?"

"É isso mesmo que você ouviu. Um homem. Chama-se Elkonah. Conheci-o há alguns anos numa *yeshivá*. Vivemos juntos aqui, assando *pretzels* para os meninos das *yeshivot*. É assim que nos sustentamos e foi por isso que saí para comprar ovos. Perdoe-me, Temerl, mas eu nunca quis me casar com você. Foram meus pais que me obrigaram. A verdade é essa."

"Com quem você queria se casar?", indagou Temerl.

"Com o Elkonah."

Permaneceram alguns instantes imóveis. Então Pinchosl conseguiu dizer: "Não adianta, preciso confessar toda a verdade".

"Que verdade?", exclamou Temerl. "O que você fez? Não me diga que, Deus o livre, renunciou à sua fé?"

"Não, Temerl. Ainda sou judeu, mas..." Pinchosl gaguejava e tremia. Tornou a deixar a cesta cair, mas não se deu o trabalho de apanhá-la. Ficou ali, diante de Temerl, envergonhado, amedrontado, lívido, mexendo os lábios porém sem conseguir pronunciar nenhuma palavra. Então Temerl o ouviu dizer: "Não sou mais homem — não um homem de verdade, não um homem para você...".

"De que está falando?", perguntou Temerl. "Pegou alguma doença? Algum miserável fez algo que o mutilou? Não importa o que diga, Pinchosl, continuo sendo sua mulher e preciso saber!"

"Não, Temerl, não é isso, mas..."

"Fale claramente!", Temerl também tremia e batia os dentes.

"Venha comigo!", exclamou Pinchosl, num tom em que havia a um só tempo imposição e súplica.

"Para onde?"

"Para a minha casa — quer dizer, a casa em que nós moramos."

"Onde é a sua casa? Quem é 'nós'? Você tem outra mulher?"

"Não, Temerl, mas..."

"Não minta para mim! Eu imploro! Pelo amor de Deus. Ai, que medo!"

Pinchosl partiu na frente e fez sinal para que Temerl o seguisse. Enquanto caminhavam, ele ia dizendo: "Segundo o Talmude, quando um homem é dominado pelo mau espírito e não consegue se libertar de jeito nenhum, deve se vestir de preto e ir para um lugar onde não seja conhecido e fazer o que seu coração deseja. Foi o que fizemos, eu e o Elkonah".

Entraram em outra viela e chegaram a uma casa de péssimo aspecto. Pinchosl instou Temerl a entrar, porém ela se recusou. Ele a puxou pelo braço, mas ela não arredou pé. Após muita hesitação, acabou cedendo. Por sorte, Elkonah não estava. Havia na casa um forno de barro e uma tábua para amassar farinha. O lugar recendia a fermento e lenha. Temerl teve a impressão de reconhecer alguns dos livros de Pinchosl na estante. Uma escada conduzia a um pequeno mezanino onde havia uma cama. Pinchosl ofereceu-lhe uma cadeira. Aquele não era mais o rapaz casto e tímido de que Temerl se lembrava, mas sim um homem mundano que a fazia pensar nos aventureiros descritos nos livros de histórias que ela costumava ler antes de se casar. Pinchosl serviu-lhe um prato de *pretzels* e um copo de água com gás. Desculpava-se repetidamente por seus pecados e pelo sofrimento que havia causado a ela e a seus pais. Chegou mesmo a gracejar e a sorrir — algo que nunca fazia no passado. Temerl pegou-se dizendo: "Já que parece deplorar os pecados que cometeu, você poderia, quem sabe, penitenciar-se e voltar para Deus e até para mim".

"É tarde demais para isso", respondeu Pinchosl. "Posso lamentar, mas não me arrepender. Quem cai em nossa teia nunca escapa." E citou o Livro dos Provérbios: "Os que ali entram não retornam, não alcançam as sendas da vida".

Apesar de escandalizada, Temerl ouviu até o final. Então declarou que só um ato podia redimi-lo: conceder-lhe o divórcio e libertá-la o mais rápido possível. Pinchosl concordou de pronto, mas disse que o divórcio não poderia ser feito em Kalisz, onde o tinham na conta de esposa de Elkonah. "Não custava você ter se encarregado disso tão logo me deixou", censurou-o Temerl. "Teria me poupado todo esse martírio."

"Sabemos que seremos castigados e estamos preparados para arder na Geena", disse Pinchosl. "As paixões também ardem.

São a Geena na Terra, possivelmente o próprio Portal do Inferno. Enquanto isso, tomemos um copo de chá juntos."

Temerl não conseguia acreditar em seus olhos. Pinchosl serviu-lhe chá com geleia. E ficaram ali sentados, tomando chá como duas irmãs. Pinchosl ia dizendo: "Meus pais tinham esperança de que eu e você lhes déssemos netos, mas certamente os repudiariam se fossem gerados por um pária como eu, sujeito a ser excomungado pelos judeus e enforcado pelos gentios. Porém você logo se casará de novo, Temerl, e então dará a seus pais toda a alegria que eles anseiam. Desde já lhe desejo boa sorte".

"Você é um louco varrido, mas obrigada mesmo assim", volveu Temerl.

Naquele fim de tarde, quando Elkonah chegou em casa — um homem alto, bem-apessoado, trajando um casaco curto e um colete de seda, os cachos laterais pretos formando pequenos caracóis —, eles o puseram a par de tudo. Se Pinchosl ainda falava com o recato de um judeu, Elkonah deu mostras de ser como aqueles em que, segundo o Talmude, a libertinagem é movida a rancor. Negou a existência de Deus, da Providência e da santidade da Torá. Foi atrevido o bastante para sugerir que Temerl aceitasse a certidão de divórcio dele próprio, Elkonah, a fim de poupar a Pinchosl uma viagem dispendiosa.

Temerl indagou a Elkonah: "Você não teme nem um pouco a Deus?".

Ao que ele respondeu: "Tudo o que peço a Pinchosl é que ele volte logo e continue a fazer *pretzels* para os meninos das *yeshivot* — alguns dos quais já consegui seduzir". E deu uma piscadela e riu.

Algumas semanas mais tarde, quando Baila estava na cozinha com sua criada, depenando gansos para fazer um colchão de penas, a porta se abriu e Temerl entrou. Um vento gélido sacudiu as persianas. Baila deu um grito exaltado de alegria e se levantou de um salto do banquinho, deixando cair todas as penas que tinha no colo. A criada ficou sem fala. Antes mesmo que Baila pudesse abraçar e beijar a filha, Temerl anunciou: "*Mazel tov!* Eis minha certidão de divórcio, redigida por um escriba-mestre e assinada por duas testemunhas *kosher*".

Isso foi praticamente tudo o que ela pôde contar naquele dia e também nos dias, semanas, meses e mesmo anos que se seguiram. Sobre a verdadeira história e todas as suas peculiaridades, Temerl não podia falar, pois Pinchosl a fizera jurar — por Deus, pelo Pentateuco, pela vida de seu pai e de sua mãe e por tudo o que lhe fosse sagrado — não revelar nenhum detalhe enquanto vivesse. Só podia contar que encontrara o marido e obtivera dele o divórcio. A história integral foi relatada a um rabino e aos líderes da irmandade funerária muitos anos depois, quando Temerl jazia em seu leito de morte e recitava sua confissão, rodeada por filhos, filhas e netos, bem como amigos e admiradores da região, onde ela viveu até uma idade avançada.

"Foram muitos os apelos e tentações para que eu quebrasse meu voto de silêncio", dizia Temerl, "mas, graças a Deus, mantive os lábios cerrados até hoje. Agora, após todos esses anos, estou livre e pronta para contar a história inteira, já que o lugar para onde estou indo se chama Mundo da Verdade."

Temerl fechou os olhos. As mulheres da irmandade funerária já haviam preparado a pena que deve ser colocada sob a narina com o intuito de verificar se a pessoa ainda respira. Subitamente, Temerl abriu os olhos e sorriu, como às vezes fazem os moribundos, e então disse: "Quem sabe? Pode ser que eu encontre de novo aquele doido na Geena".

O denunciante e o denunciado

Ambos estão num mundo melhor, de modo que posso me permitir contar esta história. Conheci um deles, o denunciado, em Nova York. Entre os idichistas são raros os místicos. Numerosos são os esquerdistas ou ex-esquerdistas. Os escritores idichistas (e, de uma forma ou de outra, quase todo idichista é escritor) têm forte preocupação social. Contudo, o interesse de Schikl Gorlitz, como o chamarei aqui, convergia para a cabala e também para a sabedoria que vem da Índia. Ele traduziu para o ídiche o *Bhagavad-Gita* e o *Dhammapada*. Pretendia traduzir também o *Zohar*, *A árvore da vida*, do rabi Isaac Luria, e *Pomar das romãs*, do rabi Moisés de Córdoba. Ao que me constava, Gorlitz vivia só. Como ganhava a vida, é algo que até hoje não sei — certamente não com seus livros, cuja publicação era financiada pelo próprio autor. Muitos ele nem vendia, dava-os de presente. Possivelmente herdara algum dinheiro.

Schikl Gorlitz nunca frequentou a cafeteria literária. Não era de ficar se lamentando. Baixinho e franzino, sua fisionomia não oferecia indícios que permitissem adivinhar quantos anos tinha. Podia ter qualquer idade entre cinquenta e setenta. Notava-se uma serenidade em sua pessoa, um ar de espiritualidade, de alguém que vê na religião, na filosofia e na contemplação a própria essência da existência.

Sim, Schikl Gorlitz devia ter algum dinheiro, porque costumava fazer viagens demoradas, na maior parte das vezes com destino à Índia. Certa feita me transmitiu os cumprimentos de um homem de quem eu nunca ouvira falar, um sujeito famoso na Índia. Seu nome era Rajagopalachari; tinha sido amigo íntimo do mahatma Gandhi e ministro do Interior no governo indiano. Traduzira meu conto "Fogo" para o tâmil.

O outro protagonista da minha história, o denunciante, era conhecido como jornalista de viagens. Travei relações com ele nos anos 50, em Buenos Aires. Aqui o chamarei de David Karbinsky. Suas viagens se concentravam na América do Sul, e os relatos que escrevia sobre estas eram publicados na imprensa ídiche e posteriormente reunidos em livro. Era um escritor talentoso e cheguei a fazer uma resenha favorável de sua obra para o *Jewish Daily Forward*. Ele me respondeu com uma comprida carta de agradecimento, à qual não faltavam as habituais queixas sobre editores, críticos e até leitores.

Quando o conheci, David Karbinsky estava na casa dos setenta anos. Era um homem alto e parecia admiravelmente forte e saudável para a idade. As narrativas que escrevia, falando das florestas pelas quais viajava, das diversas tribos de índios com as quais convivia por algum tempo e dos judeus que encontrava nos lugares mais inusitados, essas narrativas me fascinavam. Não sei de onde tirava dinheiro para bancar suas expedições, pois os jornais ídiches não reembolsam seus articulistas por despesas com esse tipo de viagem prolongada. Eu sabia que Karbinsky tinha filhos já casados, e talvez eles o ajudassem financeiramente; também era possível que tivesse feito um pé-de-meia quando jovem. Certa vez, na Argentina, Karbinsky me presenteou com um couro de cobra gigantesco. Eu nunca soube que cobra era aquela. É possível que tenha dito o nome quando me deu o presente, mas o apaguei da memória. Mantive por muitos anos esse couro de cobra em meu guarda-roupa, em Nova York, mas um dia a faxineira achou por bem jogá-lo fora. Estava soltando muitas escamas. Nunca fui um colecionador, e muito menos de couros de cobra.

O leitor me permite uma digressão? Conheci um terceiro idichista afeito a viagens, um sujeito que andava à procura de um território para os amantes do idioma ídiche. Tinha a esperança de que em algum lugar da África ou da América do Sul encontraria um país disposto a doar uma vasta porção de terra para os idichistas que desejassem terminar seus dias em companhia integral da língua materna. Claro que se tratava de um capricho sem pé nem cabeça, pois não existem idichistas tão fervorosos assim. No final do século passado, muitos sionistas achavam que, se o sultão turco não autorizasse a criação de um assentamento judaico na Palestina, a alternativa seria tentar encontrar outro lugar. O fato é que os turcos realmente não permitiram o assentamento e o dr. Theodor Herzl, o fundador do sionismo, pensou ter encontrado um território em Uganda. Sionistas do mundo todo se dividiram em "sionistas de Sião" e "sionistas de Uganda". É sabido que Theodor Herzl morreu ugandista, e alguns de seus antigos discípulos o tachavam de traidor da causa.

Se menciono esses projetos territoriais, faço-o porque em minhas conversas com David Karbinsky comecei a desconfiar de que também ele estava à procura de um território para os judeus. Penso sinceramente que todo viajante idichista é possuído por um *dibuk* territorial. Se um dia houver um astronauta ídiche e ele for para Marte, aposto que tentará achar um pedaço de terra para os idichistas naquele planeta.

Mas voltemos à nossa história. Quem era o denunciante e quem era o denunciado?

O denunciante era David Karbinsky e o denunciado era Schikl Gorlitz.

Um dia, ao regressar à Argentina após uma longa viagem pela América do Sul, David Karbinsky fez uma denúncia que abalou os pilares do idichismo. Convocou uma coletiva de imprensa em Buenos Aires e contou aos jornalistas que quando estava em Lima, capital do Peru, assistiu a uma enorme procissão católica. Era Sexta-Feira Santa e centenas de padres e freiras e outros católicos devotos marchavam pelas ruas, carregando cruzes, imagens de santos e apóstolos, entoando liturgias religiosas. Havia entre os padres um sujeito que pareceu muito familiar a Karbinsky. Era baixo, um pouco curvado e trajava vestes sacerdotais escuras, porém Karbinsky estava certo de já o ter visto em algum lugar, talvez na cafeteria literária da East Broadway, em Nova York. O sujeito participava da salmodia, e Karbinsky tinha certeza de que já ouvira aquela voz antes. Resolveu acompanhar a procissão, mantendo os olhos fixos na figura diminuta do padre, que lhe parecia não apenas familiar, como o típico judeu do Leste Europeu. De repente Karbinsky teve uma luz. O padre era Schikl Gorlitz, o tradutor do *Bhagavad-Gita*, o estudioso da cabala que pretendia traduzir o *Zohar* e outras obras cabalistas para o ídiche. Karbinsky chamou-o pelo nome: "Schikl, Schikl Gorlitz". O padrezinho virou a cabeça, mas aparentemente decidiu ignorar o chamado e prosseguiu em sua marcha. David Karbinsky não pôde seguir a procissão por muito mais tempo. Milhares de espectadores tomavam as ruas. Ele não podia se lançar no meio da multidão para questionar um dos padres sobre sua identidade. Teve de deixar a procissão passar, porém continuou convencido de que o padre franzino de olhos escuros e rosto de professor de *yeshivá* era, sem sombra de dúvida, Schikl Gorlitz.

Quando os jornalistas da imprensa ídiche argentina ouviram aquela estranha denúncia, não acreditaram que houvesse nela um único pingo de verdade. Por que um escritor ídiche de Nova York iria bancar o charlatão? E quem alguma vez ouvira dizer que Schikl Gorlitz conhecia a América do Sul e falava espanhol? Todos eram da mesma opinião: às vezes há pessoas que se parecem muito. Mas David Karbinsky se recusou a dar o caso por encerrado. Pesquisou um pouco e descobriu que Schikl Gorlitz havia estado, sim, e mais de uma vez, na América do Sul. Também traduzira um apanhado de poesia sacra do espanhol para o ídiche.

Na ocasião em que essas notícias vieram a público, Schikl Gorlitz estava fazendo uma de suas viagens. Ao retornar a Nova York e tomar conhecimento da acusação estapafúrdia, negou-a categoricamente. Era o budismo que o interessava, não o catolicismo. Admitiu ter feito algumas viagens à América do Sul, mas entre fazer uma viagem e ser um padre no Peru havia uma grande distância. Parecia-lhe que David Karbinsky estava com um parafuso a menos — ou então resolvera arruinar sua reputação. Mas o que David Karbinsky teria contra ele? Não existia competição profissional entre eles. Schikl Gorlitz jurava não fazer a menor ideia de qual poderia ser a motivação de Karbinsky.

Quero deixar registrado aqui que, se alguém com disposição houvesse tomado a peito a tarefa de investigar a questão, a verdade não tardaria a ser estabelecida. O clero católico peruano decerto estava a par de quem integrava suas paróquias. Além disso, Schikl Gorlitz não poderia ter viajado sem um passaporte, em cujas páginas frequentemente são carimbados vistos e datas.

Ele pertencia à Peretz Verein, a união de escritores ídiches dos Estados Unidos, que não teria dificuldade em contatar o clero peruano para esclarecer a situação. Contudo Schikl Gorlitz não era pessoa de mover mundos e fundos para livrar o nome de uma acusação como aquela. Sofreu o vexame em silêncio. Tinham-no acusado de charlatão, sem dúvida, mas ele provavelmente achava que as falsas acusações, a humilhação e as calúnias faziam parte do carma do homem. Negou a acusação uma vez e retomou seu trabalho. Como qualquer outra pessoa, rica ou pobre, Schikl Gorlitz talvez tivesse inimigos, porém não fez nenhuma outra tentativa para negar sua culpa. Se não estou enganado, morreu pouco tempo depois. É bem possível que essa questão ignóbil tenha causado sua morte. David Karbinsky viveu mais dois ou três anos. Schikl Gorlitz deixou este mundo tão discretamente quanto nele vivera. Se deixou manuscritos, aposto que o gerente da pensão imunda em que vivia os atirou no lixo, juntamente com seus outros dois ou três pertences. Como David Karbinsky foi capaz de fazer tão séria acusação sem tentar por todos os meios descobrir a verdade é algo que até hoje me foge à compreensão.

A força da desconfiança é tão sinistra que não há como erradicá-la em definitivo, mesmo em se tratando de uma suspeita absurda e injusta. Eu próprio às vezes brinco com a ideia de que, quem sabe, talvez Schikl Gorlitz fosse o que o professor Mac-Dougal chama de personalidade múltipla. Vai ver que era um escritor ídiche em Nova York, um budista na Índia e um padre católico no Peru. Talvez acreditasse não haver diferença essencial entre esses três credos. Possivelmente havia uma mulher (ou duas ou mesmo três) envolvida nessas estranhas complicações. Talvez ele pertencesse a um grupo de pessoas que tinha como objetivo unir todas as religiões numa única religião mundial. Ao longo de minha vida tantas coisas impossíveis se tornaram possíveis que achei por bem abolir a palavra "impossível" do meu vocabulário. Sou até capaz de acreditar que Schikl Gorlitz e David Karbinsky se reencontraram nas esferas celestiais e que lá um tribunal de justiça cuidou de fazer a verdade emergir clara e indiscutível. Em algum lugar do universo a verdade tem de ser afirmada. De uma coisa estou convencido: aqui na Terra, a justiça e a verdade estão eterna e totalmente fora do nosso alcance.

A cilada

"Eu bem que tentei escrever", disse a mulher, "mas não sou escritora. E mesmo que fosse, não conseguiria escrever esta história. Tão logo começo — e não foram poucas as vezes que o fiz — minha caneta-tinteiro borra todo o papel. Nunca aprendi datilografia. Por causa da maneira como fui criada, não tenho nenhuma habilidade técnica. Não sei dirigir. Não sei trocar um fusível. Até encontrar o canal certo no aparelho de televisão é um problema para mim."

A mulher que me disse isso tinha cabelos brancos e um rosto jovem, sem rugas. Eu colocara suas muletas num canto. Ela estava em meu apartamento, sentada na poltrona que algum tempo antes eu comprara num antiquário.

Disse ela: "Meu pai e minha mãe vinham de famílias ricas. A bem da verdade, meu avô materno era um milionário na Alemanha. Perdeu tudo com a inflação depois da Primeira Guerra. Teve sorte: morreu em Berlim bem antes de Hitler chegar ao poder. Meu pai nasceu na Alsácia. Por algum motivo, sempre me aconselhou a manter distância dos judeus vindos da Rússia.

Costumava dizer que não eram honestos e que eram todos comunistas. Se tivesse vivido o bastante para conhecer meu marido, ficaria espantado. Nunca vi ninguém que odiasse tanto o comunismo. Chamava-se Boris. Teimava em afirmar que Roosevelt era um bolchevique disfarçado, que tinha um pacto com Stálin e que acabaria entregando metade da Europa e até os Estados Unidos para os soviéticos. O pai do Boris era russo, cristão devoto e eslavófilo. Sua mulher, a mãe do Boris, era judia. Tinha nacionalidade húngara. Não cheguei a conhecê-la. Dona de uma beleza clássica, era totalmente excêntrica. Em seus últimos anos, marido e mulher não se falavam. Quando queriam se comunicar, trocavam bilhetes por meio da empregada. Mas não quero aborrecer o senhor com esses pormenores. Irei direto ao ponto.

"Conheci o Boris em 1938, num hotel de Lake Placid, nas Adirondacks. Meu pai morrera em Dachau, para onde os nazistas o haviam levado. O desgosto deixou minha mãe mentalmente abalada, e ela acabou sendo internada num hospício. Boris estava hospedado no hotel em que eu trabalhava como camareira. Eu chegara da Alemanha sem um tostão no bolso e esse foi o único emprego que consegui arrumar. Quem nos serviu de casamenteiro foi o romance *Os Buddenbrook*, de Thomas Mann. Eu estava arrumando o quarto do Boris e dei com o livro em cima da mesa. Era apaixonada por aquele livro. Deixei os lençóis momentaneamente de lado e me pus a folheá-lo. De repente a porta se abriu e Boris entrou. Era doze anos mais velho que eu. Eu tinha vinte e quatro, e ele trinta e seis. Não vou me vangloriar da minha beleza. O que o senhor vê agora é uma ruína. A mulher à sua frente passou por cinco cirurgias. Numa delas cheguei de fato a morrer. Parei de respirar algumas horas após a cirurgia, e a enfermeira da noite veio e sem a menor cerimônia cobriu meu rosto com um lençol. Não ria, não. Foram os momentos mais felizes de que me lembro. Se a morte é uma experiência tão maravilhosa quanto foram aqueles poucos minutos, não há por que ter medo dela."

"Como a reanimaram?", indaguei.

"Ah, a enfermeira de repente achou melhor avisar o cirurgião. Os médicos vieram correndo e me devolveram à vida. A esta vida miserável! Mas a infelicidade mesmo veio depois. Não consigo contar as coisas em ordem cronológica. Não tenho noção de tempo e acabo embaralhando na memória a ordem dos acontecimentos. O senhor pode me trazer um copo d'água?"

"Claro, é para já."

Trouxe um copo d'água para a mulher e disse: "Esqueci de perguntar seu nome. É segredo?".

"De forma alguma. Chamo-me Regina Kozlov. Kozlov é do meu marido. Meu nome de solteira é Wertheim. Vou tentar abreviar minha história ao máximo.

"Estávamos no quarto do hotel e falávamos das qualidades de Thomas Mann. Boris era alto, de porte aprumado, um homem bonito; bonito demais, talvez. Disse-lhe que ele podia ter sido ator de cinema, mas já naquela altura havia em seus olhos algo que me assustava. Não tinham uma cor só; eram uma mistura de azul, verde e até violeta. Traíam uma espécie de obstinação, intransigência, fanatismo. Por que me alongar? Foi, como dizem, amor à primeira vista, e nos casamos lá mesmo, em Lake Placid, duas semanas depois.

"Não tínhamos parentes próximos nos Estados Unidos. Boris contou que tinha uma irmã em Londres, casada com um aristocrata inglês, um sir ou lorde qualquer. Mas e eu com isso? Estava sozinha no mundo, completamente desprovida de recursos, quando, sem mais nem menos, cai no meu colo um marido, um homem formado em Direito pela Universidade de Varsóvia. Segundo me disse, faltava-lhe paciência para se submeter ao exame que lhe permitiria praticar a advocacia nos Estados Unidos, por isso ganhava a vida fazendo negócios. 'Que tipo de negócios?', perguntei, e ele respondeu: 'Invisto em ações e outros papéis'. Depois do *crash* de Wall Street, a maioria das ações despencou e perdeu quase todo o valor, mas no fim dos anos 30 o mercado começou a subir. Boris chegara aos Estados Unidos com bastante dinheiro e em cerca de cinco anos conseguira duplicar ou triplicar seu capital. Comprara por uma bagatela um prédio inteiro em Nova York e obtivera um lucro fabuloso ao vendê-lo mais tarde. Tinha um apartamento em Brooklyn Heights, ações e títulos que deviam valer meio milhão de dólares, e só o que lhe faltava era uma esposa. 'Como se explica que nenhuma garota o tenha fisgado até agora?', perguntei, e ele respondeu que muitas haviam tentado, mas nenhuma o agradara. E acrescentou: 'Sou um homem sério e o casamento para mim é uma instituição séria. O que eu quero numa mulher é beleza física e espiritual, além de sólidos valores morais. Basta eu olhar uma pessoa por alguns instantes para enxergar todos os seus defeitos, não apenas os que a prejudicam naquele momento como os que podem vir a afetá-la um dia'.

"Pelo que o Boris dizia, no mínimo eu era um anjo, se não uma deusa, e ele tinha visto isso assim que pôs os olhos em mim. E de fato começou a falar em casamento tão logo entrou no quarto que eu devia estar arrumando. Resumindo, um dia eu era camareira e poucos dias depois estava noiva e prestes a tornar-me a senhora Kozlov. O hotel estava repleto de judeus alemães. O anúncio do noivado os deixou em polvorosa. Não estavam habituados a decisões tão súbitas. As mães das moças casadouras espumavam de inveja. Preciso contar um episódio engraçado: no primeiro ou segundo dia, Boris me perguntou se eu era virgem, e eu disse que sim, o que era verdade. E acrescentei em tom de brincadeira: 'Sou uma virgem com certidão'. Quando pronunciei essas palavras, ele ficou tenso, assustado. 'Certidão? Assinada por quem?', quis saber. 'Um médico? Que médico? Aqui dos Estados Unidos?' Assegurei-lhe várias vezes de que estava apenas brincando. 'Certidão' é uma expressão ídiche que significa cem por cento. Mas era evidente que o Boris não tinha o menor senso de humor. Levei bastante tempo para sossegá-lo. E percebi que não se podia brincar com ele. Se houvesse uma espécie de pós-graduação em sisudez, Boris seria aprovado com louvor e distinção. Nosso casamento foi celebrado por um juiz de paz em Lake Placid e, tirando os dois funcionários da prefeitura que serviram de testemunhas, ninguém mais participou da cerimônia. Boris tinha uma irmã em Londres, mas até onde eu sabia, não a informara de nosso casamento. Passado algum tempo, fomos para Nova York, e toda a minha bagagem se resumia a uma mala de mão. Boris morava num apartamento pequeno, num prédio sem elevador: dois cômodos espaçosos, parcamente mobiliados, uma cozinha e um quartinho que ele chamava de escritório. Pode parecer cômico, mas ele tinha uma cama estreita, um prato, uma colher, uma faca e um copo. Perguntei como fazia quando recebia visitas, e ele respondeu: 'Nunca recebo ninguém'. Insisti: 'E os seus amigos?', e ele disse: 'Não tenho amigos. Meu único amigo é o meu corretor'. Não demorei a me dar conta de que havia casado com um homem patologicamente rigoroso. Ele tinha um caderno em que anotava cada centavo gasto. Uma vez, estávamos dando uma volta e achei uma moeda de um centavo no chão. Dei-a a ele para lhe trazer sorte, e quando chegamos em casa ele foi correndo anotar a entrada daquele um centavo no caderno. Não sei nem se seria justo chamá-lo de avarento. Tempos depois me presenteou com roupas e joias. Tencionava comprar uma casa, mas só depois que eu engravidasse. Eu diria que ele era uma pessoa extremamente séria e que a menor insinuação de ironia o deixava muito confuso. Há algum tempo li que os cientistas estão tentando fazer robôs capazes de pensar. Se conseguirem, serão exatamente como o Boris: precisos, meticulosos, práticos e pragmáticos. No curto período de tempo que passamos juntos em Lake Placid, notei que era um homem calado. Dizia apenas o que tinha para dizer. Até hoje não entendo por que gostava tanto de Os Buddenbrook, que é uma obra tão bem-humorada: talvez porque os extremos se atraem. Era um homem que podia ter passado a vida inteira com duas palavras: 'sim' e 'não'. Eu cometera um erro terrível, mas estava decidida a enfrentar a situação da melhor maneira possível. Queria ser uma esposa dedicada e também uma mãe dedicada. Nós dois queríamos filhos. Minha esperança era que saíssem à minha família, não à dele.

"Foi uma vida extremamente solitária desde o princípio. Boris acordava todos os dias às sete em ponto. Tomava sempre o mesmo café da manhã. Tinha úlcera, e o médico o obrigara a seguir uma dieta, da qual não se desviava nem um milímetro. Deitava-se às dez da noite, nem um minuto a mais, nem um minuto a menos. Não trocou a cama de solteiro por uma de casal, pois queria esperar o momento de comprar uma casa. Vivíamos entre judeus. Tinha eclodido a guerra. Meninos e meninas arrecadavam dinheiro para a Palestina, mas o Boris lhes dizia que era antissionista. Havia também alguns comunistas em nossa rua e eles coletavam doações para a Birobidjan* e outras enganações similares. Sempre que ouvia a palavra "comunista", Boris ficava fora de si. Aos brados, dizia que a Rússia era governada por assassinos e vampiros e que sua única esperança era que Hitler se encarregasse de limpar aquela charneca vermelha. Que um

---

* Também denominada Ievreiskaia, província autônoma judaica criada em 1934 pelo Estado soviético com o objetivo de oferecer aos judeus um território no qual pudessem cultivar um senso de nacionalidade em harmonia com os pressupostos socialistas. (N. T.)

judeu depositasse suas esperanças em Hitler era algo abominável. Os vizinhos pararam de me cumprimentar. Corria até o boato de que não éramos judeus.

"Depois de cinco meses, vendo que eu não engravidava, Boris exigiu que eu procurasse um médico. Era uma questão delicada para mim. Sempre fui tímida e morria de vergonha de ser examinada por um ginecologista. Disse a Boris que ainda era cedo para isso e ele ficou furioso. A ideia de que alguém pudesse ver as coisas por um prisma diferente do seu o deixava furioso. Consultei um ginecologista, e ele concluiu que eu era cem por cento normal. Em sua opinião, seria conveniente que meu marido também fosse examinado. Comuniquei isso a Boris, que imediatamente marcou uma consulta. Fez uma batelada de exames, e os resultados mostraram que ele era estéril, não eu.

"Foi um golpe para nós dois. Deixei escapar que talvez devêssemos adotar uma criança. Boris ficou histérico. Disse, aos gritos, que jamais colocaria um bastardo dentro de casa, não queria conviver com uma criança nascida de pais criminosos, a qual, quando crescesse, acabaria entrando para a marginalidade também. Gritava tanto que fiquei com medo de que os vizinhos viessem ver o que estava acontecendo. Tentei explicar que nunca me passaria pela cabeça adotar uma criança contra a vontade do meu marido e que ele não precisava fazer aquele escândalo todo, mas quando Boris tinha esses ataques, não havia como acalmá-lo. Se bem que, confesso, às vezes eu preferia seus berros a seu silêncio.

"O Boris na realidade tinha longas conversas telefônicas com o corretor dele. Às vezes as ligações duravam uma hora, e até mais que isso. O sujeito era um consultor, não trabalhava numa corretora propriamente dita. Em todos os meus anos de casada, nunca o encontrei. Nos seis anos em que vivemos juntos, não consegui fazer que Boris fosse comigo ao teatro, ao cinema ou a um concerto. Ele só se interessava por dinheiro. Estou contando tudo isso para que o senhor entenda o que aconteceu depois. Tenha um pouco de paciência."

"Terei, não se preocupe", respondi.

Descansamos alguns minutos, e a mulher pôs uma pastilha na boca e tomou um gole d'água. Perguntei: "Que espécie de vida conjugal era essa?".

Os olhos dela se iluminaram. "Que bom que perguntou isso", disse. "Eu queria mesmo tocar nesse assunto. Dormíamos em duas camas muito estreitas. O Boris não me deixava comprar nada, só comida. Ele se encarregava das compras — e estava sempre atrás de promoções. Não, não era bom entre nós, e chegou ao ponto em que eu agradecia a Deus quando ele me deixava em paz."

"O que ele tinha? Era impotente?"

"Não exatamente, mas fazia tudo num silêncio fúnebre. Com frequência eu tinha a sensação de estar na cama com um defunto."

"Nenhuma carícia?"

"No começo, um pouco; mas depois ele se afastou completamente. Era daqueles homens antiquados que achavam que a única finalidade do casamento era ter filhos. Como não podíamos tê-los, as relações sexuais eram supérfluas."

"Ele tinha alguma perversão?", indaguei.

A mulher refletiu. "Em certo sentido, sim — estou chegando lá."

"O que aconteceu?", indaguei.

"O pior trauma de nossas vidas começou com uma brincadeira."

"Brincadeira de quem?"

"Minha. O Boris não era dado a brincadeiras. Vez por outra tentava me falar sobre ações. Deus que me perdoe, mas nessas horas eu morria de tédio. Depois pensava que eu devia escutá-lo e demonstrar algum interesse por seus negócios, mas por algum motivo isso estava além das minhas forças. Bastava que ele introduzisse o assunto para eu começar a bocejar. Eu odiava os negócios do Boris. Um homem precisa ter uma profissão, fazer alguma coisa, ir para a rua, e não ficar dia e noite em casa, esperando que as ações subam ou caiam alguns centavos. O fato é que ele não me deixava sair do apartamento. Fazia-me de prisioneira. E quando eu saía — para comprar comida — tinha de informá-lo aonde estava indo, quanto dinheiro iria gastar e quanto tempo levaria para voltar. Até hoje não entendo como aguentei isso durante cinco anos. Havia uma guerra, os judeus estavam sendo aniquilados na Europa, e eu julgava que minha situação seria muito pior se estivesse definhando num campo de concentração.

"Uma noite, estávamos lendo o jornal na sala. Eu com o primeiro caderno e o Boris com o de negócios. De repente ele disse: 'As ações das petroquímicas baixaram muito, acho que chegaram ao fundo do poço'.

"Não sei por quê, mas comentei: 'Então estão como eu'.

"Não sei muito bem se disse isso para mim mesma ou para ele. Boris me fitou com uma expressão surpresa, triste, irritada e perguntou: 'Por que diz que está no fundo do poço? De que sente falta? Não está feliz comigo?'.

"'Foi só uma brincadeira', expliquei.

"Mas ele insistiu: 'Está arrependida de ter casado comigo? Quer o divórcio?'

"'Não, Boris, não quero o divórcio', respondi.

"'Por acaso não sou o marido que você queria?', continuou. 'Será que me acha velho demais?'

"'E se eu achasse?', indaguei. 'Como você faria para rejuvenescer? Pediria ao professor Vóronov que enxertasse glândulas de macaco no seu corpo?' Achava que isso o faria sorrir. Eu tinha ouvido falar de um cientista na Europa, se não me engano na Suíça, que tentava fazer dos velhos, jovens. Não sei se esse professor Vóronov ainda estava vivo na época. Só disse aquilo para ouvir a minha voz; talvez para ouvir a voz do Boris. Mas no olhar que ele me dirigiu havia desprezo combinado com uma espécie de pesar e comiseração. E ele disse: 'Estava fora de cogitação você adotar uma criança, mas se quiser um rapaz para amante, não tenho nada contra'.

"'Não quero ninguém, Boris', respondi. 'Só falei por falar. Estava na hora de você parar de ser tão sério e deixar de levar tudo ao pé da letra.'

"'Bom, então está muito bem', disse ele, e se levantou e foi para o quarto que chamava de escritório.

"Acho que isso foi no inverno de 1944. Hitler estava em declínio, mas o infortúnio dos judeus não tinha fim. Chegavam-nos notícias de que os judeus da Europa estavam todos perdidos. Nunca ouvi Boris dizer nada sobre isso. Vivi aqueles cinco anos com um homem que jamais compreendi e que continuou sendo um estranho para mim.

"Passaram-se algumas semanas, não recordo quantas. Fazia alguns dias que Boris saía de casa depois do café da manhã e não voltava como de hábito para o almoço. Isso era novidade em nossas vidas. Uma noite ele chegou tarde em casa. Eu o estava esperando na sala, lendo um livro emprestado da biblioteca pública. Deixara seu jantar na cozinha, mas ele disse que já tinha comido num restaurante. Contou que um filho daquela irmã que vivia em Londres, um rapaz de catorze anos, chegara da Inglaterra algum tempo antes. A mãe ficara com receio de que ele fosse colhido por alguma tragédia durante os bombardeios.

O rapaz, que se chamava Douglas, era um prodígio em matemática e física. Fora aceito, aqui em Nova York, numa escola para superdotados. Boris consentira que o menino viesse morar conosco. 'Você nunca falou muito sobre sua irmã', eu disse. 'Achava que vocês não se davam.'

"'É verdade', disse ele, 'que sempre discordamos. Eu ainda era menino quando ela se casou com um sujeito imprestável, um completo idiota, mas o filho dela, graças a Deus, puxou a minha família, os Kozlov. Você não vai mais se sentir sozinha. E tenho outra coisa para contar', prosseguiu ele. 'Aluguei uma sala comercial. Meus negócios estão se expandindo. A papelada está aumentando. Comecei a investir em ações para alguns refugiados alemães, e o Brooklyn fica longe demais para eles. Agora tenho um escritório em Manhattan.'

"O Boris nunca tinha falado tanto, ainda mais sobre a família dele. Quando abria a boca era para me criticar, e aí ele não falava, gritava.

"Então eu disse: 'Puxa, que decisões inesperadas!'".

"Não são inesperadas', Boris disse. 'Refleti sobre o assunto com muita atenção.'

"'Por que não me disse que seu sobrinho estava nos Estados Unidos?', perguntei.

"'Estou dizendo agora: é um rapaz incomum. Afeiçoei-me imediatamente a ele. Fez uma escala em Halifax, na Nova Escócia, antes de vir para cá. Tenho certeza de que você gostará dele. Ele vai estudar numa escola especial para jovens talentosos. Já cuidei de todos os detalhes. Como vou desocupar o escritório, aquele ficará sendo o quarto dele. Vou comprar uma cama, mas por enquanto ele pode dormir no sofá. Você tem todo o direito de dizer não. Não a estou obrigando a aceitá-lo.'

"'Boris, você sabe muito bem que não vou me opor.'

"'Ele estará aqui amanhã de manhã', disse Boris, e foi para o escritório.

"Minha primeira reação ao saber das novidades foi de alegria. Não aguentava mais aquela solidão. Deus deve ter ouvido as minhas preces, pensei. Mas logo ficou claro para mim que o Boris tinha, à sua maneira conspiratória, arquitetado aquele plano todo. Homens como ele são por natureza impelidos a fazer planos com muita antecedência e a executá-los meticulosamente. Não se esquecem de nada. Apesar das acusações que fazia a Stálin, chamando-o de asiático sanguinário, de Gêngis Khan do século XX, Boris sempre me pareceu ser ele próprio um Stálin. Nunca sabemos o que passa pela cabeça de pessoas assim. Vivem urdindo intrigas vingativas. O que o Boris queria com aquilo? Que o rapaz me seduzisse para depois poder me processar por infidelidade? Será que tinha consultado um advogado? Estaria se relacionando com outra mulher, alguém com muito dinheiro ou com uma carteira de ações polpuda? Ele não precisava ter lançado mão desses ardis. Se tivesse me pedido o divórcio, eu não teria criado nenhuma dificuldade. Poderia muito bem voltar a trabalhar como camareira ou arrumar um emprego de vendedora numa loja de departamentos. Com a guerra não havia mais desemprego. Resolvi, todavia, não me deixar apanhar como um animal numa armadilha. Pretendia tratar o rapaz inglês com amizade, mas evitaria qualquer envolvimento mais comprometedor.

"No dia seguinte, Douglas veio e, por mais que me envergonhe de reconhecer, o fato é que me apaixonei assim que o vi. Ele era bonito, esbelto e alto para sua idade. Além disso, tinha um ardor que me deixou completamente enfeitiçada. Chamava-me de 'tia', mas beijava-me como um amante. Contou-me sobre seus pais e, pelo que dizia, concluí que sua mãe era um Boris de saias. Levava a vida de um homem de negócios e enriquecera com a guerra. Tinha se separado do marido, o pai de Douglas. Os Kozlov eram uma gente pedante e misantropa, mas Douglas parecia ter saído ao pai, que vinha de linhagem nobre. Mostrou-me uma foto dele. Todo o anseio que eu sentia por um filho e por um amor, toda a minha feminilidade e o sonho de experimentar a maternidade agitaram-se em meu íntimo. Eu não me cansava de lembrar a Douglas que ele ainda era uma criança, que eu podia ser sua mãe, mas ele não me dava ouvidos.

"Um ou dois dias após a chegada de Douglas, Boris começou a ir para o escritório todas as manhãs, e eu sabia que não era por acaso. Às vezes tinha vontade de perguntar-lhe: 'Qual o sentido de tudo isso?'. Mas sabia que ele não me diria a verdade. Junto com o amor pelo rapaz, eu era acometida por um temor silencioso, o receio de cálculos frios e maquiavélicos. Tinham-me preparado uma cilada, e eu estava fadada a cair nela."

"E caiu?", indaguei.

A velha hesitou por alguns instantes. "Caí."

"Imediatamente?", perguntei.

"Quase", respondeu ela.

"Como foi?"

"Uma noite o Boris não veio dormir em casa. Disse que precisava ir até Boston, mas eu sabia que era mentira. O que eu tinha a perder? Quando um homem chega a esse extremo, não há mais esperança para a mulher. Boris não apareceu, e Douglas, sem pedir licença, veio para a minha cama. Eu não sabia que um menino daquela idade podia ser tão fogoso."

"Supõe-se que esses sejam os anos mais viris do homem", disse eu.

"É mesmo? Para mim foi um misto de curiosidade e resignação. Quando uma pessoa cospe em nós, já não devemos fidelidade a ela. Em vez de passar uma noite em Boston, Boris ficou três noites fora. Boston não é nenhum centro financeiro. Quando ele por fim ligou e avisou que estava de volta a Nova York, eu falei: 'O que você queria que acontecesse aconteceu'".

"O que ele disse?", perguntei.

"Que tinha feito tudo por mim. Falei: 'Não precisava ter trazido seu sobrinho da Inglaterra. Não havia necessidade dessa acrobacia toda', mas ele continuou dizendo que tinha percebido que eu era infeliz e quis me ajudar. Receei que pudesse tentar aplicar um castigo em Douglas. Quem sabe o que se passa numa cabeça tão deformada? No entanto, ao chegar em casa naquela noite, Boris foi tão amistoso com o rapaz quanto antes. Fez-lhe uma porção de perguntas sobre a escola. Jantamos juntos, e fiquei surpresa ao notar que Douglas não demonstrava nenhum constrangimento. Como um rapaz da idade dele podia ser tão esperto e descarado? Será que os dois estavam mancomunados? Até hoje não tenho resposta para essa pergunta."

"Quanto tempo a coisa toda durou?", perguntei.

"Douglas chegou no verão e no outono foi aceito por uma faculdade, mas não aqui em Nova York — em algum lugar do Meio-Oeste. Veio se despedir, e passamos o fim de tarde juntos. Disse-me que nunca se esqueceria de mim, que eu enriquecera a vida dele. Chegou a prometer que viria me visitar no fim do ano. Eu nunca o tinha visto fumar antes, mas naquele dia ele fumou um cigarro após o outro. Trouxera-me flores e uma garrafa de conhaque. Coloquei as flores num vaso e me servi da bebida num copo de chá, tragando-a de um gole só no banheiro. Douglas perguntou sobre o tio, e eu disse que o Boris só chegaria mais tarde, mas que eu precisava me deitar cedo e que era melhor ele ir embora. 'Por que, tia?', ele perguntou, e eu respondi: 'Porque estou cansada'. 'Eu achava que passaríamos a noite juntos', ele disse, e eu respondi: 'A última noite a pessoa precisa passar consigo mesma'.

"Ele me beijou, e eu lhe disse para ir embora. Douglas hesitou um pouco, depois se foi. Esperei um ou dois minutos e então pulei da janela. O apartamento era no quarto andar. Graças a Deus caí no meio da rua, e não na cabeça de um transeunte inocente."

"Já tinha tomado a decisão antes?", indaguei.

"Não, mas sabia que era isso que o Boris esperava que eu fizesse e não havia alternativa."

"E no entanto continuou viva e ele não conseguiu o que queria", disse eu.

"Sim, para minha infelicidade. Essa é a história toda. Uma vez ouvi o senhor dizer no rádio que muitos de seus contos resultam de histórias que leitores vêm lhe contar, e resolvi dar a minha contribuição. Só peço que mude os nossos nomes."

"O que se pensa na hora?", inquiri.

"Na hora a pessoa não pensa: faz o que o destino quer que ela faça."

"O que aconteceu depois?"

"Nada demais. Quebrei os braços. Quebrei as pernas. Fraturei o crânio, e os médicos tentaram colar os pedaços. Continuam tentando."

"E o Boris?"

"Nunca mais tive notícias nem dele nem do sobrinho. Devem estar na Inglaterra."

"A senhora não se divorciou?"

"Para quê? Não. Recebo uma pequena indenização dos alemães. Minhas necessidades não são muitas, mas a cada duas ou três semanas preciso ir ao hospital. Graças a Deus, não sou um fardo para a sociedade. Não vou viver mais muito tempo. Só vim para dizer ao senhor uma coisa: de todas as esperanças que um ser humano pode cultivar, a mais esplêndida é a morte. Senti o gosto dela, e quem quer que tenha experimentado esse êxtase não pode senão rir dos outros pseudoprazeres. O que o homem receia a vida toda, do berço ao túmulo, na realidade é a mais sublime das alegrias."

"Apesar disso, é raro que alguém queira apressar o momento de desfrutar dessa alegria", disse eu.

A mulher não respondeu, e pensei que não tinha ouvido o meu comentário, mas então ela disse: "A espera faz parte da alegria".

O contrabandista

O telefone tocou e ao atender ouvi alguém murmurando, gaguejando, tossindo. Após alguns instantes um homem disse: "O senhor deve ter se esquecido, mas prometeu autografar os meus livros, quer dizer, os seus livros. Foi na Filadélfia, onde nos conhecemos e o senhor me deu seu endereço e seu número de telefone. O endereço continua o mesmo, mas seu número não está mais na lista. Consegui-o com sua secretária, mas tive de prometer a ela que não tomaria muito do seu tempo".

O sujeito tentou me lembrar da palestra que proferi naquela noite na Filadélfia, e então me dei conta de que ele se referia a algo que acontecera fazia uns dez anos. Disse ele: "O senhor anda se escondendo? Naquela época era fácil encontrá-lo, bastava procurar seu número na lista. À minha modesta maneira, faço assim também. Evito as pessoas".

"Por quê?", indaguei.

"Ah, levaria muito tempo para explicar e prometi ser breve."

Marcamos um encontro. Ele ficou de vir ao meu apartamento naquele fim de tarde. Era dezembro e nevara bastante em Nova York. Pela maneira como falava o ídiche, percebi que devia ser um daqueles refugiados poloneses que emigraram para os Estados Unidos anos depois da guerra. Os que tinham vindo antes intercalavam seu ídiche com palavras inglesas. Parei junto à janela e olhei para a Broadway. A rua lá embaixo estava branca e o céu se tingia de violeta. O radiador da calefação borbulhava baixinho, emitindo uma melodia que me fazia lembrar da estufa de ladrilhos que tínhamos na rua Krochmalna e do grilo que havia atrás dela e da lamparina a querosene que ficava sobre a escrivaninha de meu pai. A experiência me ensinou que as pessoas que marcam encontros comigo chegam antes da hora combinada. Eu contava ouvir a campainha a qualquer momento, mas passou-se meia hora e o sujeito não apareceu. Fiquei procurando estrelas no céu avermelhado, embora soubesse de antemão que não encontraria nenhuma no firmamento nova-iorquino. Então ouvi um ruído estranho; alguém parecia estar arranhando a minha porta. Abri-a e vi um homenzinho atrás de um carrinho entulhado de livros. Naquele inverno gelado, o sujeito trajava um impermeável puído, uma camisa com o colarinho aberto e um gorro de tricô na cabeça. Perguntou-me: "Não tem campainha?".

"O botão é aqui", respondi.

"Ah! Estou meio cego. É a idade. A morte não vem de uma vez, mas em prestações."

"Onde arrumou tantos livros meus? Bom, vamos entrando."

"Não quero molhar o seu tapete. Vou deixar o carrinho aqui fora. Ninguém vai querer roubar isto."

"Não se preocupe com o tapete. Entre."

Ajudei o sujeito a empurrar o carrinho até o corredor. "Não sabia que tinha publicado tantos livros", disse eu, e então perguntei: "Será que escrevi tantos livros assim na vida?".

"Não são todos seus. Há também livros sobre o senhor e diversos periódicos e revistas, assim como traduções."

Passamos para a sala de estar e comentei: "É inverno lá fora e o senhor está vestido como se fosse verão. Não sente frio?".

"Não. Meu pai, que Deus o tenha, costumava dizer: 'Ninguém veste o nariz com máscaras por causa do frio. O nariz não sente frio. O homem pobre é todo feito de pele de nariz'."

O sujeito sorriu e notei que ele não tinha nenhum dente. Convidei-o a sentar-se. Sua figura me lembrava um morador de rua, como os mendigos e vagabundos que povoam a Bowery e os albergues dos sem-teto. Porém eu também via a docilidade que se estampava em seu rosto afilado e em seus olhos.

"Onde guarda todos estes livros?", indaguei. "No apartamento onde mora?"

Ele deu de ombros. "Não moro em lugar nenhum", disse. "Em nosso vilarejo, na Polônia, os rapazes das *yeshivot* comiam cada dia numa casa diferente. Eu durmo cada noite numa casa diferente. Tenho um cunhado aqui, marido da minha finada irmã, e durmo duas noites por semana na casa dele. Tenho um amigo, um conterrâneo, e quando preciso passo a noite com ele. Eu morava em Williamsburg, no Brooklyn, mas o prédio estava condenado e foi demolido. Quando estive doente, no hospital, alguns ladrões roubaram tudo o que eu tinha, menos os meus livros. Meu conterrâneo os guarda para mim no porão dele. Recebo uma indenização dos alemães. Depois do que aconteceu com minha família e minha gente, não quero mais me prender a lugar nenhum."

"O que fazia antes da guerra?", indaguei.

O sujeito refletiu por alguns instantes e sorriu. "Fazia o que o senhor, em um artigo, dizia para eu fazer: levava uma vida clandestina, pelas caladas, virando-me como podia. Na Polônia eu já lia o senhor. E o senhor certa vez escreveu que a natureza humana é tal que não conseguimos fazer nada em linha reta. Temos de manobrar sem descanso entre os poderes do mal e da loucura.

"Na época da Primeira Guerra, eu não passava de um menino, mas minha mãe e minha irmã contrabandeavam carne para a Galícia* e de lá traziam clandestinamente tabaco e outras mercadorias. Se não fosse isso, todos teríamos morrido de fome. Quando eram apanhadas, surravam-nas sem piedade. Em casa éramos cinco, além de uma avó muito idosa, uma aleijada e meu pai, que não sabia fazer outra coisa além de estudar a Mixná e recitar os salmos ou o Zohar. Eu perguntava a meu pai por que sofríamos todos aqueles flagelos e ele dizia a mesma coisa que o senhor. No exílio, não se pode levar uma vida normal. A pessoa tem de se esgueirar entre os que detêm o poder e as armas. Tão logo adquirem poder, os homens se tornam maus, dizia meu pai. Os que têm facas, apunhalam, os que andam com pistolas, atiram, e os que empunham canetas, redigem leis invariavelmente favoráveis aos ladrões e assassinos. Quando cresci e comecei a ler livros leigos, convenci-me de que as palavras de meu pai sobre os judeus valiam para toda a raça humana e até para os animais. Os lobos devoram as ovelhas, os leões atacam as zebras. Anos mais tarde, tivemos em nosso vilarejo comunistas que diziam que o camarada Lênin e o camarada Stálin trariam justiça, mas logo ficou evidente que seu comportamento era igual ao de todos os outros que em todas as outras gerações haviam sido donos do poder. Hoje, uma vítima; amanhã, um tirano. Li sobre Darwin e Malthus. Essas eram as leis da vida, e concluí que meu pai tinha razão. Quando a Polônia voltou a ser uma nação autônoma, o contrabando cessou, mas como sempre o governo era dos pode-

---

* Região que hoje corresponderia ao extremo sul da Polônia e ao extremo oeste da Ucrânia e que, entre 1772 e 1918, esteve sob domínio austríaco. (N. T.)

rosos. Eu não me especializara em nenhuma profissão, e mesmo que houvesse aprendido o ofício de alfaiate ou de sapateiro, não sentia a menor vontade de passar dez horas do meu dia sentado, costurando botões ou pregando solas e saltos. Por certo não desejava casar-me e criar novas vítimas para os novos assassinos. Dois dos meus irmãos mais jovens tinham se tornado comunistas e terminaram nas prisões de Stálin ou nas minas de ouro do Norte. Um terceiro foi para Israel e acabou morto por uma bala árabe. Meus pais e minha irmã foram assassinados pelos nazistas. Sim, tornei-me um contrabandista e o que eu contrabandeava era a mim mesmo. Meu corpo é meu contrabando. Minha vinda para a América do Norte em 1949 foi, posso dizer, um triunfo de minhas atividades clandestinas. As chances que eu tinha de continuar vivo e chegar aos Estados Unidos eram para lá de mínimas. Se o senhor me pergunta qual é minha ocupação, minha resposta é: 'Sou um poeta ídiche'. Como se sabe que alguém é poeta? Se um editor tem que preencher um espaço vago em sua revista e resolve publicar um poema seu, então você é poeta. Se isso não acontece, não passa de um grafomaníaco. Como nunca tive muita sorte com os editores, pertenço à segunda categoria."

"Posso saber por que precisa de autógrafos?", indaguei.

"Uma maluquice qualquer todo mundo tem que ter. Se Jack, o Estripador, ressuscitasse, muitos correriam atrás dele para pedir seu autógrafo, sobretudo mulheres. Deram-me um ego, um queredor, e travo uma guerra com ele. Ele quer comer, eu o faço jejuar. Ele deseja honrarias, eu o cubro de vergonha. Ego-uma-ova, é como o chamo, fome-uma-pinoia. Faço de tudo para contrariá-lo. Ele quer pãezinhos frescos para o café da manhã e eu lhe dou pão embolorado. Ele gosta de café forte, mas eu o faço beber água morna da torneira. Ele ainda sonha com mocinhas, mas continua virgem. Intimo-o dez vezes por dia: 'Vá embora, não quero saber de você; você se faz de amigo, mas é meu pior inimigo'. Só por maldade, obrigo-o a ler os jornais velhos que encontro no chão do metrô. Graças a Deus sou mais forte, ou pelo menos forte o bastante para fazê-lo levar uma vida miserável."

"Acredita em Deus?", indaguei.

"Acredito. Os cientistas dizem que há vinte bilhões de anos uma bomba cósmica explodiu e criou todos os mundos. Não se passa uma semana sem que descubram novas partes e funções do átomo. Mesmo assim, afirmam que tudo é acidental. Arrumaram um ídolo novo, a que chamam evolução. Atribuem-lhe mais milagres que os mencionados em todas as hagiografias de todas as religiões. Vem bem a calhar para as intenções predatórias dessa gente. Já que não há Deus, já que não há plano nem propósito, podem bater, trapacear e matar com a consciência limpa."

"Que espécie de Deus é esse em que o senhor acredita?", perguntei. "Um lobo celestial?"

"Exatamente, um lobo cósmico, o ditador de todos os ditadores. É tudo obra Dele: o lobo faminto, a ovelha assustada, a luta pela existência, o câncer, o enfarte, a demência. Ele os criou a todos: Hitler, Stálin, Khmelnítski e Petliúra. Dizem que cria anjos todos os dias. Eles O adulam, entoam-Lhe odes, e então são liquidados, tal e qual os velhos bolcheviques."

O sujeito parou de falar e eu aproveitei para escrever dedicatórias nos livros que ele trouxera, inclusive nos infantis e nas revistas. "Onde conseguiu todos esses livros?", perguntei.

"Comprei-os. Não são roubados", respondeu ele. "Quando consigo economizar alguns dólares, compro livros; não apenas seus; principalmente livros científicos."

"Mas o senhor não acredita nos cientistas", disse eu.

"Não acredito na cosmologia e na sociologia deles."

"Se quiser, pode deixar alguns manuscritos seus comigo", disse eu. "Seria um prazer ler alguns dos seus poemas."

Meu visitante hesitou um pouco. "Para quê? Não há necessidade."

"Sinto que o senhor tem talento", disse eu. "Quem sabe? Pode ser um grande poeta."

"Não, não, de jeito nenhum. A pessoa tem que ser alguma coisa e fazer da poesia um diletantismo. Mas agradeço suas palavras gentis. Quem precisa da poesia hoje em dia? Nem os poetas precisam dela."

"Há quem precise."

"Não, não há."

Meu visitante estendeu uma mão para mim e empurrou o carrinho com a outra. Acompanhei-o até a porta. Disse-lhe mais uma vez que gostaria de ler seus escritos, e ele respondeu "Muito obrigado. O que a poesia pode fazer? Nada. Havia um bom número de poetas entre os nazistas. Durante o dia, arrancavam crianças de seus berços e as levavam para os fornos; à noite escreviam poemas. Acredite em mim, não são coisas contraditórias. De forma alguma. Boa noite".

Uma vigia no portão

Viajei à América do Sul a convite da imprensa ídiche. No navio argentino, ocupei um camarote de luxo que tinha um tapete persa, poltronas, um sofá de veludo e uma banheira, assim como uma ampla janela dando para o mar. Os passageiros da primeira classe eram menos numerosos que os tripulantes escalados para servi-los. Havia um garçom especialmente encarregado de servir vinho à minha mesa, e toda vez que eu bebericava minha taça ele de imediato a enchia de novo. O almoço e o jantar aconteciam sempre ao som de uma banda com oito músicos. Informado de minha presença a bordo — um judeu polonês residente nos Estados Unidos —, o líder do conjunto frequentemente me homenageava com melodias polonesas, palestinas e ianques. Quase todos os outros passageiros eram sul-americanos. Apesar de tantas mordomias, eu sentia um tédio mortal. Não tinha com quem conversar; e para mim nunca foi fácil fazer amizade com desconhecidos. Eu levava um tabuleiro de xadrez na mala, mas não encontrava parceiro e certo dia resolvi ir à procura de um na segunda classe. Só havia duas classes no navio.

A primeira classe estava quase às moscas, ao passo que na segunda a agitação era grande. No espaçoso salão, viam-se homens bebendo canecas de cerveja ou jogando cartas, damas e dominó. As mulheres sentavam-se em grupos e cantavam canções folclóricas espanholas. Algumas fisionomias tinham traços estranhamente selvagens, lembrando animais ou pássaros. Eu ouvia vozes voluptuosas. Mulheres com bustos e traseiros colossais se fartavam com petiscos extraídos de cestas e riam com alegria insólita. Um gigante cujos bigodes roçavam os ombros e cujas sobrancelhas se assemelhavam a vassouras contava piadas em espanhol, a barriga sacolejando feito um fole. Os outros aplaudiam e batiam os pés no chão. Em meio ao mundaréu de gente, reconheci um passageiro da primeira classe que eu andava vendo três vezes por dia no salão de jantar. Lá ele se sentava sozinho e estava sempre de paletó e gravata, mesmo no café da manhã. Todavia ali o sujeito circulava com a camisa desabotoada, expondo o peito recoberto de pelos grisalhos. Tinha um rosto vermelho, sobrancelhas brancas e um nariz venoso. Eu pensava que ele fosse latino-americano, mas, para meu espanto, naquele momento notei em suas mãos um exemplar de um dos jornais ídiches publicados em Nova York. Aproximando-me, saudei-o: "Neste caso, permita-me dizer *sholem aleichem* para o senhor".

Seus olhos castanhos, sob os quais se viam bolsas azuladas, fitaram-me com perplexidade por alguns instantes e então ele respondeu: "Verdade mesmo? *Aleichem sholem*".

"O que o senhor procura na segunda classe?", indaguei.

"E o senhor, o que está fazendo aqui? Venha, vamos para o convés."

Saímos e nos sentamos em duas espreguiçadeiras. O navio estava se aproximando do equador e o calor era intenso. Alguns marinheiros, nus da cintura para cima, permaneciam sentados sobre os rolos dos cabos de atracação, jogando cartas com baralhos ensebados. Um marujo pintava um vau enquanto outro varria o convés com uma vassoura comprida. O ar fedia a vômito e peixe. Disse eu: "O pessoal daqui está se divertindo bem mais que nós lá em cima".

"Sem dúvida. Foi por isso que vim para cá. O senhor mora em Nova York?"

"Moro."

"Vivi muitos anos lá, mas depois me mudei para Los Angeles. Diziam-me que a cidade era um paraíso, mas os invernos são frios e a poluição é terrível."

"Vejo que não é americano de nascença."

"Sou de Varsóvia. E o senhor, de onde é?"

"De lá também."

"Morávamos no número 5 da Grzybowska."

"Frequentei um *heder* que ficava nesse endereço", comentei.

"O *heder* de Moshe Ytzhak?"

No instante em que mencionou esse nome, o sujeito passou a ser como um parente para mim. Num segundo desvaneceram-se a distância do oceano e aquela atmosfera estrangeira. Ele me contou que na Polônia seu nome era Shlomo Mair, mas nos Estados Unidos se chamava Sam. Emigrara fazia mais de cinquenta anos. "Que idade o senhor me dá?", perguntou-me.

"Eu diria que está na casa dos sessenta."

"Farei setenta e cinco em novembro."

"Está muito bem conservado."

"Tenho um avô que viveu até os cento e um anos. Nos Estados Unidos, salvo em caso de enfarte ou câncer, vai-se vivendo. Na Polônia, as pessoas morriam de febre tifoide e às vezes até de fome. Meu pai alugava carroças para comerciantes. Tínhamos cavalos e estrebarias e empregávamos mais de uma dúzia de cocheiros. Vivíamos confortavelmente. Meu pai me pôs num *heder* e também contratou um preceptor para mim. Estudei um pouco de russo, um pouco de polonês e essas coisas. Minha mãe tinha mais berço. Seu pai era advogado — não um advogado como aqui. Não tinha diploma. Redigia petições, às vezes servia como mediador e mantinha em custódia o dinheiro do litigante. Minha mãe queria fazer de mim um estudioso, mas eu não levava jeito para os estudos. Eu e meu irmão Benjamin tínhamos um pequeno pombal na cobertura do prédio e passávamos horas lá em cima, perseguindo os pombos com varas compridas. Também saíamos com as garotas e frequentávamos o teatro ídiche, no largo Muranov, assim como o polonês — o Nowy, o Letni, a Ópera. Na rua Lezno havia um teatro de verão chamado Alhambra, e lá era fácil agarrar aquelas mocinhas que trabalhavam nas casas de família. Todas as criadas tinham meio dia de folga aos domingos e, por uma barra de chocolate, faziam tudo o que o sujeito queria. Naquele tempo os homens não tomavam cuidado. A garota engravidava e a patroa a mandava embora. Havia uma clínica especializada em casos assim, onde por seis meses as mães solteiras tinham de amamentar não apenas seus bebês, como também diversas crianças abandonadas. Quando cresciam, os meninos em geral se tornavam bombeiros, zeladores e às vezes policiais. O que sucedia às meninas eu não sei. Na época, as mulheres respeitáveis contratavam amas de leite, e essas mães ilegítimas ganhavam a vida assim. Havia homens que, em troca de uma tigela de sopa ou uma fatia de pão, se encarregavam de engravidar tais mulheres. Mas o senhor é de Varsóvia, deve conhecer essas coisas por experiência própria."

"É verdade, é verdade."

"Bom, tive a minha parcela de diversão. Vivia com dinheiro no bolso; e com uma moeda de prata fazíamos e acontecíamos. Quando nos dava na telha, íamos para os bordéis das ruas Poczajow e Tamka. Quer ouvir mais?"

"Por certo que sim."

"Já que o senhor também é de Varsóvia, por que não jantamos juntos?"

"Seria um prazer."

"Falarei com o *maître*. Chega uma hora em que jantar desacompanhado se torna uma coisa solitária; a pessoa não sabe mais o que fazer de si mesma. Por isso estou comendo demais e engordando. Os latino-americanos comem o tempo inteiro. Já reparou nas mulheres deles? Como alguém é capaz de chegar perto daquelas montanhas de carne? Nos Estados Unidos, todo mundo vive fazendo regime. Aqui eles se empanturram como glutões. O senhor toma cerveja?"

"Não."

"Então vou pedir uma para mim."

"Quando somos jovens", prosseguiu Sam, "não nos preocupamos em examinar mais profundamente as coisas, mas com o passar dos anos queremos amar alguém que nos ame. Pagar pela coisa não adianta. Conheci uma moça da rua Gnoyna. Chamava-se Eva — tal como a Eva que deu a Adão a maçã proibida e por conta disso todos os homens têm de morrer. Parecia uma moça honesta, com um rosto redondo, pernas torneadas e um corpo atraente. Tinha dezoito anos, e naquele tempo uma moça dessa idade já não era considerada muito jovem. Minha mãe foi contra o casamento, pois o pai de Eva era pobre. Trabalhava no abatedouro *kosher*, onde tinha por função esfolar os animais. A família era numerosa e Eva não contava com nenhum dote. Mas para que eu precisava de dote? Tinha certeza de que conseguiria me virar. Houve uma festa de noivado e quebraram-se pratos para nos dar sorte. Como eu não era muito religioso, levava Eva ao teatro no Shabat. Durante a semana, costumávamos ir a uma delicatéssen, onde comíamos pãezinhos com salsicha e mostarda e tomávamos uma caneca de cerveja. Pãezinhos frescos como aqueles que tínhamos em Varsóvia não há em nenhum outro lugar do mundo; derretiam na boca. Bom, o fato é que estávamos realmente apaixonados. Há cinquenta anos, os noivos não se comportavam como hoje. A moça tinha de continuar virgem até a noite de núpcias — mas mesmo assim aprontávamos um bocado. Isso nos permitia sentir o gostinho dos prazeres que proporcionaríamos um ao outro após o casamento. Já falávamos sobre o número de filhos que teríamos. Eu queria seis; ela, dez. O pai de Eva marcou o casamento para a primeira sexta-feira depois de Tishá be Ab, embora isso parecesse uma eternidade para mim. Não era fácil para um homem pobre casar uma filha, ainda mais sem dote. Meus pais deram bons presentes a Eva: um relógio de ouro, um colar, um broche. O pai dela não tinha como me presentear com nada de grande valor. Comprou-me uma taça de prata para a bênção sabática sobre o vinho. Para nós, tudo era motivo de alegria, e nosso amor ardia como fogo.

"Vou lhe contar o que aconteceu. Meu sangue ferve só de falar sobre isso. Era sábado e fomos ao teatro. Ainda recordo a peça a que assistimos: *Chasha, a órfã*. Depois fomos jantar no restaurante do Kotik; comemos muito bem: peixe, carne e tudo o mais. Desde o início o pai de Eva estipulara que às onze horas ela precisava estar em casa. Se passasse desse horário, ele tirava a cinta da calça e castigava a filha como se ela fosse uma garotinha. Eu aprovava essa severidade. Não queria me casar com uma sem-vergonha. Para ser franco, depois que ficamos noivos, não fui mais atrás de nenhuma *shiksa*. Eva deixou bem claro que o que eu fizera antes era passado, mas agora eu pertencia a ela. Nem sempre era fácil manter a promessa. Tínhamos uma criada, e à noite eu costumava procurá-la na cozinha, porém dera minha palavra a Eva de que iria me comportar. Naquele sábado à noite, após o jantar, pegamos uma *dróchki* na rua Nalweki e fomos para a casa dela. Isso aconteceu pouco depois de Pessach. Em Varsóvia era costume fechar os portões dos edifícios às dez e meia da noite, e ao chegarmos, o portão do bloco de Eva já estava fechado. Na calçada, defronte do portão, beijei-a repetidas vezes, e então toquei a campainha. O filho do zelador veio abrir. Seu nome era Bolek — um pulha metido a valentão. Estava quase sempre acompanhado de um cachorro traiçoeiro.

"A maioria dos portões em Varsóvia era dotada de uma pequena vigia, através da qual o zelador olhava quando alguém tocava a campainha, pois sempre havia o risco de ser um ladrão ou um vagabundo qualquer. Via de regra, quando eu levava Eva para casa, não me ocorria espiar pela vigia. O que haveria para ver? Dessa vez eu sentia um desejo tão forte que quis olhar para ela enquanto ela se afastava rumo ao pátio interno do edifício. Curvei-me e por pouco não caí duro com o que vi. Se estivesse diante de uma sepultura aberta, teria me jogado dentro dela. Eva estava aos beijos e abraços com Bolek. Pensei estar vendo coisas ou ter perdido o juízo. Os dois continuavam se abraçando e se beijando como velhos amantes. Isso durou cerca de dez minutos. Eu era mais forte que ferro, do contrário teria tido um troço ali mesmo. Não aborrecerei o senhor contando o que passei naquela noite. Caí na cama como se estivesse queimando de febre. Queria me enforcar. Minha mãe veio até meu quarto e perguntou: 'Shloimele, o que você tem?'. Eu não podia revelar a ela a desgraça que me acontecera, por isso inventei uma desculpa qualquer. Padeci os mais terríveis tormentos até o raiar do dia. Pela manhã, adormeci, e quando acordei tinha a boca amarga como fel. Decidi que não podia mais viver em Varsóvia. Muita gente de nossa vizinhança havia emigrado para os Estados Unidos. Bastava ter a passagem. Havia agentes que conseguiam o bilhete de navio e aceitavam que a pessoa os pagasse em prestações após encontrar trabalho nos Estados Unidos. Meu pai possuía um pequeno cofre, onde guardava seu dinheiro. Eu sabia onde ficava escondida a chave. Quando meu pai saiu rumo às estrebarias e minha mãe foi fazer suas compras no bazar do Ulrich, abri o cofre e peguei duzentos rublos. Era uma quantia irrisória perto do que havia ali, porém eu não era ladrão. Mandei para a casa as primeiras economias que fiz nos Estados Unidos, mas aí já estou colocando o carro na frente dos bois.

"Dirigi-me à rua Gnoyna, onde Eva morava, e subi a escadaria. Geralmente eu a visitava aos sábados e às quartas-feiras. Encontrei-a na cozinha, fritando uma panqueca. Não havia mais ninguém em casa. Assim que me viu, seu rosto se iluminou. 'Shloimele', exclamou, fazendo menção de me dar um beijo. 'Não vá queimar a panqueca', eu disse. 'O que o traz aqui tão cedo?', ela perguntou. 'Fiquei sabendo que o joalheiro de quem compramos seus presentes é um salafrário. O ouro não é de catorze quilates. É misturado com prata.' Eva pareceu ficar assustada e, tirando a frigideira do fogão, foi buscar as joias para mim. Guardei-as todas no bolso e agarrei-a pelos cabelos. Ela ficou pálida como um defunto. 'O que é isso?', perguntou. 'Espiei pela vigia do portão ontem à noite e vi o que você fez com o Bolek.' Eva perdeu a fala. Apliquei-lhe um violento soco na boca e ela começou a cuspir os dentes. Cuspiu um, depois mais um e por fim um terceiro. O mais competente dos dentistas não teria feito trabalho tão bom. Minha vontade era matar aquela fulana, mas não sou assassino. Cuspi nela e fui embora.

"Meu caro, qual é seu nome? Isaac? Pois é, meu caro Isaac, não me despedi do meu pai nem da minha mãe nem do meu irmão Benjamin — não me despedi de ninguém. Corri para a estação Viena e comprei uma passagem de trem para Mława. Eu sabia que em Mława havia como cruzar a fronteira e entrar ilegalmente na Prússia. Por três rublos os contrabandistas — eles eram chamados de guias — muniam a pessoa de passaporte e a faziam passar para o outro lado. Eu não levava nada comigo. Nem mesmo uma camisa. O guia me perguntou: 'Onde está sua trouxa?'. 'Minha trouxa está aqui', respondi, apontando para o coração. Ele entendeu o que eu quis dizer. À noite cruzei a fronteira e pela manhã peguei um trem para Hamburgo, onde comprei minha passagem de navio para Nova York. Ainda me restava boa parte dos duzentos rublos. Também vendi os presentes de Eva e comprei roupas prontas: camisas, roupas de baixo, um terno e um par de sapatos alemães.

"Viajei de terceira classe, e embora me considerasse um homem moderno, não quis comer comida não *kosher*. A verdade é que eu não conseguia comer nada. A maioria dos passageiros ficou enjoada e vomitava sem parar. O fedor era insuportável. Eu também estava nauseado, mas a náusea que eu sentia era na cabeça. Tinha medo de acabar louco. Passei a odiar todas as mulheres. Erguendo as mãos para os céus, jurei que nunca me casaria."

"Cumpriu a promessa?"

"Tenho seis netos."

Indagou-me Sam: "Continuo? Quer ouvir mais?".

"Continue, por favor."

"A história é comprida, mas não me alongarei muito. É possível contar a história de uma vida? Os jornais ídiches publicam histórias que se prolongam por meses e meses, às vezes anos. Eu as leio. Adoro ler. Para mim um escritor vale mais que um rabino ou um médico. O escritor sabe tudo o que vai na alma da pessoa, como se estivesse lá dentro. Mas quando viajo não tenho como comprar os meus jornais. Um conhecido os guarda para mim e, ao voltar para casa, leio a pilha toda. Sim, jurei que nunca me casaria, mas ficar sozinho também não é fácil. Naquele tempo, os que faziam a viagem de navio para os Estados Unidos se tornavam uma grande família. Chamávamo-nos de irmãos e irmãs de bordo. Como recusávamos alimentos não *kosher*, tudo o que tínhamos para comer eram batatas com casca e salmoura de arenque. Em Hamburgo, eu tinha usado uma parte do meu dinheiro para comprar salame e salsichão de fígado *kosher*, e regalava a todos no navio com essas iguarias. Isso fez de mim um rei. As garotas e as mulheres vinham pedir uma fatia de salsichão e me cobriam de beijos e meiguices, mas eu sabia que era só por causa dos meus quitutes. Depois do acontecido com Eva, não confiava em ninguém. Havia entre nós uma moça que já vivia nos Estados Unidos. Fora à Europa buscar uma tia. As duas ocupavam um camarote, mas a velha ficou muito mareada, e a sobrinha passava a maior parte do tempo conosco, os imigrantes. Seu marido era magarefe ritual em Brownsville. Que sabíamos nós sobre Brownsville? Em Varsóvia, a mulher de um magarefe ritual usava peruca ou touca, porém aquela moça zanzava pelo navio com a cabeça descoberta. Sua pele era morena e seus olhos, sorridentes. Tinha sempre uma história para contar. Todos os dias eu lhe dava uma fatia grossa de salame. Apelidou-me de Baby, apesar de eu ser alto e ela ser tão miúda que caberia no meu bolso. Adorava conversar e era esperta como o diabo. Tinha uma intuição impressionante. Com um olhar, desvendava tudo a respeito da pessoa, tal e qual uma cigana. Chamava-se Becky. Seu nome verdadeiro era Breindel, mas nos Estados Unidos ela se tornara Becky. Nunca vi ninguém tão ágil quanto ela. Saltitava como um passarinho pelo navio. Claro que sabia falar inglês. Um dia ela veio e disse: 'Baby, querido, se uma mulher foi falsa com você, não é justo jogar a culpa em todas nós'. 'Como sabe que uma mulher foi falsa comigo?', perguntei. 'Está escrito na sua testa, Baby', ela respondeu. No dia seguinte, Becky me convidou a ir a seu camarote. A tia dela jazia como morta no beliche. Enjoar no mar é horrível. Tive a impressão de que a velha estava com um pé na cova, porém Becky ria e piscava para mim. Fez sinal para que eu me curvasse e ficou na ponta dos pés. Então me deu um beijo de que me lembro até hoje. O fato de a esposa de um magarefe ritual se atrever a beijar um desconhecido era algo inusitado para mim. 'Não ama seu marido?', perguntei. Ao que ela respondeu: 'Claro que amo, mas ele está ocupado, matando animais em Brownsville, e eu estou aqui'. 'Se ele soubesse o que acaba de fazer, mataria você também.' E ela disse: 'Se as pessoas soubessem a verdade, o mundo se desmancharia como um castelo de cartas'. Fizemos amor ali mesmo. Eu nunca imaginara que uma mulher tão pequena pudesse ter desejos tão grandes. Ela me exauriu, não eu a ela. E não parava de tagarelar sobre Deus. Na véspera do Shabat, espetava três velas em três batatas, jogava um xale sobre a cabeça, cobria os olhos com os dedos e abençoava as velas. E assim chegamos aos Estados Unidos. Havia uma multidão à espera no cais e o meu pedaço de mau caminho reconheceu seu marido, o magarefe. 'Escute, Baby', disse-me ela, 'não aconteceu nada entre nós. Não nos conhecemos, esqueça tudo o que houve.' Algum tempo depois eu a vi abraçando o magarefe. Beijava-o e chorava, e renovei minha jura de nunca acreditar numa mulher. Shloimele, disse com meus botões, este mundo é só falsidade. Anos depois, um rabino me explicou que está escrito na Torá que todos os seres humanos são mentirosos."

"Na Torá, não", retorqui. "No Livro dos Salmos: 'Em meu apuro eu dizia: Os homens são todos mentirosos'."

"Isso mesmo. A maior parte dos passageiros foi levada para a ilha Ellis. Eu era forte e saudável como um urso e tinha dinheiro, por isso pude entrar imediatamente no país. Agentes de empregos ligados a todo tipo de atividade fabril vinham até os navios e contratavam os imigrantes tão logo eles desembarcavam. O salário nunca passava de três dólares por semana e às vezes era até menos que isso. Como eu ainda tinha o bolso fornido, não estava com pressa de virar escravo. Havia no centro, junto ao Lower East Side, uma praça chamada Pig Market. Ia-se até lá em busca de trabalho. Todo artesão levava suas ferramentas para indicar o ofício em que era adestrado. Vi um alfaiate com o cabeçote de uma máquina de costura, um carpinteiro com um serrote. Assim são as coisas nos Estados Unidos. Num ramo falta mão de obra, em outro, sobra. Tudo depende da época do ano. Vários agentes vieram me oferecer emprego, mas eu queria circular um pouco primeiro e me inteirar melhor das coisas. Um rapaz se aproximou de mim e disse: 'Não se pode dormir na rua. Vamos procurar um lugar para você'. Fomos caminhando até a Attorney Street. As ruas estavam apinhadas. As pessoas comiam na rua, liam jornais na rua, discutiam política. Embora fosse dia claro, uma prostituta tentou nos levar para seu quartinho. Cobrava vinte e cinco centavos, mas não quisemos ir com ela. Ao que tudo indicava, meu companheiro era um intermediário. Levou-me até um apartamento no terceiro andar, cuja família aceitava pensionistas, e apresentou-me à dona. Chamava-se Molly, que é um nome irlandês, mas também judeu. O lugar só tinha água fria e um toalete no corredor. Quem quisesse tomar banho tinha de ir ao barbeiro. A dois dólares por semana, a senhoria dava comida e cama — os três pensionistas alojados num único quarto. Seu marido era pintor de paredes. Por alguns centavos a mais, ela lavava nossas roupas. Era uma mulher digna e se matava pelo marido e pelos filhos, mas o marido era um vagabundo que só queria saber de se divertir com outras. A filha chegava em casa às duas da manhã e ficava de beijinhos com os rapazes bem em frente à porta do apartamento. Essa Molly era uma cozinheira de mão cheia, podia cozinhar para um rei. Até hoje não entendo como fazia para nos oferecer tudo aquilo por dois dólares por semana. Era freguesa dos carrinhos que vendiam secos e molhados com desconto na Orchard Street.

* * *

"Pois é, meu caro. Aguentei firme e continuei solteiro por dez anos. Não sou filósofo, mas mantinha os olhos abertos. Refletia sobre a vida e via o que estava acontecendo. Enquanto acreditaram em Deus, muitos temeram as fornalhas da Geena. Mas nossos jornais ídiches escreveram que não havia Deus e que Moisés não passava de um capitalista e impostor. Então as pessoas iam ter medo de quê?

"Quando cheguei aos Estados Unidos, já havia automóveis circulando pelas ruas e até alguns caminhões, mas o transporte da maior parte das mercadorias era feito por carroças. Em muitas ruas se viam cochos com água para os cavalos. Graças a minha experiência em Varsóvia, eu sabia tudo sobre cavalos, e resolvi entrar no ramo das entregas rápidas. No princípio conduzia para outro homem, mas depois comprei uma carroça própria e uma parelha de éguas belgas. Não demorei a comprar uma segunda carroça e em seguida outra e mais outra. Eu entrara com o pé direito nos Estados Unidos, tinha sorte em tudo o que fazia. Trabalhava dezesseis horas por dia, mas tinha energia para dar e vender. Hoje tomo pílulas para dormir. Naquele tempo eu me estendia no piso nu da minha carroça e, antes que desse por mim, estava dormindo. Era capaz de dormir dez horas seguidas. Os vagabundos vinham sorrateiramente e também se deitavam para dormir nas minhas carroças. Os negócios iam de vento em popa e acabei enriquecendo — isto é, para os padrões de então; naquela altura, mil dólares valiam mais que dez mil hoje. Comprei um apartamento na Grand Street. Na época a região era considerada residencial. Os casamenteiros andavam atrás de mim, porém eu lhes dizia abertamente: 'Por que me casar e deixar que outros durmam com a minha mulher? Prefiro que os outros se casem para que eu durma com as mulheres deles'.

E eu não estava falando da boca para fora. Entende o que quero dizer?"

"Perfeitamente."

"O problema é que não adianta querer ser esperto demais. Está escrito no céu e na terra que ninguém ludibria o destino. Já lhe contei que adoro o teatro ídiche. Como é possível que vocês que chegaram mais tarde aos Estados Unidos compreendam o que o teatro ídiche significava para nós? Os grandes atores ainda eram vivos: Adler, Tomashefsky, madame Liptzin e, tempos depois, Kessler. A maioria dos operários só podia ir ao teatro aos sábados, mas eu, um solteiro com dinheiro no bolso, podia ir sempre que tinha vontade — e isso acontecia quase todas as noites. As peças de hoje em dia não prestam. Nas peças ídiches de que estou falando havia o que ver: o rei Davi, Betsabeia, a destruição do Templo — história de verdade! Os judeus enfrentavam os romanos e a batalha era travada bem ali, diante dos nossos olhos. Não faltavam mulheres e garotas com as quais eu podia sair, mas geralmente preferia ir sozinho ao teatro. Havia uma atriz chamada Ethel Sirota, cujo nome aparecia em letras pequenas nos cartazes — mas na primeira vez em que a vi atuando, meu coração disparou. Faz não sei quantos anos que ela não sobe num palco. É a avó dos meus netos.

"Se fosse contar ao senhor como a conheci e o que fiz para tirá-la do marido, seriam necessários três dias e três noites. Como eu, um simples cocheiro de Varsóvia, pude aproximar-me de uma atriz americana? É que o amor tem um poder estranho. Depois ela admitiu que costumava sentir meu olhar durante o espetáculo. Eu sempre comprava um ingresso para a primeira ou segunda fileiras. O marido de Ethel integrava o elenco de companhias itinerantes que excursionavam pelo país. Nunca era chamado para as produções nova-iorquinas. Certa vez o vi atuando na Filadélfia — um imbecil. Eles não tinham filhos. E eu e Ethel nos apaixonamos. Quando saí com ela pela primeira vez, pensei que ia enlouquecer de tanta felicidade. Jantamos num restaurante na Broadway e depois fomos a uma boate. Embora o show estivesse repleto de mulheres nuas, eu ardia de paixão por Ethel. Tomamos champanhe e fiquei meio alto. 'O que você vê em mim?', ela perguntou. 'Meu marido seria capaz de me trocar por uma *yenta* da pior espécie.' E eu disse que o que via nela não podia ser expresso em palavras. Beijamo-nos e cada beijo nosso era um braseiro. Parecia coisa de romance. Naquela noite mesmo eu a pedi em casamento. Quando o marido, aquele jumento, soube que havia mais alguém interessado em Ethel, seu desejo por ela renasceu e teve início uma brincadeira de gato e rato. Por fim ele se convenceu de que era a mim que ela queria, não a ele, e exigiu dinheiro. Dei-lhe dois mil dólares em espécie — na época uma fortuna —, e ele se divorciou dela. Dito dessa maneira, até parece que foi fácil. Mas as coisas não aconteceram de uma hora para a outra. Pelo contrário, arrastaram-se por bastante tempo, e enquanto esperávamos vivíamos como marido e mulher.

"Quando ficamos mais íntimos e comecei a perguntar sobre seu passado, Ethel jurou que o único homem que havia tido antes de mim fora o marido. Mas vou lhe contar uma regra que aprendi: se uma mulher diz que você é o segundo homem dela, pode apostar que é o décimo, o vigésimo, quiçá o quinquagésimo. Em algum lugar da Bíblia está escrito que as serpentes que se arrastam sobre as rochas e os navios que cruzam os mares não deixam rastro. Se não me engano, quem disse isso foi o rei Salomão, e o senhor bem sabe ao que ele estava se referindo. Quanto mais a interrogava, mais coisas eu descobria. Antes de atuar nos palcos nova-iorquinos, Ethel também trabalhara em companhias itinerantes, nas quais, para se conseguir um papel, era preciso dormir com o diretor ou quem quer que estivesse no comando da trupe. A bem da verdade, as coisas não eram muito diferentes na Second Avenue. Quando estava sóbria, Ethel era discreta, mas bastava ficar um pouco alta para soltar a língua. Fiz uma extensa relação de todos os seus amantes, e toda vez que pensava ter completado a lista, surgia mais um nome. Nesse meio-tempo, Ethel ficou grávida. Eu a tirara do marido e por minha causa ela abandonara os palcos — como poderia destruir sua vida? Brigamos e chegamos às vias de fato. As lágrimas que ela derramava teriam comovido uma pedra. Compreendi que esse era meu destino. Eva beijava o filho do zelador e Ethel se vendia por um papel numa peça. Agora que estava casada e grávida, prometia se comportar. Mas não pôde se afastar totalmente do teatro. Assistíamos a todas as peças. Ela conseguia ingressos de graça. Todas as bilheteiras a conheciam. Quem trabalhou no teatro ídiche jamais é esquecido. Ethel teve uma menina e demos a ela o nome de Fanny, ou Feigele, que era como a mãe de Ethel se chamava. Dois anos mais tarde ela teve gêmeos, um menino e uma menina. São os meus filhos.

"Depois do segundo parto, Ethel sentiu um desejo incontrolável de voltar para o teatro. Ofereciam-lhe papéis, o telefone não parava de tocar; porém fui franco com ela e disse com todas as letras que, se ela tornasse a subir num palco, eu a abandonaria. Antes de me casar, eu achava que os atores eram deuses, mas quando me inteirei de seu comportamento e quando soube que as moças tinham de dormir com meio mundo para conseguir um papel, parei de venerá-los. No palco, vemos um homem com um casaco de cetim e um chapéu de pele, tal e qual um rabi, recitando: 'Ouve, ó Israel', e se sacrificando pelo Santo Nome. Duas horas depois, o sujeito está explicando a uma dessas garotas que sonham com a ribalta que a única chance que ela tem de se tornar atriz é ir para a cama com ele. Eu tinha bons amigos e, tão logo se viam em minha casa, eles se punham a dirigir palavras lisonjeiras a minha mulher. Ela gostava. Por que não haveria de gostar? Mas depois do que acontecera comigo em Varsóvia junto ao portão da casa de Eva, esse tipo de travessura já não me agradava. Quando um de meus amigos começava a tomar muitas liberdades com Ethel, eu o agarrava pelo colarinho e lhe mostrava o caminho da rua. Em virtude disso fiquei com fama de ser extremamente ciumento. Ethel deplorava que eu afugentasse os nossos amigos. Parei de frequentar o teatro ídiche, e o teatro inglês não me atraía. Lá eles não atuam, só declamam.

"Com o passar do tempo, as carroças que faziam o serviço de entregas rápidas foram todas substituídas por caminhões; de modo que acabei formando uma frota de caminhões. Tudo teria corrido às mil maravilhas se eu já não estivesse com o sangue envenenado. Quando não estava ruminando sobre Ethel, era para a falsidade da mulher do magarefe que meus pensamentos se voltavam. À noite, ao me deitar com Ethel, eu a interrogava a respeito de todos os seus amantes. Ela tinha de confessar até os mínimos detalhes. Se negasse alguma coisa, punha-me a infernizá-la. Em todo tipo de negócio é preciso fazer uma viagem ou outra, mas nessas ocasiões sempre imaginava que, tão logo eu saísse da cidade, o amante de Ethel estaria com ela. Eu fazia sucesso com as mulheres, e quando via como as outras se comportavam, sentia que Ethel não podia ser diferente. Assim que o marido vira de costas, a mulher começa a piscar para alguém. E o que cair na rede é peixe. As coisas chegaram a um ponto em que tive de procurar um médico para tratar dos nervos. Em vez de me passar uma receita, o fulano só fez piorar as coisas. Era divorciado e pagava pensão para a mulher. Apontou o divã e disse: 'Se esse divã falasse, muitos casais se divorciariam'. À noite eu era assolado por pesadelos, e todos tinham a ver com minha natureza desconfiada. Acordava de madrugada com gana de estrangular Ethel. Jamais seria capaz de uma coisa dessas, mas a cólera me possuía. E quando me dava conta de que tinha duas filhas que estavam crescendo e que um dia seriam tão dissimuladas quanto as outras mulheres, sentia vontade de matá-las também — minhas próprias filhas. O senhor compreende tamanha insanidade? Acha que sou um assassino?"

"Não, o senhor não é um assassino."

"O que sou, então?"

"Um homem."

O gongo soou, chamando para o jantar, e subimos para o salão da primeira classe. Sam pediu que o *maître* nos colocasse na mesma mesa. O garçom que cuidava do meu vinho agora servia a nós dois. Entre um prato e outro havia um longo intervalo, pois todos os pedidos eram preparados na hora. O jantar se estendeu por duas horas.

Perguntei a Sam: "O senhor continuou com Ethel?".

Ele empurrou o prato para o lado.

"Não, nós nos divorciamos. Eu queria me mudar de Nova York e ela não admitia sair de lá. Insistia em me arrastar para o teatro ídiche e para o Café Royale, onde encontrava seus antigos namorados. Era eu me sentar à mesa com minha mulher para um ou outro canalha que havia dormido com ela vir se juntar a nós. Isso era demais para mim. Posso ser um sujeito simples, filho de cocheiro, mas em nossa casa não acontecia esse tipo de coisa. Minha mãe, que descanse em paz, tinha um só Deus e um único marido. Aquilo me exasperava tanto que por pouco não dei cabo de Ethel e depois me suicidei — só não o fiz porque não nasci para apodrecer na cadeia ou sentar na cadeira elétrica. As brigas e discussões se estenderam por tanto tempo que acabaram azedando nosso amor. Ela ficou — como é que se diz? — frígida. Queixava-se de que sentia dor quando fazíamos sexo. Levei-a ao médico da cabeça e ele disse: 'É puramente emocional'. Resolvemos nos separar, depois nos reconciliamos, depois nos separamos de novo. Quando Ethel enfim voltou a atuar, a peça ficou em cartaz uma semana apenas. O editor, esqueci seu nome, escreveu uma crítica dizendo que se tratava de um espetáculo insosso, um tédio do começo ao fim. Nem tocou no nome de Ethel. Esses críticos só prestam atenção nos figurões. Então foi ela quem pediu o divórcio. Eu não me rebaixara a ponto de obrigar quem quer que fosse a viver comigo, por isso a mandei para Reno, e foi o fim de tudo. Claro que continuei sustentando as crianças. Ethel achava que, tão logo se livrasse de mim, os teatros todos a receberiam de braços abertos, mas eles foram fechando as portas, um após o outro. A nova geração não sabe ídiche. E por que ir a um teatro no centro, quando no cinema do bairro a pessoa pode assistir a um filme de Hollywood com música, dança e garotas deslumbrantes? Ethel viveu seis anos sozinha e não falava comigo quando eu ia visitar as crianças. Trancava-se no quarto ou saía de casa. Depois, casou-se com um farmacêutico, um viúvo com cinco filhos. Nova York me oprimia. Ethel envenenou as crianças contra mim. Fanny, minha mais velha, cuspia em mim. Hoje é médica. A mais nova casou-se com um ator e tentou seguir os passos da mãe, mas não deu certo e acabou se divorciando. Na realidade, já passou por duas separações. Nem sei por onde anda. Acho que em algum lugar do Meio-Oeste. Estudou enfermagem. Meu filho seguiu carreira acadêmica e é professor em Madison, no Wisconsin. Da área de sociologia. Casou-se com uma gentia. Esse menino me adorava. Costumava ir me visitar em Los Angeles. Hoje tem cinco filhos lindos, mas não são judeus. A mãe os fez estudar numa escola católica. Aos domingos tinham de ir à igreja. Arrancados de suas raízes!

"Mudei-me para Los Angeles, em primeiro lugar porque comecei a ficar muito resfriado, e em segundo porque não suportava viver na mesma cidade que Ethel. A essa altura eu tinha um sócio nos negócios, e sócios sempre dão aborrecimento: ou são preguiçosos ou são ladrões e às vezes são ambas as coisas. Começou a guerra e li nos jornais o que Hitler estava fazendo com os judeus. Fazia muito tempo que meus pais tinham morrido. Meu pai, que Deus o tenha, não quis ir para os Estados Unidos porque lá os judeus trabalhavam no Shabat. Meu irmão Benjamin morreu na Primeira Guerra. Minha família inteira foi eliminada pelos nazistas. Estou longe de ser um sujeito estudado, mas quando soube que aqueles assassinos fortes e saudáveis arrancavam criancinhas de seus berços e depois brincavam de bola com seus crânios, entrei em desespero. Em Nova York, eu costumava frequentar os encontros dos *landsleit* e às vezes comparecia a reuniões de protesto no Madison Square Garden. O que os oradores diziam fazia sentido. Pediam dinheiro e eu contribuía. Apesar disso, notava que muitos não encaravam a coisa com a devida gravidade. Notava que nem o compromisso dos oradores era tão sério assim. Fiquei sabendo que eles eram remunerados e chegavam a reclamar do cachê. Por algum motivo eu me importava mais que os outros. Talvez porque vivesse sozinho e tivesse dificuldade para dormir à noite. Permanecia acordado na cama com o jornal e minha cabeça zunia como uma máquina. Se pessoas instruídas eram capazes de cometer atrocidades como aquelas enquanto o resto do mundo se fazia de desentendido, que diferença havia entre um homem e um animal? Quando se vive com a família, não sobra tempo para reflexões. A mulher está ao lado e as crianças, sempre por perto. Quando a pessoa se vê sozinha entre quatro paredes, aí começa o acerto de contas. Bom, fui embora para a Califórnia.

"Em que a Califórnia haveria de me ajudar? Todavia, abri um novo negócio e trabalhei bastante. Conheci uma viúva em Santa Barbara e houve entre nós algo que se assemelhava a amor. Enquanto nos beijávamos, nos tocávamos e nos acariciávamos, eu não conseguia parar de pensar que ela acabara de enterrar o marido, o pai de seus filhos, e já o estava substituindo por mim. Todas as minhas reflexões caminhavam numa mesma direção: não existe amor, não existe fidelidade. Aqueles com que temos intimidade nos traem até mais depressa que os desconhecidos. No princípio, a viúva dizia que não queria nada de mim, só o meu afeto. Antes que desse por mim, porém, já a estava sustentando. Num dia, ela queria um casaco de *vison*; no outro, um broche ou um anel de diamantes. Então pediu que eu fizesse um seguro no valor de duzentos e cinquenta mil dólares, nem um centavo a menos. Fui logo dizendo a ela que, se era para pagar, eu preferia pagar mulheres mais jovens e mais bonitas. Ela armou um escândalo e eu a pus para correr. Queria ser mais esperta do que lhe convinha.

"Desde então vivo sozinho. De tempos em tempos, aparece alguém e inicio um breve relacionamento, mas tão logo esclareço que não gosto de misturar amor com dinheiro, as mulheres fogem como se tivessem visto um fantasma. Pensei muito sobre essas coisas. É verdade que minha mãe também vivia às custas de meu pai, mas deu filhos a ele, dedicava-se à casa desde as primeiras horas da manhã até tarde da noite e era uma esposa fiel. Quando meu pai precisava ir a Żychlin ou Węgrów, não tinha motivo para temer que um dândi aparecesse em sua casa e se pusesse a beijar sua mulher. Mesmo que houvesse ido para os Estados Unidos e passado seis anos ausente, minha mãe teria permanecido fiel a ele. As mulheres modernas..."

"Seu pai era um marido fiel", interrompi-o. "Mas o senhor só exige fidelidade dos outros."

Sam meditou um pouco e fitou-me com uma expressão interrogativa.

"É verdade."

"Se a sua Eva beijava o filho do zelador, o senhor beijava a empregada dos seus pais."

"Como assim? Prometi a Eva ser fiel, mas de tempos em tempos eu precisava de uma mulher, senão..."

"Sem religião não há fidelidade."

"Então o que devo fazer? Orar para um Deus que permitiu o assassinato de seis milhões de judeus? Não acredito em Deus."

"Se não acredita em Deus, tem de viver com prostitutas."

Sam não respondeu de imediato. Então disse: "Por isso me afastei de tudo e de todos".

Sam esvaziou sua taça de vinho e o garçom apressou-se em enchê-la de novo. Tomei um gole do meu vinho também, suscitando igual reação do garçom.

Indaguei: "Para onde está indo: Buenos Aires?".

Sam empurrou sua taça para o lado.

"Não tenho o que fazer em Buenos Aires. Não tenho o que fazer em lugar nenhum. Estou aposentado e, com o que economizei, não corro o risco de passar necessidade nem se chegar aos cem anos. Não que eu queira viver tanto. Para quê? A vida, para um homem como eu, é uma maldição. Eu tinha a esperança de que a velhice me trouxesse paz. Imaginava que depois dos setenta não ficaria mais ruminando ninharias. Mas a cabeça não sabe que idade tem. Continua jovem e tão palerma quanto aos vinte anos. Sei que Eva já morreu. Deve ter perecido na carnificina nazista. Ainda que estivesse viva, a essa altura seria uma velha alquebrada. Mas na minha cabeça ela continua a ser uma mocinha e Bolek, o filho do zelador, continua a ser um rapazola e o portão continua a ser um portão. Passo as noites em claro, não consigo pregar o olho e me consumo de raiva por Eva. Às vezes me arrependo de não ter batido mais nela. Sei que teria me casado se não tivesse olhado pela vigia do portão naquela noite. O pai dela queria que o casamento fosse num salão. Um coche iria buscá-la e Bolek ficaria lá, piscando para ela e rindo."

"Se não tivesse olhado pela vigia do portão naquela noite", disse eu, "o senhor talvez não tivesse ido para os Estados Unidos. Possivelmente teria morrido com Eva e seus filhos nos fornos de Auschwitz ou em algum outro campo de concentração."

"Sim, também já pensei nisso. Uma espiadela por uma vigia no portão e sua vida inteira se modifica. O senhor estaria aqui, sentado a esta mesa, mas não comigo. Ethel não teria se casado com o farmacêutico. Teria continuado a ser a esposa daquele rufião. Não teria tido filhos. O sujeito era estéril. Pelo menos foi o que os médicos disseram para ela. O que isso significa? Que tudo não passa de um acidente infeliz."

"Talvez Deus quisesse manter o senhor vivo e por isso o fez olhar pela vigia do portão."

"Meu caro, agora o senhor está falando bobagem. Por que Deus iria querer que eu permanecesse vivo enquanto milhões de outras pessoas eram liquidadas? Não há Deus. Não há Deus nenhum. Sou um homem de pouca instrução, mas na cabeça tenho massa cinzenta, não palha. Quero que saiba que arrumei uma mulher neste navio." Sam de súbito mudou o tom de voz.

"Na segunda classe?"

"Exatamente. Falei para ela que sou sapateiro e que estou de mudança para Buenos Aires porque lá tudo é mais barato e poderei viver das minhas contribuições para a previdência social."

"Quem é ela?"

"Uma italiana. Mora no Chile. Está retornando de uma visita a uma irmã que vivia nos Estados Unidos — ficou três anos lá e aprendeu um pouco de inglês. Dos seis filhos que tem, quatro já são casados. Fui dar uma volta pelo convés e me sentei perto da espreguiçadeira em que ela estava deitada. Começamos a conversar. Deve ter sido bonita quando jovem. Já passou dos cinquenta, e nesses países as mulheres envelhecem mais rápido. Perguntei-lhe uma porção de coisas e ela me contou tudo. Seu marido é espanhol e trabalha como barbeiro em Valparaiso. A irmã pediu-lhe que fosse passar uns tempos em Nova York porque estava com câncer. Morava com o marido e os filhos em Staten Island — não são gente pobre. Depois da retirada de seu seio esquerdo, os médicos prometeram que ficaria tudo bem, mas a doença voltou e atacou o outro seio também. Em virtude disso, minha amiga ficou em Nova York até a irmã morrer. As pessoas no Chile não sabem o que é mentir. Contanto que estejam conversando com um desconhecido, revelam tudo. Ela me contou a história da vida dela. Antes e depois de casar, teve vários homens. O marido passava o dia inteiro na barbearia, fazendo a barba e cortando o cabelo dos fregueses, enquanto ela permanecia em casa. Um dia era o vizinho, outro dia era o carteiro ou o menino da mercearia. Todos se insinuavam e ela nunca os repelia. No dia em que chegou aos Estados Unidos, o cunhado começou a assediá-la. Ele é eletricista. Como a esposa estava doente, fazia a coisa com ela. Perguntei-lhe: 'Faria comigo?'. E ela respondeu: 'Onde? Estou dividindo um camarote com outras três mulheres e duas delas ficaram enjoadas'. Eu disse que podia alugar um camarote desocupado na primeira classe. Quando ouviu as palavras 'primeira classe', ela ficou com medo. Convenci-a mesmo assim. Ela foi se arrumar e então a levei a meu camarote. O senhor fala em Deus. Ela é muito devota. No Chile, ia à igreja todos os domingos. Nem em Staten Island deixou de fazê-lo. Nunca come carne às sextas-feiras, só peixe. Mas uma coisa não tem nada que ver com a outra."

"Nossas mães e avós não se comportavam dessa maneira", disse eu.

"Como sabe?"

"O senhor mesmo afirmou que seu pai não tinha motivos para desconfiar de sua mãe."

"É o que eu acho. Nessas coisas nunca se pode ter certeza. Se houvesse me casado com Eva e tivéssemos tido filhos, eles não acreditariam que a mãe andava aos beijos com o filho do zelador."

"Ela poderia ter se tornado uma esposa fiel."

"É possível. Mas nem com o passar dos anos ela conseguiria esquecer o que tinha feito. E haveria o risco de Bolek procurá-la meses após o casamento, ameaçando-a de revelar seu segredo se não se entregasse novamente a ele. Desses baderneiros pode-se esperar tudo quando estão com raiva."

"Sei disso bastante bem."

"Estou falando de mim esse tempo todo e ainda não perguntei o que o senhor faz. E por falar nisso, em que rua de Varsóvia o senhor morava?"

"Na Krochmalna."

"Era uma rua de marginais."

"Não sou marginal."

"E o que é?"

"Um escritor ídiche."

"Sério? Como se chama?"

Disse-lhe meu nome.

Imaginava que ele daria um pulo de surpresa, pois eu o vira lendo o jornal para o qual escrevo. Porém Sam permaneceu calado, fitando-me com perplexidade e tristeza.

"Tem razão. Agora que disse, estou reconhecendo o senhor pelas fotos. Li cada palavra que escreveu. Sempre desejei conhecê-lo pessoalmente."

Por alguns minutos nenhum de nós falou. Então Sam disse: "Se isso pôde acontecer comigo neste navio, então é porque existe realmente um Deus".

A amarga verdade

Esta é a história de dois jovens varsovianos — Zeinvel e Shmerl, ambos empregados de uma alfaiataria. Shmerl era baixinho, gorducho e tinha um rosto redondo e olhos castanhos que traíam inocência e bondade. Estava sempre mordiscando caramelos e biscoitos. Quase sempre sorria e caía na gargalhada sem motivo nenhum.

Zeinvel era o oposto disso: alto e magro, com um rosto chupado e ombros estreitos. Seu humor no mais das vezes era azedo e sombrio. Temperava todo e qualquer lanchinho com bastante sal e pimenta, e ajudava a comida a descer com um gole de vodca.

Como dizem, os opostos se atraem. Shmerl se deleitava com a língua afiada de Zeinvel, ao passo que Zeinvel tinha em Shmerl um ouvinte atento, alguém que o olhava com assombro e admiração. Nenhum dos dois era particularmente letrado, conquanto Zeinvel conhecesse alguma coisa do Pentateuco e dos comentários de Rashi*

---

* Acrônimo de Rabi Shlomo Yitzhaqui (1040-105), renomado comentarista da Bíblia e do Talmude. (N. T.)

e fosse capaz de explicar a Shmerl os artigos e piadas publicados no jornal ídiche.

Desnecessário dizer, Zeinvel era mais temperamental e mais sequioso dos favores do belo sexo. Naquele tempo, os rapazes pobres penavam para encontrar mulheres, quanto mais mulheres oferecidas. A Zeinvel não restava alternativa senão ir toda semana a um bordel e, em troca de uma moeda de prata ou vinte copeques, satisfazer suas necessidades. Shmerl sempre o reprovava por essa conduta leviana. Em primeiro lugar, o amigo corria o risco de pegar uma doença. Em segundo, a ideia de comprar amor ia de encontro à índole de Shmerl; ele jamais entraria em lugar tão sórdido. Dizia que era um *schlemiel* acanhado. Mesmo assim, Zeinvel vivia tentando persuadi-lo a deixar de lado aquele recato antiquado e ir com ele.

Por fim Shmerl cedeu. A fim de ganhar coragem, parou num botequim e tomou uma caneca de cerveja. Quando os dois chegaram à casa e a porta foi aberta, Shmerl recuou e fugiu. Tivera um vislumbre de mulheres muito maquiadas e vestidas em cores berrantes: meias vermelhas, verdes e azuis presas a cintas-ligas de renda. Sentiu um odor repulsivo e bateu em retirada, pondo-se a correr tão velozmente que foi um milagre não ter tropeçado nas próprias pernas. Horas depois, quando os amigos se reencontraram para jantar no sopão dos pobres, Zeinvel o repreendeu.

"Por que saiu correndo? Ninguém iria persegui-lo."

"Sinto náuseas quando vejo mulheres despudoradas como aquelas. Não fique bravo comigo, Zeinvel, mas não consigo me livrar desse meu jeito de bobo; por pouco não vomitei."

"*Nu*, elas são vadias, mas não mordem. E a gente não casa com elas. Enquanto isso, deixemos que sirvam para alguma coisa... É melhor do que não dormir à noite."

"Você tem razão, Zeinvel, mas tenho essa índole palerma..."

"*Nu*, prometo que não o incomodo mais."

E assim ficou combinado. Zeinvel continuou frequentando o prostíbulo toda semana. Shmerl confessou a Zeinvel que, embora muitas vezes sentisse inveja dele, nunca mais tentaria buscar prazer junto àquelas mulheres da vida. Preferia morrer.

Em 1914, a eclosão da guerra entre Rússia e Alemanha separou os dois amigos. Zeinvel foi recrutado; Shmerl recebeu o cartão azul que indicava dispensa por insuficiência física. Zeinvel prometeu mandar uma carta para Shmerl da frente de batalha, mas são raras as oportunidades que os soldados têm de escrever ou receber cartas. Zeinvel perdeu todo o contato com Shmerl. Serviu no Exército russo até a revolução de Keriénski e então desertou. Só após a guerra entre poloneses e bolcheviques foi que regressou a Varsóvia e a seu emprego na alfaiataria. Muitos rapazes que Zeinvel conhecera antes haviam morrido de febre tifoide. Outros tinham simplesmente desaparecido — entre eles Shmerl. Zeinvel tentou retomar a antiga rotina, porém envelhecera e estava debilitado. Testemunhara tanta infidelidade e depravação que já não confiava em mulher nenhuma e perdera toda a esperança de um dia se casar. Contudo, por maior que seja a desilusão, não há como negar a falta que o homem sente de mulher. Zeinvel não teve alternativa senão voltar às casas de tolerância. Conformou-se com a ideia de que era esse o seu destino.

Um dia, estava almoçando no velho sopão dos pobres quando ouviu alguém pronunciar seu nome. Virou-se e reconheceu Shmerl, que estava gordo e redondo como um barril. Vestia-se qual um comerciante e perdera o aspecto de aprendiz de alfaiate. Os dois amigos se atiraram nos braços um do outro, beijaram-se, abraçaram-se.

Shmerl exclamou: "Se estou vivo para testemunhar o dia de hoje é porque Deus existe! Faz anos que ando à sua procura!

Pensei que já tivesse ido...", e apontou o dedo para o céu. "Você não está com boa aparência", prosseguiu. Parece mais magro que antes."

"E você parece mais largo que comprido", disse Zeinvel.

"Casou-se, por acaso?", perguntou Shmerl.

"Se me casei? Não, continuo solteiro."

"*Nu*, por isso está assim. Eu me casei, irmão, e sou feliz", disse Shmerl. "Não moro mais em Varsóvia. Mudei-me para a cidade de Reivitz e não sou mais aprendiz de alfaiate. Talvez você pense que estou contando vantagem, mas conheci a garota mais formidável de toda a Polônia. Ela tem um coração de ouro e é inteligente que só vendo. Me ajuda na venda. Me ajuda, não. É a verdadeira alma do negócio. Ainda não temos filhos, mas a Ruchele vale mais que dez filhos. E você, Zeinvel, o que anda fazendo? Ainda frequenta aquelas rameiras da rua Smocza?"

"E tenho escolha?", volveu Zeinvel. "Depois de todas essas guerras e revoluções, não sobrou praticamente nenhuma mulher digna em Varsóvia. Só se encontra mercadoria usada, do tempo do rei Sobieski."

"Tenho pena de você, sério. Depois de provar uma moça jovem e bonita como a minha Ruchele, dá vontade de cuspir naqueles bagaços... *Oy*, é um milagre! Nunca teria me ocorrido entrar neste sopão, mas estava passando e senti o cheiro de *borscht* e cebola frita. Alguma coisa me fez entrar. Só pode ter sido obra do destino!"

Shmerl não desgrudou mais de Zeinvel, ficou com ele até a manhã seguinte. Pediu um quarto para o amigo na hospedaria em que estava instalado e os dois conversaram e tagarelaram noite adentro. Shmerl contou a Zeinvel que havia passado os anos da guerra no interior, e que lá conhecera Ruchele e que entre eles tinha sido amor à primeira vista. Cansara de ser artesão. Com trabalho manual, ninguém ficava rico. Ao fim de uma vida de muita labuta, a pessoa não tinha nada de seu. Sugeriu que Zeinvel fosse para Reivitz, onde ele, Shmerl, e a mulher poderiam arrumar-lhe um emprego e possivelmente uma esposa. Contara tudo a seu respeito a Ruchele. Elogiara-o tanto que Ruchele ficara com ciúmes. "Não se preocupe", disse Shmerl. "Vai dar tudo certo. Ela ficará feliz em conhecê-lo."

Zeinvel queixou-se de que o trabalho se tornara algo sufocante para ele. Não aguentava mais viver na cidade grande, oprimiam-no o peso das tesouras e dos ferros, as constantes reclamações dos fregueses. Não encontrava um único ser humano do qual pudesse se aproximar. O que havia de fazer de si mesmo ali? No que dependesse dele, iria com Shmerl até o fim do mundo.

Foi tudo muito rápido. Zeinvel colocou seus poucos pertences numa valise e estava pronto para a viagem.

Chegaram à cidade de Reivitz na sexta-feira à tarde. Ruchele estava na venda e uma criada preparava a ceia para o Shabat. A casa de Shmerl era limpa, arrumada e parecia impregnada do sossego que costuma se fazer presente nos lares de casais amorosos e felizes. A criada recebeu Shmerl e seu convidado com um biscoito sabático e um pudim de ameixas. Shmerl conduziu Zeinvel ao banheiro. Zeinvel vestiu suas roupas sabáticas; pôs uma camisa limpa e uma gravata, preparando-se para encontrar a esposa de Shmerl. Não precisou esperar muito. A porta se abriu e Ruchele entrou. Assim que Zeinvel pousou os olhos nela, ficou branco como giz. Já a conhecia — era uma das meretrizes mais procuradas no bordel que ele frequentava antes da guerra. Chamavam-na de Rachelle. Na época, não passava de uma mocinha, e era tão solicitada que os homens formavam fila para receber seus favores. As outras garotas brigavam com ela e sempre discutiam com a madame e os cafetões. Rachelle era uma raridade, no sentido de que extraía prazer de sua profissão imoral. Cuspia fogo e enxofre nas mulheres supostamente decentes. Ria com insolência e tanto gosto que suas risadas faziam tremer as paredes. Contava histórias que ouvira em outros prostíbulos e na cadeia. Era conhecida entre os clientes como uma prostituta insaciável, obcecada por homens. A tal ponto que tiveram de expulsá-la do bordel. Zeinvel fora com ela muitas vezes. Graças a Deus ela não o reconheceu. Não havia a menor dúvida de que se tratava de Rachelle. Ainda tinha a cicatriz que lhe ficara na maçã do rosto alguns anos antes, ao ser agredida por um cafetão. Estava um pouco mais cheia, e mais bonita.

Zeinvel ficou tão atordoado que perdeu a fala. Tremia e gaguejava. Suas pernas bambearam e ele via faíscas. Teve vontade de sair correndo porta afora, porém não podia fazer isso com Shmerl. Logo recobrou o domínio de si e cumprimentou a mulher como se deve cumprimentar a esposa de um amigo do peito. Ela retribuiu o cumprimento. Não havia um só traço de sua antiga vulgaridade. Até o sotaque urbano se modificara. Comportava-se como uma mulher nascida e criada em lar honrado, com gentileza e propriedade.

Zeinvel ouviu-a dizer: "Todo amigo de Shmerl é também meu amigo".

Naquela noite de sexta-feira, os três fizeram juntos a ceia de Shabat. Embora Zeinvel tomasse o cuidado de não fazer perguntas, Ruchele contou-lhe que era órfã de pai e mãe e que por alguns anos trabalhara numa fábrica de chocolate em Varsóvia. Zeinvel compreendeu que ela resolvera pôr termo à dissipação em que vivia. Mas como isso se dera? Porventura algum rabino a levara a arrepender-se de seus pecados? Teria sido vítima de alguma doença que a fizera sofrer terrivelmente? Será que fora por amor a Shmerl? Ou será que ela tivera uma experiência extraordinária, similar à que ele estava tendo naquela noite? Não adiantava quebrar a cabeça com um enigma que só Deus, ou talvez a morte, poderia solucionar. Ruchele estava acolhendo Zeinvel com uma dignidade que parecia ter se tornado quase instintiva.

Naquela noite, Zeinvel não pregou os olhos. Os dois amigos tinham ficado até altas horas conversando. E o restante da noite Zeinvel passou virando de um lado para o outro na cama. Assolavam-no os pensamentos mais desatinados: deveria acordar Shmerl e contar-lhe a verdade? Deveria sair às escondidas e fugir em direção a Varsóvia? Deveria dizer a Rachelle que a tinha reconhecido? Esperava que, ao contrário de tantos homens que ele conhecia, Shmerl não estivesse sendo vítima de nenhuma perfídia. Seu amigo Shmerl, casado com a vadia mais sem-vergonha de que se tinha notícia. Quando pensou nisso, Zeinvel sentiu o corpo alternar entre o calor e o frio e ouviu seus dentes rangendo. Algum poder perverso introduziu em seus pensamentos a ideia de tirar proveito do dilema de Rachelle para seu próprio gozo. "Não, prefiro morrer a cometer uma abominação dessas", murmurou consigo mesmo. O dia vinha raiando quando ele adormeceu.

Marido e mulher foram cumprimentá-lo pela manhã: ela com um copo de chá e ele com um biscoito sabático, cuja ingestão é facultada antes da prece matinal.

"Que há com você? Parece cansado, pálido", disse-lhe Shmerl. "Teve sonhos ruins?"

"Será que o meu *gefilte fish* não lhe caiu bem?", perguntou Rachelle em tom de brincadeira.

E ele respondeu: "Eu não comia um peixe tão delicioso desde o dia em que fugi do paraíso bolchevique".

Naquela manhã, quando estavam a caminho da sinagoga, Zeinvel disse: "Shmerl, diga-me uma coisa".

"O quê?"

"A que você dá mais valor? À verdade ou a sua tranquilidade?"

"Não sei aonde você quer chegar. Fale em bom ídiche", disse Shmerl.

"Imagine que alguém ponha você diante da opção de saber a verdade e sofrer ou continuar iludido e ser feliz, o que escolheria?"

"Que pergunta estranha. Aonde está querendo chegar?", indagou Shmerl.

"Responda."

"Para que serve a verdade se causar sofrimento? Por que está me perguntando essas coisas?"

"Saiu um artigo sobre isso nos jornais de Varsóvia e queriam saber a opinião dos leitores", disse Zeinvel.

"Os jornais publicam bobagens a não mais poder. Se alguém me revelasse que, Deus não permita, vou quebrar a perna amanhã, de que me adiantaria saber disso com antecedência?", disse Shmerl. "Prefiro degustar meu almoço sabático em paz e deixar que Deus se preocupe com o amanhã."

"E se alguém viesse e lhe contasse que você não é filho do seu pai, mas sim um bastardo, e que seu verdadeiro pai não passava de um laçador de cães? Ficaria contente em saber a verdade ou isso o deixaria furioso?", indagou Zeinvel.

"Por que haveria de ficar contente? As pessoas preferem ignorar esse tipo de coisa revoltante."

"*Nu*, então é assim", disse Zeinvel com seus botões.

"Mas por que perde seu tempo com tamanha tolice? Solteirões e solteironas não têm mais o que fazer; por isso imaginam eventos impossíveis", disse Shmerl. "Quando arrumar uma boa mulher e encontrar o negócio certo, vai parar de dar atenção aos jornais e às invencionices dessa gente."

Zeinvel não respondeu. Ficou até segunda-feira na casa de Shmerl. Na segunda de manhã anunciou que precisava retornar a Varsóvia. De nada valeram os protestos e as súplicas de Shmerl.

Ainda mais que Shmerl, Ruchele parecia fazer questão de sua permanência em Reivitz. Prometeu arranjar-lhe uma noiva perfeita e um negócio lucrativo. Chegou mesmo a oferecer-lhe sociedade no armarinho, já que ela e o marido estavam precisando de um alfaiate experiente e principalmente honesto. Zeinvel mal podia crer em seus ouvidos. Ela lhe falava com o ardor e a devoção de uma irmã amorosa. Instou-o a dizer a verdade: por que desejava tanto voltar para Varsóvia? Seria por causa de uma mulher? Estava escondendo alguma coisa de seu melhor amigo? Porém Zeinvel sabia que não toleraria ser testemunha ocular da insídia em que Shmerl havia caído. Também receava não ser capaz de guardar o segredo para sempre e acabar comprometendo o futuro do casal. Todos os poderes do céu e da terra pareciam conspirar para que ele retornasse a Varsóvia e a seu emprego enfadonho, a seu quarto desmazelado, a suas noites de amor pago e à solidão de quem é obrigado a encarar a amarga verdade.

O produtor cultural

Em minha viagem à Argentina, fiz uma escala de cerca de duas semanas no Brasil. Os idichistas haviam se comprometido a organizar uma palestra para mim, porém dia após dia a adiavam. Ao embarcar no navio para Santos, eu recebera do patrocinador da conferência um manuscrito volumoso, de sua própria autoria — ao que tudo indica o sujeito contava receber uma carta de congratulações. Ocorre que eu não tinha necessidade de proferir a palestra e tampouco me sentia inclinado a mentir sobre o trabalho do sujeito, que não me agradara. De uma hora para outra, vi-me com uma porção de tempo livre à minha disposição.

O outono chegara a Nova York, mas ali era o princípio da primavera. Eu levava na bagagem meus próprios manuscritos, nos quais trabalhava no quarto do hotel, que ficava de frente para o Atlântico. A brisa trazia o perfume de plantas e frutas tropicais que não me era possível nomear em ídiche. Veleiros brancos balançavam sobre as ondas. Lembravam-me defuntos envoltos em mortalhas. O patrocinador da conferência ligara diversas vezes, porém eu não estava com pressa de responder suas chamadas. Dessa vez, quando finalmente resolvi atender o telefone, ouvi uma voz desconhecida que tossia e gaguejava como alguém que não sabe por onde começar. Dizia o sujeito: "Sou um leitor fiel seu. Comecei a ler suas narrativas muito antes de o senhor se tornar conhecido. Seria uma grande honra para mim se...". O homem do outro lado da linha perdeu a fala.

Convidei-o a subir ao meu quarto e dez minutos depois ele estava batendo na porta. Abri-a e vi um homem macilento, pálido, com um nariz afilado, rosto chupado e um pomo de adão protuberante. Trazia nas mãos uma pasta que eu sabia repleta de manuscritos. Tal e qual um médico experiente, fiz o diagnóstico tão logo pus os olhos no sujeito: fazia anos que escrevia sem obter o devido reconhecimento. Os editores eram uns ignorantes; os donos das editoras, uns impostores que só pensavam em dinheiro. Por acaso eu achava que ele deveria continuar tentando? Ofereci-lhe uma cadeira e ele se sentou, agradecendo e desculpando-se profusamente. Então disse: "Tenho um presente para o senhor".

"Ora, muito obrigado", agradeci. E contudo ouvi o cético em mim dizer: é um livro de poesia que ele mesmo mandou imprimir, com uma dedicatória para a esposa, sem cujo auxílio essa obra não poderia ter sido escrita nem publicada.

O sujeito tirou da pasta uma garrafa de vinho e uma ornamentada lata de biscoitos. Balbuciou algo que não compreendi. O juízo que eu fizera dele estava completamente equivocado. Não era poeta, mas sim professor de alemão e francês na Universidade do Rio. Desertara do Exército austríaco durante a Primeira Guerra. Seu pai fora proprietário de um poço de petróleo na Galícia, na região de Drohobycz. Chamava-se Alfred Reisner. Falava um ídiche vernáculo e viera atrás de mim porque queria me contar uma história e saber o motivo de minha conferência ter sido adiada. "Se a sua história for interessante, explico ao senhor o motivo do adiamento. Mas terá de manter isso em segredo."

"Eu guardo muitos segredos."

"Antes de começar a história, posso saber como está de saúde? O senhor me parece abatido, ou talvez cansado", disse eu.

"Como é? Não, o senhor está enganado, como todo mundo", respondeu Alfred Reisner. "Quando subo num ônibus, sempre há um ou outro passageiro que se levanta para me dar lugar, até moças o fazem, como se eu fosse um velho decrépito. Mas tenho uma saúde de ferro. Ainda não cheguei aos sessenta e cinco, e caminho de doze a dezesseis quilômetros todos os dias. Em toda a minha vida, nunca fiquei um só dia doente. Como dizem: 'Será assim por cento e vinte anos'. Contudo, não me anima viver muito."

"Por que não?"

"Já vai saber."

Liguei para o serviço de quarto e pedi um bule de café — não o café preto e forte que se costuma tomar no Brasil, mas um café com creme e açúcar. Experimentamos os biscoitos que Alfred Reisner havia trazido. Ouvi-o dizer: "Estava receoso de ligar para o senhor. Nutro enorme respeito pelos artistas. Sempre que leio suas obras, vem-me a vontade de entrar em contato com o senhor, mas acabo desistindo. Por que haveria de ocupar seu precioso tempo? Tinha a esperança de falar com o senhor em sua conferência aqui no Rio, mas sabia que haveria uma verdadeira multidão à sua volta. O senhor costuma mencionar Spinoza em seus contos. Imagino que seja seu filósofo favorito. Continua sendo um spinoziano?".

"Spinoziano, não. Panteísta", disse eu. "Spinoza era um determinista, porém eu creio no livre-arbítrio, ou *bechira*, palavra que significa..."

"Sei o que significa *bechira*", volveu Alfred Reisner. "Meu pai contratou um professor de hebraico para me instruir na Bíblia e na Mixná. Quando estourou a Primeira Guerra e os russos invadiram a Galícia, nossa família fugiu para Viena. Meu pai era razoavelmente religioso, porém estava longe de ser um fanático. Era um homem do mundo, falava oito línguas. Pode-se dizer que já nasci linguista. Ingressei na Universidade de Viena, mas depois fui recrutado pelo Exército e despachado para o front italiano. Como já disse, não sentia a menor vontade de defender o império dos Habsburgo, por isso desertei."

"Essa é a sua história?"

"É apenas o começo dela, se puder dispor de um pouco de seu tempo. Espero que se interesse pelo que tenho para contar. O senhor sempre escreve sobre a questão do ciúme. Já reparou que os ficcionistas de hoje não escrevem mais sobre isso? Os críticos foram tomados de tamanha aversão pelo que chamam de romance de alcova que os escritores ficaram com medo. O ciúme se tornou quase um anacronismo na literatura moderna. Contudo sempre o considerei um instinto extraordinariamente humano e até animal, a própria essência do romance. Admirava muito Strindberg e li cada palavra que ele escreveu. Tal admiração se devia ao fato de eu ter sido, e talvez no fundo ainda seja, um homem ciumentíssimo. Quando estava no colégio, qualquer sorriso que minha namorada desse a outro aluno seria motivo para eu romper de forma definitiva com ela. Estava resolvido a me casar com uma virgem; se possível, uma moça que jamais houvesse se apaixonado por outro homem. Para mim, um homem traído era um homem maculado — um leproso. O senhor há pouco me perguntou se eu estava doente. O fato é que aos vinte anos eu já parecia velho, doente, debilitado. Às vezes penso que o receio de ser traído e a consciência de que o sexo masculino vive à mercê das mulheres me exauriram. Porém essa minha aparência alquebrada também me ajudou durante a guerra. Ninguém suspeitava que eu fosse um desertor. Ainda quer que eu continue a minha história?", indagou Alfred Reisner.

"Sim, por favor."

"Bom, é muita gentileza do senhor. Naquela altura, em Viena, acabei me envolvendo com uma moça oriunda da parte russa da Polônia. Tinha três anos a menos que eu. Seu pai e sua mãe eram atores ídiches pouco conhecidos que viviam viajando pelo interior, exibindo-se em celeiros e postos do corpo de bombeiros. Chamava-se Manya. Com cinco anos apenas, começara a atuar ao lado dos pais. Encenavam peças de Goldfaden e Letteiner e Manya também atuava em algumas peças popularescas que o pai havia escrito. Como dizem, o sujeito escrevia Noé com sete erros de ortografia.

"Durante a guerra, Manya foi para Viena e tentou produzir as peças do pai. Em Varsóvia, um homem rico, impressionado com sua voz, pagara aulas de canto para ela e Manya acabou conseguindo uma vaga no coral da Ópera — um feito e tanto para uma garota judia. O pai tinha morrido de febre tifoide em 1915. A mãe arrumara um emprego de governanta na casa de um sujeito — tornando-se também sua amante.

"Ainda hoje, com sessenta anos, ela é bonita, mas quando a conheci, era de uma beleza rara. Eu a vi cantar canções lascivas num teatro ídiche frequentado por refugiados galicianos. O lugar era uma mistura de restaurante, boate e botequim. Se ia me visitar no fim da noite, Manya sempre levava um embrulho com sobras de comida. Vez por outra eu precisava dar a ela duas coroas para a condução. Quando cantava: 'A um canto do Templo Sagrado está sentada a viúva de Sião, toda envolta em melancolia', sua voz me fascinava. Causava um rebuliço em minha alma. Apaixonei-me por ela e estava disposto a me casar imediatamente. Mas, quando ela me revelou seu passado sexual, entrei em parafuso. Fiquei tão desnorteado que tive vontade de acabar com a vida dela e com a minha. Aos dezenove anos, sua coleção de amantes já somava mais de vinte homens, entre os quais, que ele arda na Geena, o próprio pai. Também tivera experiências lésbicas. Experimentara de tudo: sadismo, masoquismo, exibicionismo, todo tipo de perversão possível e imaginável. Vangloriava-se de seus pecados, e apesar do amor que eu sentia por ela, comecei a odiá-la ferozmente. Não a obriguei a confessar nada; ela me contou tudo de livre e espontânea vontade. Manya sentia orgulho de sua libertinagem. Os amantes que havia tido eram, em sua maioria, marginais, gente do submundo. Ela por vezes nem se lembrava do nome do sujeito. Alguns eram poloneses ligados à Ópera de Varsóvia. Manya falava e ria como se tudo não passasse de uma brincadeira. Essa mulher, que cantava tão lindamente sobre o Templo Sagrado e a viúva de Sião, não tinha o menor respeito pela condição ou pela história judaicas e demonstrava a mais absoluta indiferença pela Terra Santa. Seu corpo não era senão um pedaço de carne que ela oferecia em troca de favores ínfimos, um pouco de adulação, ou pela simples curiosidade de experimentar outro homem. Cuspia obscenidades como se fossem cascas de semente de girassol. Milhões de indivíduos lutavam nas frentes de batalha e morriam por suas pátrias, ao passo que Manya tinha uma única ambição: tornar-se uma cantorazinha de opereta para bradar todas as trivialidades que pululam nos libretos. E também ir para a cama com aqueles charlatões endinheirados que adoram fazer alarde quando dormem com alguma atriz.

"Enquanto fazia sua confissão, Manya me cobria de beijos e carícias e tentava me convencer de que estava profundamente apaixonada, porém eu sabia que ela falava assim com todos os outros homens e que continuaria a fazê-lo com os que viriam depois de mim. Eu me apaixonara por uma vadia. Naquela noite, minha vontade era pular da cama e fugir. Mas teria sido puro suicídio, pois eu era um desertor e a polícia do Exército andava para cima e para baixo em Viena. Ir para a casa dos meus pais significaria expô-los ao perigo também."

Alfred Reisner tirou um cigarro, rolou-o entre os dedos e o acendeu com um isqueiro. "Pois é, eu quis fugir daquela libertina, porém não fugi. Ela me repugnava, mas enquanto a beijava e acariciava, fui tolo o bastante para lhe pedir que fosse uma mulher como tinham sido minha mãe e minha avó. Manya estava tão segura do poder que exercia sobre mim que não quis prometer nem isso. Ao contrário, propôs um casamento em que ambos pudéssemos ter amantes.

"O senhor deve estar se perguntando como ela era. Não chegava a ser alta, mas era esguia, tinha cabelos pretos e seus olhos escuros exprimiam paixão, insolência, escárnio. Tinha um dom oratório incomum. Na Galícia, falávamos um ídiche levemente misturado com alemão. Mas no ídiche varsoviano dela abundavam todos as expressões e preciosidades linguísticas da região de onde o senhor vem. E eram fluentes em sua boca. Quando Manya desferia impropérios, estes se precipitavam como uma torrente de peçonha. Quando ficava eroticamente excitada, usava palavras que fariam corar um regimento inteiro de cossacos. Conheci muita gente desbocada na vida, mas a grosseria de Manya era incomparável. Às vezes me ocorria anotar suas expressões despudoradas, suas piadas vulgares para depois publicá-las, mas essa minha intenção, como tantas outras, nunca se concretizou.

"Tudo veio ao mesmo tempo: a revolução na Rússia, os *pogroms* na Ucrânia, a derrota alemã na França, o colapso do Império Habsburgo. A Polônia tornou-se independente praticamente de um dia para o outro, e meus pais exigiram que eu retornasse com eles para lá. Mas, depois de Viena, Drohobycz parecia um povoado, não uma cidade. Além disso, Manya queria voltar para Varsóvia, e foi para lá que nós fomos. Em Lemberg arruaceiros fizeram um *pogrom* contra os judeus. Os trens transbordavam de soldados do general Haller, que se compraziam em cortar as barbas dos judeus. A Inglaterra promulgou a Declaração de Balfour e o sionismo deixou de ser um sonho. Se o senhor estava em Varsóvia na época, deve se lembrar do ambiente: uma mistura de guerra, revolução, assassinatos. Primeiro, Pilsudski fez os bolcheviques recuarem para Kíev. Depois Trótski empurrou o Exército polonês de volta para o Vístula, onde dizem ter ocorrido um milagre militar. Quiseram me transformar num soldado polonês e me fazer lutar por minha recém-nascida pátria. Mas um 'milagre' aconteceu comigo também. Consegui um passaporte com uma data de nascimento falsa.

"A Varsóvia judia borbulhava como uma chaleira: manifestantes sionistas, aventureiros comunistas. Chegáramos à cidade sem um tostão no bolso, mas Manya topou com um antigo amante na rua, um especulador, um pretenso mecenas. Chamava-se Zygmund Pelzer. Ao ver Zygmund beijar Manya, senti uma vertigem e meu coração se pôs a martelar furiosamente. Eu sabia que viver com aquela mulher seria um inferno permanente. Duas semanas mais tarde estávamos casados.

"Manya havia feito um ultimato: ou eu me casava com ela ou saía de cena. Deu-me três dias para pensar no assunto. Convenci-me então de que eu não passava de um escravo desgraçado. Foram três noites sem pregar o olho.

"Tempos atrás li um artigo em que o senhor lamentava que os filósofos ignorassem as emoções e as considerassem um flagelo. No fundo, as emoções são a própria essência do nosso ser. Quando Descartes disse *Cogito, ergo sum*, devia estar se referindo às emoções. A adoração que o seu Spinoza tinha pelas ideias adequadas não passa de racionalismo ingênuo.

"Resumindo, procuramos um rabino qualquer e ele redigiu uma *ketubá* e em seguida armou um dossel de núpcias. E quem o senhor acha que levou a noiva até o dossel? O mesmo Zygmund Pelzer, o amante."

"Como se tornou professor no Brasil?", perguntei.

Alfred Reisner não respondeu de imediato. "Como vim parar aqui? Alguns anos mais tarde, um sujeito que se dizia produtor cultural, um polonês, chegou a Varsóvia, vindo da América do Sul. Digo que ele se dizia produtor porque nunca o vi desempenhando essa atividade, nem, para falar com franqueza, nenhuma outra. Seu nome é Zdizislaw Romanski, um sujeito alto e louro e bastante sedutor. Ouviu Manya cantando num teatro de *vaudeville* de quinta categoria e concluiu que ela era exatamente o que ele estava procurando. Contratou-a, trouxe-a para o Brasil e eu vim atrás deles.

"Aprender português foi fácil para mim, pois eu sabia latim e francês. Havia uma vaga de professor-assistente de alemão na Universidade do Rio, e fui contratado. Depois de algum tempo, passei a dar aulas de francês também. Manya podia ter ficado rica com sua voz, mas o charlatão, o tal produtor cultural, intrometia-se na vida dela — e na minha. A coisa começou já no navio que nos trouxe ao Brasil.

"Aprendi duas coisas nesta vida degradante. Primeiro, que o conceito de livre-arbítrio, de liberdade de escolha, e todas as outras expressões que remetem à liberdade do ser humano são pura bobagem. O homem é tão livre quanto um percevejo. Nesse aspecto, Spinoza tinha razão. O que não se justifica é que um determinista coerente como ele pregue comportamentos éticos. A segunda coisa que aprendi foi que, sob certas circunstâncias, toda paixão humana é suscetível de reversão, transformando-se no avesso do que era antes. De um ponto de vista psicológico, Hegel estava certo: toda tese avança em direção a sua antítese. Um amor desmedido pode se transformar em ódio venenoso. O mais alucinado dos antissemitas pode se tornar fã ardoroso dos judeus ou mesmo converter-se ao judaísmo. Um unha de fome pode, de uma hora para outra, começar a jogar dinheiro pela janela. Um pacifista pode transformar-se em assassino. O homem que o senhor tem diante de si sofreu muitas metamorfoses. A certa altura, o ciúme me consumia. A simples ideia de que minha mulher pudesse desejar minimamente outro homem me deixava maluco. Alguns anos mais tarde, eu era capaz de me deitar na cama com Manya e seu amante. Não me peça detalhes nem explicações. O prazer é em si mesmo uma forma de sofrimento. Ascetismo e hedonismo no fundo são sinônimos. Sei que não estou lhe revelando nada de novo. À sua maneira, nossos sábios religiosos já sabiam disso."

"Que tipo de pessoa era esse produtor cultural?", indaguei.

"Um demônio."

"Que idade tinha?"

"Como saber a idade de um demônio? De sua boca nunca saía nada que fosse verdade — era um mentiroso psicopático, um fanfarrão tresloucado. Segundo ele, todas as beldades da Polônia eram suas concubinas, Pilsudski e seus generais eram seus camaradas. Na guerra com os bolcheviques, ele empreendera toda sorte de ação heroica e recebera inúmeras medalhas. Pelo que me constava, o sujeito nunca servira o Exército. Tampouco descendia de condes e barões. Seu pai era um simples tabelião em Volínia.

"Depois de tudo o que passei, nada mais me espanta. E no entanto, sempre que penso que não há mais como ser surpreendido por ele, o sujeito faz algo que me deixa completamente atordoado. Seu vigor físico era e ainda é extraordinário. Apesar de ser o pior alcoólatra que já conheci, nunca o vi doente. A se crer no que dizem os médicos, a essa altura ele deveria estar com o estômago e o intestino tostados. Todo dia de manhã, quando abre os olhos, faz a mesma piada: 'Vou fazer um gargarejo com o meu antisséptico bucal', e o antisséptico bucal é um copo de vodca derramado sobre um estômago vazio. Acabou transformando Manya em pinguça também. Ameaça-nos constantemente com o suicídio ou então diz que vai nos matar. E vive falando em converter-se ao judaísmo."

"Quem paga as contas?", perguntei.

"Eu."

"Ele nunca experimentou fazer nada?"

"Só quando sabia que não ia dar certo."

"O senhor se considera um masoquista?", inquiri.

"A denominação é tão boa quanto outra qualquer. Sim, digamos que sou masoquista — eu e o restante da raça humana, com suas guerras, suas revoluções, sua arte e até suas religiões. A humanidade não é senão uma revolta permanente contra Deus e aquilo que Spinoza chamava de ordem das coisas — ou natureza. O homem nasceu escravo e age com a amargura de um escravo. Precisa fazer o oposto do que é forçado a fazer. É a oposição eterna a Deus: no fundo, o próprio Satã."

"Acha que ele ainda ama Manya?", perguntei.

Alfred Reisner pareceu estremecer. "Se a ama? Quem sabe o que é o amor? A própria noção de amor é vaga e ambígua. Mas, em se tratando de um demônio, de que espécie de amor ele é capaz? Esse sujeito a destruiu. Manya o chama de seu 'anjo da morte'. Ela bebeu até perder a voz. Sofre de um mal na garganta que os médicos aqui no Brasil não conseguem identificar; um tipo de câncer. Volta e meia adoece gravemente e temos de levá-la para o hospital. Tem ataques de asma e fica sem fala. Uma vez começou a tossir com tamanha violência que precisei levá-la correndo ao hospital; foi quando identificaram um colapso pulmonar.

"Tudo resultou da bebida, dos gritos, da insistência em cantar mesmo quando estava sem voz, obrigando o corpo a ser jovem quando ele estava determinado a envelhecer. Esses dois travam uma guerra que já dura vinte anos, uma luta encarniçada em que campeiam o desvario e a rebelião. Por incrível que pareça, até hoje não entendi o motivo da briga. Coisas assim não ficam na memória, é como se fossem pesadelos. Os dois berram ao mesmo tempo, ela em ídiche e ele em polonês. Embarcam em monólogos totalmente disparatados. Muitas vezes pensei que, se alguém pudesse gravar essas conversas de doido, teria material para escrever uma obra-prima. Por maiores que sejam as diferenças entre nós, compartilhamos uma qualidade: não temos a menor aptidão para problemas práticos. Quando em nossa casa queima um fusível, passamos horas no escuro, desamparados, esperando pelo socorro do zelador — que também é um beberrão e nunca está por perto. Perdemos dinheiro, esquecemos compromissos, vivemos num estado de confusão permanente. Não se passa um dia sem que alguma coisa apresente problemas em nosso arremedo de casa: a instalação elétrica, o gás, o lavabo, o telefone. Quando chove, aparecem goteiras no quarto e temos de espalhar baldes pelo chão. Está certo, pode nos chamar de masoquistas. Mas por que somente nós três? E que destino miserável é este que nos mantém juntos ano após ano após ano? Já fizemos as juras mais sagradas de que iríamos nos separar e pôr um ponto final nessa existência tragicômica. Chegamos de fato a fugir uns dos outros não sei quantas vezes e nas circunstâncias mais esquisitas, mas sempre regressamos à mesma babilônia, à mesma loucura, atraídos por um poder para o qual ainda não encontrei nome nem em dicionários nem em enciclopédias nem em lugar nenhum. Tampouco as diversas teorias de Freud, Adler e Jung se prestam a explicar o fenômeno. Paixão? Pode chamar de paixão, complexo, insanidade ou simplesmente *meshuggas*. Afastamo-nos e logo nos ataca a doença da saudade e da melancolia. Escrevemos cartas desesperadas uns para os outros, pedindo perdão, implorando uma reconciliação, sugerindo um recomeço e outras banalidades ridículas das quais nós mesmos zombamos. Quando nos reencontramos, rimos, choramos, cuspimos e fazemos um brinde ao *dibuk* que temos em comum. Sim, hoje eu também bebo, ainda que não tanto quanto eles. Não poderia me dar a esse luxo. Tenho uma família para sustentar, ai de mim."

Alfred Reisner consultou o relógio e disse: "É mais tarde do que eu imaginava. Desculpe-me por tomar tanto de seu precioso tempo. A quem mais eu poderia contar uma história como essa? Na universidade há filósofos, psicólogos e até aqueles que se consideram escritores, mas confiar neles teria sido puro suicídio. Afora a moça da secretaria que todos os meses me envia o contracheque, ninguém sabe o meu endereço. Agora que estou quase aposentado, sou praticamente um defunto. Bom, e quanto à conferência do senhor? Quando será?".

"Acho que não vai haver conferência nenhuma."

"Posso saber o motivo?"

O telefone tocou e o patrocinador disse que minha conferência havia sido remarcada. Informou-me a nova data. Contei a novidade a meu visitante e seus olhos se iluminaram por alguns segundos.

"É uma boa notícia. Será um grande acontecimento. Não perderemos por nada. Iremos os três."

"O polonês também?", indaguei.

Alfred Reisner refletiu alguns instantes. "Como ele não é deste mundo, quem poderia dizer se é polonês, russo ou judeu? É um grande admirador seu. Lê suas obras em inglês e em francês. E um pouco em ídiche também. Não tenha medo. Ele não irá à conferência montado numa vassoura, nem aparecerá com rabo e chifres. Quando precisa, sabe ser um perfeito cavalheiro."

Logaritmos

Naquela tarde de Shabat, a conversa girava em torno do caso de um comerciante que ateara fogo à sua loja com o intuito de receber o dinheiro do seguro. Ouvi minha tia Yentl dizer: "Ora, incêndio provocado é incêndio provocado. Não foi o primeiro a fazer nem será o último. Dinheiro fácil é uma tentação miserável. Ele só precisou derramar um pouco de querosene sobre as mercadorias e acender um fósforo. Os peritos da seguradora fingem acreditar no que ele diz. Não é do bolso deles que sai o dinheiro. Vem tudo dos bancos de Petersburgo. Antigamente, quando um comerciante não tinha como saldar uma dívida, perdia sua casa e seu negócio ou ia preso. As pessoas iam para a cadeia por praticar tais atos. Hoje em dia o sujeito diz que faliu e fica por isso mesmo. Na pior das hipóteses, arma um incêndio. Se tiver sorte, logo é solto ou foge para os Estados Unidos".

"Ainda assim", disse nossa vizinha Bela Zyvia, "para correr o risco de atear fogo no mercado inteiro e em metade das casas da cidade, é preciso um coração de assassino."

"Seja como for, queridas, isso não é assunto para um Shabat", disse tia Yentl.

Eu a ouvia dizer isso quase todos os sábados, porém minha tia sempre desrespeitava a norma que ela própria estabelecia a fim de preservar a pureza e a alegria do Shabat e punha-se a contar histórias em que havia um quê de mexerico. Batia de leve nos lábios e dizia: "Cala-te, boca", ou: "Pai do Céu, não permita que eu peque com minhas próprias palavras".

Tia Yentl foi à cozinha buscar o lanche. Voltou com uma bandeja contendo cerejas, ameixas e uma bebida chamada *kvass*, e ao se aproximar da mesa observou: "O próprio homem é seu pior inimigo. Nem cem inimigos conseguem causar o mal que alguém é capaz de fazer a si mesmo". Sentou-se, tocando as fitas coloridas que pendiam do alto da touca e os brincos de ouro que balançavam em suas orelhas, e percebi que estava se preparando para contar uma história.

Tomou um pouco de *kvass* e umedeceu os lábios com a ponta da língua. Após alguma hesitação, começou: "É verdade que não é uma história muito própria para o Shabat, mas contém um ensinamento. Quando eu morava com meu primeiro marido — que ele interceda por todos nós — na cidade de Krasnystaw, havia entre nossos vizinhos uma viúva de Lublin chamada Chaya Keila. O marido lhe deixara um filho, Yossele, que era um prodígio. Com cinco anos o menino sabia metade do Pentateuco de cor. Era também um gênio em matemática. O pai lhe tinha legado um livro intitulado O *estudo da álgebra*, e o pequeno Yossele o estudava dia e noite. A mãe o levava de casa em casa para exibir seu talento extraordinário. Ele calculou quantas gotas d'água eram necessárias para encher o leito do rio da cidade. Sustentava que na mata fechada situada atrás do castelo do fidalgo havia duas árvores com um número idêntico de folhas, embora ninguém jamais as houvesse contado. As pessoas ficavam de queixo caído. Chaya Keila morria de medo de que os vizinhos pusessem mau-olhado nele. De dois em dois dias levava-o a uma velha que exorcizava espíritos malévolos. Antes do início de cada mês, dava-lhe ervas, a fim de matar os vermes que ele tivesse na barriga. Aprendera fórmulas mágicas escritas num pergaminho pelo *maguid* de Kozienice. Certa vez, Yossele ficou doente e com febre e uma velha feiticeira instruiu sua mãe a cavar uma vala nos fundos da casa, enrolar o menino num lençol branco e deitá-lo na vala a fim de ludibriar o anjo da morte, fazendo-o acreditar que Yossele já fora sepultado em sua mortalha. Quando o rabino soube, mandou o sacristão bater na persiana da amedrontada mãe e avisar a ela que aquilo era um ato de bruxaria. Sim, mães excessivamente protetoras fazem coisas esquisitas. O rabino disse para a mãe dar ao menino dois nomes novos: Chaim e Alter, que significam 'vida' e 'velhice'. Por anos a fio a mãe o chamou por esses nomes, mas os outros logo se esqueceram e continuaram a chamá-lo de Yossele.

"Para encurtar a história: Yossele cresceu e tornou-se um gênio em Torá e matemática. Naquela época, havia na cidade um boticário que sabia latim melhor que a maioria dos padres. Certa feita, quando Chaya Keila foi com Yossele comprar comprimidos, os dois começaram a conversar e de repente o boticário disse para Chaya: 'Parabéns, seu filho já sabe logaritmos — aprendeu sem professor'.

"Eu nunca tinha ouvido tal palavra até Chaya entrar correndo em nossa casa para contar a boa-nova. Repetiu-a tantas vezes que aprendi a pronunciar essa palavra difícil. E por várias semanas Chaya Keila não falou em outra coisa: era 'logaritmos isto' e 'logaritmos aquilo'!

"Tempos depois, Yossele aprendeu a jogar xadrez. Ganhava de todos os enxadristas da cidade, dos judeus assim como dos gentios. Jogava com a filha do boticário, Helena, que fumava cigarros e era inteligente como um homem. Jogava até com o chefe de polícia russo e com alguns dignitários poloneses. Um ou outro insistia em jogar a dinheiro com o menino, o que ajudava sua mãe a pagar as contas. Todos os dias ela anunciava as mais recentes vitórias do filho. O juiz de paz da cidade, que era conde, o presenteou com um conjunto de tabuleiro e peças de marfim depois que Yossele se mostrou bom o bastante para dar um xeque-mate no próprio magistrado.

"Agora escutem isto: havia um judeu rico em nossa cidade, um negociante de madeiras chamado Wolf Markus. Ele comprava extensas áreas de floresta dos poloneses empobrecidos pela revolução e depois deixava que as árvores, em sua maioria carvalhos, fossem derrubadas. Para calcular quanta madeira poderia ser produzida com essas árvores era preciso recorrer à matemática. Quando Wolf Markus soube dos conhecimentos de Yossele, convidou-o a sua casa e os dois passaram horas discutindo logaritmos com o guarda-livros de Wolf. Todos os presentes sabiam matemática e jogavam xadrez, incluindo as duas filhas de Wolf, Serele e Blumele. Yossele entusiasmou a todos com sua erudição e sabedoria.

"Serele apaixonou-se, como dizem, à primeira vista. Yossele tinha ido fazer uma visita de uma hora, e acabou conquistando o mundo. Numa cidadezinha pequena, todo mundo sabe o que está sendo cozido nas panelas dos outros. Chaya Keila veio imediatamente nos contar a boa-nova. Mas por que perder tempo com detalhes? Wolf Markus juntara dotes formidáveis para as duas filhas e falava abertamente sobre suas intenções. Os pais, ainda mais que as mães, não veem a hora de casar suas filhas. Um dia ele falou a Yossele sobre a possibilidade de um casamento e no dia seguinte já se pôs a redigir as disposições preliminares. Duas semanas depois, os parentes de ambos os lados foram convidados para a festa de noivado. A cidade entrou em ebulição. Wolf Markus foi a Lublin e voltou com um relógio de ouro para Yossele. O rapaz já não era filho de sua mãe, mas sim de Wolf. Chaya Keila ria e chorava de felicidade. Apavorava-a a possibilidade de que alguém a pudesse esbulhar de sua boa fortuna. Fui convidada para a cerimônia e soube dos presentes que Yossele ganharia: o relógio de ouro, um relógio de prata, um Pentateuco impresso em seda, uma Mixná com todos os volumes encadernados em couro, um xale de orações bordado e um chapéu de pele de raposa com treze caudas. O escriba que redigiu o contrato de casamento tinha seu próprio estilo e recebia um percentual sobre tudo o que escrevia. Chaya Keila ainda tinha as joias que ganhara em seu casamento e, como era costume, deu-as para a noiva em agradecimento pela assinatura do contrato. Se alguém lhe sugerisse dar a própria cabeça, ela não teria hesitado um só instante em fazê-lo.

"Era como se Yossele tivesse tirado a sorte grande, e a cidade parecia vibrar de inveja. Outras mães também haviam desejado casamentos magníficos para suas filhas. Chaya Keila as amaldiçoava de antemão. Ouvi-a dizer: 'É minha culpa se dei à luz um gênio? Está escrito em algum lugar que o útero da mulher é como uma gaveta. O que se põe nela é o que se tira. O pai de Yossele, que Deus o tenha, já se destacava pela erudição. Era inteligentíssimo, e a maçã nunca cai longe da macieira. Mas não há como fechar a boca das pessoas. Só querem saber de coisas daninhas, nunca se interessam por nada de bom'.

"Lembro-me de tudo", disse tia Yentl. "Para as pessoas invejosas era intolerável que um rapaz judeu entendesse de logaritmos e casasse com a filha de um homem rico. Está escrito nos livros sagrados que Jerusalém foi destruída por causa do ódio e da inveja. Na época eu ainda era moça, mas receei que acontecesse alguma desgraça a Yossele. As más-línguas iam de casa em casa, caluniando-o. Embora eu fosse parente dele, até à minha casa elas vinham — mas estou me esquecendo do principal: Wolf Markus providenciou um casamento que custou uma fortuna. Contratou até músicos de Janok e Zamość. É claro que não podia convidar todo mundo, e os que ficaram sem convite arderam de raiva. Como tinha fama de erudito, Yossele foi convocado para fazer a leitura da Torá, o que era um sinal de respeito. E isso exacerbou ainda mais as maledicências.

"Pois bem, não muito longe de Krasnystaw, na cidade de Schebrshin, vivia um judeu chamado Jacob Reifman. As pessoas o consideravam a um só tempo erudito e herege. Ele não negava Deus, mas dizia-se que escrevia livros em alemão e os mandava para os maskilim — os adeptos da Hascalá na Alemanha. Os hassidim e os maskilim travavam uma renhida disputa, e o que se dizia era que Yossele e Reifman se correspondiam, trocando cartas eruditas nas quais zombavam dos rabinos hassídicos. Um rapaz de nossa cidade, aluno de uma *yeshivá*, espalhou o boato de que Yossele teria afirmado que os construtores do Templo Sagrado erraram ao calcular as medidas das colunas, dos vasos sagrados e do altar. Imediatamente soaram na cidade protestos de que Yossele se considerava mais inteligente que o rei Salomão. Quando Chaya Keila soube da acusação, ficou transida de medo. Veio correndo à nossa casa, deitando lágrimas amargas e dizendo que seus inimigos queriam lhe arrancar a coroa da cabeça.

"Certo Shabat, a cidade virou um pandemônio. Quando Yossele teve a honra de ser o terceiro a ser chamado para proceder à leitura da Torá, um desconhecido se precipitou em direção ao atril e tentou empurrá-lo para longe, dizendo em altos brados que o rapaz era um apóstata, um traidor de Israel, e que ele devia ser excomungado com o toque do chofar à luz de velas negras. Naquele Shabat, Chaya Keila comparecera à seção feminina da sinagoga para rezar. Ao ouvir essas palavras viperinas dirigidas contra o filho adorado, Chaya deu um grito horrível e caiu no chão, vítima de um ataque do coração. Tentaram reanimá-la com gotas de Yom Kipur e massagens nas têmporas, porém foi tudo em vão. Levaram-na na padiola que permanecia de prontidão junto à porta do asilo de indigentes. Aquele sábado deixou de ser um Shabat para tornar-se um dia de luto e jejum. No deus nos acuda que se seguiu, açougueiros, cocheiros e negociantes de cavalos acorreram à sinagoga e se lançaram sobre o intruso que insultara Yossele. As leituras da Torá e as orações foram suspensas na mesma hora. O medo se instaurou entre todos os judeus quando a notícia da comoção chegou aos ouvidos do magistrado. Os líderes da comunidade tiveram de enviar negociadores para se desculpar com ele pela violência ocorrida na sinagoga e pagar uma multa pelo escândalo.

"'Excomunhão' é uma palavra que gera medo até entre os gentios. Por muitas gerações nada de semelhante sucedera na Polônia, salvo quando o falso messias, Jacob Frank, se converteu com sua esposa e seus discípulos, declarando publicamente que os judeus usavam sangue cristão em suas *matzot*. Não foi na minha época, mas ouvi histórias sobre isso."

"E o que aconteceu com Yossele?", indagou Bela Zyvia.

Tia Yentl balançou a cabeça. "Não gosto de falar sobre isso durante o Shabat", respondeu ela, "mas o que se passou foi horrível — até mesmo inacreditável."

"O quê?"

"Yossele trocou sua moeda de ouro", disse tia Yentl.

"Quer dizer que ele se converteu?"

"Procurou o padre e casou-se com Helena, a filha do boticário."

"Abandonou a esposa?", quis saber minha mãe.

"A esposa, Deus, os judeus", respondeu tia Yentl.

"Mas chegou a se divorciar da mulher?", perguntou minha mãe.

"A mulher de um convertido não precisa de divórcio", disse tia Yentl.

"Está enganada, Yentl", volveu minha mãe. "De acordo com a lei, o convertido continua a ser judeu e sua esposa é considerada uma mulher casada e precisa de uma certidão de divórcio na eventualidade de querer se casar de novo."

"É a primeira vez que ouço isso", disse Bela Zyvia.

"Se a pessoa vive bastante, ouve muitas coisas pela primeira vez", disse tia Yentl. "Os homens parecem fortes, mas no fundo são uns fracos."

"Bom, essa é a lei da Torá", disse minha mãe. "Sei de um caso em que um daqueles rebeldes que tentaram derrubar o tsar se converteu na cadeia. Tiveram de levar um rabino até a cela, além de um escriba e duas testemunhas, e o rapaz se divorciou de sua mulher judia conforme a lei de Moisés e de Israel dentro da prisão. Ah, os homens! Esses traidores!"

"A Torá é como o oceano", disse tia Yentl. "Não tem fundo. Amigas, está ficando tarde. Daqui a pouco anoitece. Precisamos recitar 'Deus de Abraão'."

Virei meu rosto para o oeste. O sol estava se pondo, circundado por nuvens incandescentes. Lembravam-me o rio de fogo em que os maus são castigados na Geena. As mulheres guardaram silêncio por bastante tempo, sentadas com as cabeças baixas, assoando o nariz em seus aventais. Então ouvi minha tia Yentl recitar: "Deus de Abraão, Isaac e Jacó, protege a pobre gente de Israel e Tua própria glória. Vai-se o santo Shabat e vem chegando uma boa semana. Que seja repleta de Torá e boas ações, fartura e reverência, caridade e compaixão. Que tenha fim esse exílio escuro. Que o chofar de Elias soe e o Messias, nosso salvador, não tarde e venha ainda em nossos dias. Amém *selá*".

"Amém *selá*", responderam as mulheres em uníssono.

"Estou vendo três estrelas no céu", disse tia Yentl. "Acho que já podemos acender uma vela, mas onde foram parar os meus fósforos? Toda sexta-feira eu os guardo assim que termino de acender as velas, mas quando vou ver não estão no lugar. A idade é um caso sério."

De repente o aposento se iluminou. Tia Yentl encontrara seus fósforos. Olhei para o céu e vi que a lua, com sua cara de Josué, filho de Num, já havia nascido. Minha mãe se levantou e me lançou um olhar colérico, com um quê de repulsa. Seria porque eu também era homem e podia um dia trair o sexo feminino como Yossele fizera? Eu lhe prometera muitas vezes não procurar tia Yentl no Shabat, mas as frutas e as histórias sabáticas de minha tia eram tentadoras demais. Não entendia por que sentia brotar em mim uma enorme compaixão por Yossele e também uma espécie de desejo de conhecer Helena, de jogar xadrez com ela e estudar logaritmos. Lembrei-me da vez em que meu irmão Joshua disse a meu pai, em meio a uma de suas discussões: "Os outros povos estudaram e se instruíram, fizeram descobertas em matemática, física, química, astronomia, mas nós, judeus, continuamos atolados na pequena lei de um ovo posto num feriado". Também recordei a resposta de meu pai: "Essa pequena lei contém mais sabedoria do que todas as descobertas feitas pelos idólatras desde os tempos de Abraão".

Presentes

Conheci-o num banco, quando fui descontar um cheque que havia recebido de um jornal ídiche. Eu era um jovem escritor e ele — vou chamá-lo de Max Blendever — era conhecido como líder sionista e membro da Câmara Municipal de Varsóvia. Após divergir do principal grupo sionista, tornara-se líder de uma facção de extremistas que se autodenominavam revisionistas. Reconheci-o pelas fotos publicadas na imprensa ídiche. Tinha estatura mediana, ombros largos, cabeça grande, maçãs do rosto pronunciadas e sobrancelhas bastas. Eu já percebera que os políticos deixavam crescer as sobrancelhas, provavelmente com o intuito de ostentar uma aparência mais máscula ou a fim de ocultar os olhos ladinos. Max Blendever era famoso pelo ânimo beligerante. Na Câmara Municipal, investia sem dó contra os anti-semitas. Acumulava inimigos não apenas entre os gentios, mas também entre judeus que o achavam agressivo demais e argumentavam que seus ataques só traziam prejuízo.

Eu, via de regra, nunca pararia um estranho na rua, ainda mais em se tratando de alguém tão conhecido. Todavia, inteirara-me pouco tempo antes da morte de sua esposa num acidente de carro. Essa mulher, que se chamava Carola e que eu não chegara a conhecer, enviara-me um cartão de Ano-Novo e uma garrafa de vinho Carmel na véspera de Rosh Hashaná. O presente fora encaminhado ao jornal onde eu trabalhava como revisor. Pegara-me completamente de surpresa. Seria Carola Blendever idichista? Teria lido alguma coisa minha numa daquelas revistas menores, que nunca tinham mais que poucas centenas de leitores? Constava-me que as mulheres dos líderes sionistas eram, em sua maioria, parcialmente assimiladas. Ao saber de sua morte, tive vontade de mandar um cartão de condolências para o marido, mas acabei desistindo. Incluía-me entre os que o consideravam excessivamente arrogante. Em minha opinião, não podíamos nos esquecer de que nós, judeus, éramos minoria em toda e qualquer parte do mundo, e devíamos agir em consonância com isso.

Quando o vi à minha frente, porém, aproximei-me e disse:

"O senhor não me conhece, mas todos conhecem o senhor. Sou..."

"Conheço-o, sim. Já ouvi falar de você", respondeu Max Blendever. Ato contínuo, tirou o charuto da boca, estendeu o braço e me deu um vigoroso aperto de mão. Disse ele: "Vez por outra minha finada esposa mencionava seu nome. Sou político, não escritor. Além disso, defendo o hebraico, não o ídiche, embora compre livros e jornais ídiches. Recebo-os de tempos em tempos. Para que lado vai agora? Por que não seguimos juntos uma parte do caminho? Deve ter sabido do acidente com minha mulher."

"Sim, eu soube. Uma coisa horrível, sinto muitíssimo. Não faz muito tempo recebi um presente dela. Não sei onde ouviu falar de mim nem por que me considerava merecedor de tal gentileza."

Max Blendever, que andava tão rápido que eu mal conseguia lhe acompanhar o passo, estacou de repente.

"Um presente, é? Que tipo de presente?"

"Uma garrafa de vinho Carmel."

Esboçou-se em seu rosto algo que lembrava um sorriso irritado. O político sionista me mediu dos pés à cabeça. "Não foi só você", disse ele por fim. "As pessoas têm suas manias. Alguns fumam ópio, outros fumam haxixe. Há aqueles cujo maior prazer é sair pelas florestas à caça de ursos ou lobos. A obsessão de minha Carola, que Deus a tenha, era mandar presentes. Eu era pobre quando me casei, mas ela vinha de família rica. Recebeu um belo dote, e gastou tudo em presentes."

Caminhamos alguns instantes em silêncio. Max Blendever andava com passadas largas. Ao chegarmos à rua Marshalkowski, olhou em volta e disse: "Agora que lhe falei um pouco sobre ela, talvez queira encompridar a conversa. Por que não tomamos um café juntos?".

"Com prazer, será uma honra", respondi.

"Honra por quê? Certo ou errado, cada qual faz seu trabalho. Deus é que há de nos julgar, se existir. E, se não existir, paciência. Se você não bebe café, tome uma xícara de chá ou um chocolate quente ou o que quiser. Eu particularmente gosto de café preto sem creme nem açúcar."

Entramos num café, e o lugar naquele princípio de tarde estava meio vazio. Um garçom veio logo à nossa mesa. Max Blendever pediu um café puro para ele e um chá com limão para mim. Depois reacendeu o charuto e disse:

"Já que você é, ou pretende vir a ser, um escritor de ficção, deve se interessar pela personalidade das pessoas e suas idiossincrasias. Eu sempre soube que no mundo havia vários tipos de filantropos. Há milionários americanos que doam fortunas para as causas mais estapafúrdias. Em Chicago, uma solteirona ricaça deixou dois milhões de dólares para seu cachorrinho poodle. Mas a paixão da minha Carola era mandar presentes, com frequência para gente que ela nunca tinha visto na vida, e isso era inusitado para mim. Ela não me dizia nada, embora eu a ouvisse falando sobre diversos presentes. Pensei que fosse algo típico de mulheres ricas. Para elas, todo sentimento deve ganhar expressão concreta. Como eu não possuía muita experiência com o chamado belo sexo, não me intrometi. Está sentado em frente a um homem que nunca se envolveu com outra mulher além de sua legítima esposa. Tinha a ilusão de que todas as mulheres eram mais ou menos iguais."

"Eis uma ilusão que eu gostaria de ter", disse eu.

"Ahn? Minha maior paixão sempre foi a política. Desde a juventude. Eu ouvia os judeus se lamentando da infelicidade que era ter de viver no Exílio. E pensava com meus botões: de que adianta essa ladainha toda? Por que não fazemos alguma coisa? E foi assim que me tornei o que sou hoje. Meu pai me ensinou que, quando alguém o maltrata, o judeu deve abaixar a cabeça e oferecer a outra face. Isso eu sempre achei o mais completo absurdo. Mas voltemos à minha história. Talvez você até possa escrever sobre ela um dia. Só não quero que mencione meu nome."

"Eu nunca faria isso."

"Pois é, minha mulher. Eu tinha, como dizem, um só Deus e uma única mulher. Amava-a e acreditava que ela também me amava. Porém sua obsessão com os presentes me desconcertava. E, como seria de esperar, ela também era vítima de um impulso irrefreável de comprar coisas. Antes de dar presentes a meio mundo, ela tinha de comprá-los. Às vezes penso que a ânsia de comprar era sua maior paixão. Sair para dar uma volta com Carola era impraticável. Ela não despregava os olhos das vitrines. Certa vez, estávamos numa rua próxima ao cemitério católico, em Powazek. Passamos por uma funerária em que havia alguns caixões à venda e é claro que ela parou para dar uma olhada. Perguntei: 'Não me diga que está querendo comprar um caixão. Você sabe que nós, judeus, não enterramos nossos mortos em caixões, não é? Pelo menos não aqui na Polônia'. Mas era impossível tirá-la da frente de uma vitrine. Conto-lhe isso para que tenha uma ideia de como era intensa sua compulsão às compras. Foi mais tarde que descobri a mania dos presentes. Resumindo: todos os anos ela mandava presentes para centenas de homens, mulheres e crianças. Aproveitava toda e qualquer desculpa para celebrar um acontecimento: feriados, aniversários, festas de noivado, casamentos, circuncisões e assim por diante. Encontrei um caderno com uma lista imensa de candidatos e ocasiões para essas doações. Carola gastou praticamente toda a sua herança em presentes. Como você deve imaginar, eu estava sempre viajando — congressos, conferências, um sem-fim de reuniões partidárias. Sabe como são essas nossas organizações judaicas. Todo partido tem suas facções e, mais cedo ou mais tarde, toda facção sofre um racha. Aqui em Varsóvia há um político de esquerda, um tal de doutor Bruk, que já foi de todas as correntes e linhas que se possa imaginar. Já esteve com o Bund e com os comunistas, com a direita dos trabalhistas-sionistas e com a esquerda deles, e também com os anarquistas, com os socialistas e com os territorialistas. Seu último partido sofreu tantas divisões que acabou se tornando uma facção de uma facção de uma facção. Diz-se de brincadeira que, quando o que sobrou desse último partido resolve realizar uma assembleia-geral, em vez de alugar um centro de convenções, eles contratam uma *dróchki* puxada por um cavalo só.

"Não preciso dizer que, a um homem com o meu temperamento e a minha língua solta, não faltam inimigos. Nem poderia ser diferente. Nos últimos anos, porém, comecei a perceber que por algum motivo meus adversários tinham se tornado mais condescendentes do que costumavam ser. Mesmo quando me atacavam, faziam-no, por assim dizer, com luvas de pelica. Suavizavam suas críticas com pequenos elogios. Aqui e ali chegavam mesmo a salientar alguns de meus méritos. 'O que aconteceu? Por que andam tão benevolentes comigo?', eu indagava a mim mesmo. 'Será que na opinião deles estou tão velho e acabado que me tornei inofensivo? Ou foram os meus rivais que se tornaram um pouco mais civilizados com a idade?' Não me sobrava muito tempo para refletir sobre o assunto. Isso mesmo, adivinhou! Carola achou que meus amigos não eram numerosos o bastante para seu festival de presentes, portanto resolveu presentear também os inimigos.

"Quando descobri, fiquei possesso. Foi a primeira e última vez que falei a Carola em divórcio. Eu sabia que nenhum de meus adversários acreditaria que ela havia feito aquilo sem meu conhecimento. Estavam todos convencidos de que o lobo se transformara em cordeiro e decidira acentuar a metamorfose com suborno. Fiz tamanho escândalo que os vizinhos vieram correndo. Minha mulher acabara com a reputação que eu levara uma vida inteira para construir. Arruinara-me por completo. Como é que se diz? Nem mil inimigos conseguem causar tanto prejuízo quanto uma esposa bem-intencionada. Digo bem-intencionada porque, quando minha ira se aplacou (por quanto tempo uma pessoa é capaz de ficar gritando e quebrando pratos?) e tentei explicar para ela a calamidade que aquilo representava para mim, Carola jurou de pés juntos que não entendia o motivo de tanto drama. 'Que mal pode haver em demonstrar um pouco de boa vontade? No fundo, seus adversários têm o mesmo objetivo que você: ajudar os judeus. Vocês só divergem na maneira de fazer isso.'

"Meu caro rapaz, nem sei por que estou lhe contando tudo isso. Nunca revelei essa história a ninguém. Depois de muito ruminar e me atormentar, acabei me conformando com o fato de que o mal estava feito. O que eu poderia fazer? Escrever cartas para os meus adversários, explicando que minha mulher lhes enviara presentes sem o meu consentimento? Seria ridículo. Resolvi fazer o que acreditava ser meu dever, sem me importar com o que meus rivais pensariam ou diriam de mim. Só posso lhe dizer que, de todos os presentes, a garrafa de vinho que Carola enviou para você foi o mais sensato. Você é um jovem escritor, não tem nada a ver com política. Mas mandar um presente de Natal ao maior antissemita da Polônia — aquele Adam Nowaczynski — é algo que beira a insanidade."

"Ela fez isso?", indaguei.

"O pior é que fez. E o irônico é que esse flagelo dos judeus, esse mentecapto racista, mandou uma carta muito amável para ela, fazendo elogios rasgados aos judeus, explicando que só fala mal de nós porque sabe como somos inteligentes, como o estudo do Talmude nos torna perspicazes e como nossa concorrência ameaça os poloneses, essa gente simplória e ingênua em que é tão fácil passar a perna. Dizia que precisávamos encontrar uma maneira de empregar nossas respectivas potencialidades em prol do bem comum de todos os cidadãos poloneses e coisas assim. Como todo demagogo, o sujeito acredita em suas próprias mentiras."

"Dar presentes não chega a ser novidade em nossa história", disse eu. "Quando Jacó soube que seu irmão Esaú vinha encontrar-se com ele acompanhado de quatrocentos arruaceiros armados, mandou-lhe um presente que hoje valeria um tesouro."

"Eu sei. Eu sei. Eu sei. Os mais fracos sempre tentam granjear simpatia com gentilezas e rapapés, mas isso não ajuda por muito tempo", disse Max Blendever. "Os outros aceitam de bom grado os presentes, cobrem-nos de beijos e abraços, chamam-nos de irmãos e, passado não muito tempo, atacam de novo. A verdade é que Carola não fez isso com o intuito de ajudar os judeus. Foi apenas movida por seu vício em distribuir presentes. Freud a interpretaria com uma casuística rebuscada, provavelmente associando seu comportamento a algum recém-descoberto complexo de doação. Ele e aqueles discípulos não ficam satisfeitos enquanto não racionalizam todo tipo de peculiaridade humana. Mas em que porcaria de livro está escrito que há explicação para tudo? Minha tese é que *não há explicação para nada*."

"Também apoio essa tese", disse eu. "Quando a literatura começa a dissertar e explicar demais, torna-se enfadonha e falsa."

"É verdade", concordou Max Blendever. "Seu chá esfriou. Quer que eu peça outro?"

"Não, obrigado. De jeito nenhum."

"Por que não?", indagou Max Blendever. Ao que eu respondi:

"Para isso tampouco há explicação."

Fugindo para lugar nenhum

Estávamos os dois, Zeinvel Markus e eu, tomando café e comendo pudim de arroz na Rector's, uma cafeteria situada na Broadway. Falávamos sobre o período transcorrido entre 1939 e 1945, a guerra de Hitler e a destruição de Varsóvia. Eu me mudara para os Estados Unidos em 1935, porém Zeinvel Markus permanecera em Varsóvia e vivenciara todos os horrores da Segunda Guerra. Ele escrevia para jornais, era o que chamávamos de "folhetinista". Seus artigos saíam em rodapés e eram marcados por alguma perspicácia e um quê de sentimentalismo, além de serem recheados de citações de escritores e filósofos. Deleitava-o especialmente citar Nietzsche. Até onde eu sabia, Zeinvel Markus não chegara a se casar. Era um homem pequeno, com uma tez amarelada e olhos oblíquos. Costumava fazer brincadeiras a esse respeito, dizendo ser bisneto de Gêngis Khan e da filha de um rabino que o conquistador mongol tomara para concubina. Sofria de, no mínimo, uma dúzia de doenças imaginárias, entre as quais impotência. Desse último padecimento ele tanto se queixava quanto se gabava, aludindo simultaneamente ao fato de ter caído nas graças das moças alemãs. Fora por muitos anos correspondente em Berlim de um jornal ídiche publicado em Varsóvia. Retornara à capital polonesa no início dos anos 1930 e continuamos amigos até minha viagem para os Estados Unidos.

Zeinvel Markus chegou em 1948 aos Estados Unidos, vindo de Xangai, onde se mantivera por algum tempo como refugiado. Em Nova York foi vitimado por uma nova versão de impotência — de cunho literário. Tinha cãibra de escritor na mão direita. Por algum motivo, aos editores da imprensa ídiche nos Estados Unidos não agradavam seus aforismos ambíguos e suas citações de Nietzsche, Kierkegaard, Spengler e Georg Kaiser. Ele também passou a sofrer de uma enfermidade que me parecia verdadeira: úlceras abdominais. Os médicos o proibiram de fumar e o aconselharam a não tomar mais do que duas xícaras de café por dia. Porém Zeinvel Markus me dizia: "Sem café, minha vida não vale uma pitada de tabaco. Além do mais, não tenho a menor pretensão de me tornar um Matusalém americano".

Zeinvel Markus possuía um estoque inesgotável de histórias para contar, e eu nunca me cansava de estar em sua presença. Ele conhecia pessoalmente todos os chamados judeus profissionais do mundo. Visitara as colônias judaicas criadas pelo barão Hirsch na Argentina, comparecera a todos os congressos sionistas e estivera na África do Sul, na Austrália, na Etiópia e na Pérsia. Seus folhetins eram traduzidos para o hebraico e publicados em jornais de Tel Aviv. Inúmeras vezes tentei convencê-lo a escrever suas memórias, mas ele costumava responder com um paradoxo: "Tendo em vista que todas as memórias são repletas de mentiras, como alguém que só sabe dizer a verdade, como é o meu caso, poderia escrever um livro de memórias?".

Naquela tarde, como sempre acontecia quando nos encontrávamos, nossa conversa descambou para temas como amor, fidelidade, traição, e então Zeinvel disse: "Testemunhei no mínimo mil formas de traição ao longo da vida, mas antes de 1939 nunca me passara pela cabeça a possibilidade de traição entre dois fugitivos".

"Fugitivos?", indaguei. "De que está falando?"

"De um homem e de uma mulher em meio a uma fuga", volveu Zeinvel. "Espere um instante. Vou trazer mais duas xícaras de café."

"Já bebi café demais", disse eu.

"Vou pedir mesmo assim. Se você não quiser, eu bebo", volveu Zeinvel. "Na Rússia, mesmo sob os bolcheviques, ainda dava para tomar um copo de café bem quente, mas aqui, na terra do ouro, não há amor nem dinheiro que compre uma xícara de café realmente *quente*. E não estou me referindo só a esta cafeteria. Nem no Waldorf-Astoria sabem fazer um café decente. Tentei em Washington, em Chicago, em San Francisco, mas nada. É uma coisa que beira a demência coletiva. Espere, volto já."

Vi Zeinvel pegar uma bandeja vazia numa mesa próxima e precipitar-se para o balcão. Retornou imediatamente. "Onde pus meu talão de cheques?", indagou. "Neste lugar, se o sujeito perde o talão de cheques, só lhe resta uma saída: o suicídio."

"Zeinvel", disse eu, "o talão está na sua mão."

"Ahn!? Bolas, desde que cheguei aos Estados Unidos ando tão atrapalhado! Devo estar ficando senil."

Notei que no caminho até o balcão ele apanhou um jornal que alguém deixara em cima de uma cadeira. Voltou com duas xícaras de café e um biscoito de ovo. O jornal era do dia anterior. Levei o dedo a uma das xícaras e disse: "Zeinvel, essa xícara está pelando. O que me diz agora?".

"A xícara, não o café", retrucou ele. "É um truque americano: esquentam a louça e deixam o conteúdo frio. Os americanos não têm como princípio a verdade objetiva. Nos tribunais daqui, o juiz não está interessado em saber se o acusado é culpado ou não. Só quer descobrir se há alguma falha na sua defesa. Isso também se aplica ao sexo feminino. As mulheres não querem ser bonitas, só querem *parecer* bonitas. Se a maquiagem está bem aplicada, já se acham uma beldade. Quando Adão e Eva perceberam que estavam nus, Eva logo tratou de pegar uma folha de figueira para esconder sua nudez."

"Quem eram os fugitivos?", perguntei.

Zeinvel olhou-me com uma expressão desconcertada, como se demorasse a compreender minhas palavras. "Ah, sim, os fugitivos. Estavam tentando escapar de Hitler. Foi quando anunciaram pelo rádio que todos os que estavam em Varsóvia deviam atravessar o mais depressa possível a ponte do bairro de Praga e correr para a parte da Polônia que Mólotov e Ribbentrop tinham dividido entre si. Várias construções haviam desabado e em meio aos escombros se viam cadáveres. O novo ditador, Rydz-Śmigły, sucessor de Piłsudski, tinha tanto de general quanto eu tenho de turco. A única coisa militar no sujeito era um quepe todo ornamentado, com uma viseira reluzente. Entre os poloneses e os judeus há uma distância como a que separa o céu e a terra, mas uns como outros são amaldiçoados pelo mesmo otimismo insano. Os judeus têm certeza de que Deus, que na verdade é um antissemita, os ama mais que tudo no universo, e os poloneses creem na força de seus bigodes. Os generais poloneses só podiam contar com suas medalhas de latão e seus bigodes enrolados. Mandavam os soldados enfrentarem os tanques de Hitler com espadas e cavalos, como no tempo do rei Sobieski. Enrolavam os bigodes e até o último minuto diziam à população que a vitória era iminente.

"Eu morava num hotelzinho da rua Mylno. Era uma viela tão escondida que ninguém conseguia encontrá-la, nem os carteiros. Quando ouvi o anúncio no rádio, peguei uma sacola e saí correndo. Sabia que não teria forças para carregar uma mala no meio do pandemônio. Vi homens com baús que até para um camelo seria difícil carregar."

Zeinvel experimentou o café e fez uma careta. "Gelado."

"O que aconteceu com os fugitivos?", indaguei.

"O homem você conhecia bastante bem: era Feitl Porysover, o dramaturgo. Talvez conhecesse também a mulher dele. Chamava-se Tsvetl."

"Ele era casado?", inquiri.

"Acho que se casou depois que você veio para os Estados Unidos", disse Zeinvel. "Como sabe, o Feitl tinha voz esganiçada e sempre encontrava uma maneira de dar a seus protagonistas o mesmo tom de voz. Tentava imitar Tchékhov. Os protagonistas de Tchékhov sussurram e suspiram constantemente e os de Feitl cricrilavam como o grilo atrás da estufa do meu avô. Deve estar lembrado de que Feitl era baixinho, mais baixo até que eu, mas Tsvetl, sua mulher, era uma atriz iniciante com medidas descomunais e um vozeirão de homem. Feitl deve ter prometido dar a ela os papéis principais de suas peças. Ele também só recebia promessas. Todos os anos Hermann, o diretor, lhe garantia de pés juntos que iria encenar uma de suas obras-primas. Hermann, por sua vez, contava com a promessa de um anjo teatral, o qual dissera que iria financiar suas produções. Era uma verdadeira cadeia de promessas. O tal anjo era um salafrário e estava na bancarrota. Esqueci o nome dele. Minha memória anda brincando de esconde-esconde comigo. Quando preciso dela, desaparece, quando não preciso, vem me lembrar de um sem-fim de bobagens insignificantes, especialmente à noite, quando não consigo dormir.

"Onde eu estava? Ah, sim, fugíamos. Havia poucas mulheres entre nós, mas a Tsvetl estava lá, e também o Feitl. Ele levava uma pasta abarrotada com manuscritos de várias peças e ela carregava uma caixa cheia de roupas femininas e uma enorme cesta de comida. Ela corria e comia — salsichas inteiras, queijo suíço, latas de sardinha e de arenque. Tinha pernas compridas e corria rápido, mas o Feitl, aquele *schlemiel*, a seguia com seus passinhos miúdos. Ela comia tudo sozinha e não deixava nada para ele. Feitl a chamava com sua vozinha esganiçada, pedia-lhe que não fosse tão depressa, mas a Tsvetl fazia que não escutava. Tínhamos de correr, pois a qualquer momento os aviões nazistas podiam chegar e nos mandar desta para a melhor com suas metralhadoras.

"No começo, as pessoas levavam o máximo de bagagem que conseguiam carregar, mas tiveram de ir deixando as coisas pelo caminho. A estrada ficou repleta de trouxas, cestas, bolsas e sacolas. Mais tarde eu soube que, quando percebeu que não conseguiria seguir por muito mais tempo com sua pasta, Feitl parou e fez uma seleção daquelas que lhe pareciam ser suas melhores peças e jogou o resto fora. Seria tremendamente cômico, se não fosse tão trágico — um escritor, em meio ao lufa-lufa da fuga, obrigado a decidir quais de suas obras poderiam lhe garantir a imortalidade. Por fim, segundo me disseram, restou a Feitl o manuscrito de uma peça apenas, cujas páginas couberam em seus bolsos. Os camponeses das redondezas, suas mulheres e filhos recolheram os despojos, porém ninguém se interessou pela papelada de Feitl.

"Mas escute só. Naquela multidão de fugitivos havia também um sujeito que se dizia poeta ídiche. Foi depois de você ter vindo para os Estados Unidos que ele passou a frequentar o meio literário de Varsóvia. Era um interiorano chamado Bentze Zotlmacher, um caipirão com feições rudes e uma profusão de cabelos tão espetados que pareciam arame. No Clube dos Escritores, no fim da década de 1930, eram muito comuns as noites literárias, todas em prol dos supostos progressistas. Como você bem sabe, era extremamente reduzido o número de proletários entre os judeus poloneses — e camponeses judeus, não havia nenhum. Mas nos poemas que esses borra-papéis escreviam, todos os três milhões de judeus poloneses eram operários fabris ou camponeses. Anteviam a iminente revolução social, seguida da instauração da ditadura do proletariado. Dois ou três anos antes da guerra, haviam aparecido alguns trotskistas. Os stalinistas e trotskistas se engalfinhavam com violência, acusando-se mutuamente de fascistas, inimigos do povo, provocadores, imperialistas. Trocavam ameaças, dizendo que quando as massas se sublevassem nas ruas os traidores seriam enforcados nos postes de luz. Os stalinistas enforcariam os trotskistas, os trotskistas enforcariam os stalinistas e ambos os grupos enforcariam os sionistas em geral, bem como os sionistas-trabalhistas — tanto os social-democratas quanto os comunistas — e, obviamente, todos os judeus devotos. Lembro-me de que o presidente do Clube Ídiche, o doutor Gottleib, perguntou certa vez num debate: 'Como vão fazer para arrumar tantos postes em Varsóvia?'.

"Bentze Zotlmacher começou stalinista, depois se tornou trotskista. A poesia não era bastante para ele. Tinha duas manzorras assustadoras, e quando os stalinistas o provocavam, ele descia do palco e os enchia de pancadas. Vivia levando surras também e era costume aparecer com a cabeça enfaixada. Por mera curiosidade, fui assistir a uma de suas récitas: os clichês e banalidades de costume. Porém, no dia em que fugimos de Varsóvia, Bentze Zotlmacher mostrou que sabia correr — era o mais veloz dos fugitivos. Levava duas enormes mochilas nas costas e duas malas grandes nas mãos. Parecia ter-se preparado para o exercício. Contudo, como íamos todos para a região da Polônia que pertencia à Rússia, o que significava Stálin, ele se deu conta de que estava entre a cruz e a caldeirinha: apostara suas fichas no lado errado. A cidade de Białystok, para onde íamos, estava cheia de russos. Entre os fugitivos, os stalinistas de Varsóvia formavam um grupo à parte, preparando-se para assumir o comando da situação assim que cruzassem a fronteira. Dizia-se que Bentze tinha mais chances de continuar vivo entre os nazistas em Varsóvia do que em Białystok com seus antigos camaradas.

"Como eu saíra de casa com pouquíssima bagagem e antes mesmo de chegar à ponte me desfizera de tudo o que trazia comigo, estava livre para caminhar rápido, quase tão rápido quanto o Bentze. Por isso testemunhei dois fatos curiosos: primeiro, enquanto fugia, ele se pôs a bajular os stalinistas. E não tardou a conseguir o que queria. Trocou de lado com vulgaridade descarada. Estava bem abastecido de maços de cigarro e os oferecia apenas aos stalinistas. Eram raros os que em meio àquela confusão tinham se lembrado de trazer cigarros, mas Bentze parecia ter pensado em tudo. Quando algum trotskista lhe pedia um cigarro, ele dizia — em alto e bom som, para que todos pudessem ouvir — que não queria mais saber daqueles traidores das massas, lacaios de Rockefeller e Hearst, agentes dos fascistas. Eu imaginava que os stalinistas repudiariam o falso neófito, mas estava redondamente enganado. Os políticos veem com naturalidade que alguém se bandeie para o lado mais forte sem aviso prévio. Os próprios stalinistas haviam se submetido a conversões parecidas. A partir do momento em que ele passou a cuspir nos trotskistas e a se derramar em elogios ao camarada Stálin, os stalinistas começaram a tratá-lo como se fosse um deles. O *homo politico* não quer saber de fé genuína nem de intenções verdadeiras; a única coisa que interessa é estar com a panelinha vitoriosa.

"A segunda coisa brutal que pude testemunhar foi o amor de Bentze por Tsvetl, a mulher do Feitl. Bentze deixara mulher e filhos em Varsóvia, mas agora era mais prático para ele aproximar-se de Tsvetl. Vi-os trocando abraços e beijos enquanto fugiam. Acariciavam-se como velhos amantes. Quando tinha algum petisco para oferecer, Tsvetl o colocava com as próprias mãos na boca do Bentze. Parecia nem se lembrar de Feitl, que se achava vários quilômetros atrás deles. Embora já estivesse sobrecarregado com suas coisas, Bentze se dispôs a levar também o baú da Tsvetl — gentileza que ela retribuiu com salsichas e *pretzels*. Era tudo muito óbvio e em desavergonhada obediência às leis eternas que regem a conduta humana.

"Havíamos chegado a um vilarejo — não recordo o nome do lugar — em que não se via nenhum indício de guerra. Até hoje não sei se aquele povoado já pertencia à parte stalinista da Polônia ou era terra de ninguém. Judeus vieram nos receber com pão, água, leite. Não havia hotel, de modo que os refugiados pernoitaram na casa de estudos e no asilo de indigentes. Como o Bentze e a Tsvetl foram dois dos primeiros a chegar, encontraram abrigo na casa de um stalinista local. Algumas horas mais tarde, vi o Feitl na casa de estudos, deitado num banco, descalço, com os pés inchados e cheios de bolhas. Estava tão confuso e esgotado que não me reconheceu, muito embora nos víssemos todos os dias no Clube dos Escritores. Disse-lhe quem eu era e ele respondeu: 'Não pertenço mais a este mundo, Zeinvel'.

"Tive medo de que Feitl morresse ali mesmo, mas ele acabou dando um jeito de chegar a Białystok, onde os stalinistas o levaram a julgamento. Disseram-me que teve de confessar todos os pecados que cometera contra as massas e chamar a si mesmo de fascista, espião de Hitler e inimigo do povo. Até onde sei, conseguiu fugir de Białystok e partiu rumo a Wilno, onde imagino que tenha perecido nas mãos dos nazistas. Eu mesmo passei por maus bocados em Białystok. Tive de fugir também, mas isso, como se diz, é outra história.

"Os acontecimentos que tiveram lugar em Białystok entre 1939 e 1941 serviriam de matéria para toda uma literatura. Por um curto espaço de tempo, os stalinistas de Varsóvia se tornaram poderosos. Organizaram sua própria NKVD.* Desencavaram velhos jornais e revistas ídiches e submeteram outros escritores ídiches a uma inquisição. Um rapaz que fora crítico literário em Varsóvia, de linha marxista, se especializara em encontrar vestígios contrarrevolucionários e traços de fascismo e trotskismo, além de desvios direitistas e esquerdistas em poemas, contos e peças. Alguém escrevia um poema sobre a primavera e esse crítico dava um jeito de encontrar, em palavras absolutamente inocentes como 'flores' e 'borboletas', alusões a Mussolini, Léon Blum e Norman Thomas. Os passarinhos não eram meros passarinhos, mas sim os bandos de Deníkin e Makhnó. As flores não eram senão símbolos dos contrarrevolucionários Ríkov, Kámenev e Zinóviev, que já haviam sido expurgados. Bentze era um dos juízes. Não demorou para que os stalinistas começassem a se denunciar mutuamente às autoridades da Rússia soviética. Foi assim até junho de 1941, quando os nazistas entraram em Białystok e todos os que haviam conseguido permanecer vivos tiveram de fugir de novo."

"O que aconteceu com o Bentze?", indaguei. "Está vivo?"

"Vivo!?", exclamou Zeinvel. "Nenhuma daquelas pessoas está viva. Foram todas, mais cedo ou mais tarde, liquidadas. Em 1941, tive a felicidade de chegar a Xangai, mas alguém me contou que quando o Bentze finalmente pôs os pés na Rússia soviética e se atirou ao chão para beijar o solo da pátria socialista, um homem do Exército Vermelho o agarrou pelo colarinho e o levou para a cadeia. Mandaram-no para algum lugar no norte, um daqueles rincões gelados onde o sujeito, por mais robusto que fosse, não aguentava mais que um ano vivo. Centenas de milhares de pessoas como Bentze foram exiladas assim, despachadas para a morte certa, tudo em nome de um amanhecer melhor e de um futuro bonito."

* Polícia política soviética, precursora da KGB. (N. T.)

"O que aconteceu com a Tsvetl?", perguntei.

"Ela? Conseguiu ir para Israel em 1948. Tornou a se casar por lá e depois morreu de câncer."

Zeinvel Markus bateu a cinza do cigarro numa xícara de café frio. Disse ele: "Assim são os seres humanos, assim é sua história e receio que também assim seja seu futuro. Enquanto isso, vamos tomar outro café".

A linha extraviada

Ao cair da tarde, o salão do Clube dos Escritores Ídiches de Varsóvia se esvaziara quase por completo. Dois revisores desempregados jogavam xadrez num canto. Davam a impressão de jogar e dormitar ao mesmo tempo. Mina, a gata, se esquecera de que era uma gata literária, exaltada em diversas matérias jornalísticas, e foi para o pátio, à caça de um camundongo ou quem sabe um passarinho. Eu estava sentado a uma mesa com o sócio mais importante do clube: Joshua Gottlieb, o principal colunista do *Haint*. Ele era presidente do sindicato dos jornalistas, doutor em filosofia, ex-aluno de intelectuais famosos, como Hermann Cohen, o professor Bauch, o professor Messer Leon e Kuno Fischer. O dr. Gottlieb era alto e espadaúdo, tinha um pescoço vermelho empertigado e uma barriga protuberante. O sol poente tingia de púrpura sua cabeçorra calva. Fumava um charuto comprido e soltava a fumaça pelas narinas. Normalmente não teria convidado um novato como eu para sentar-se com ele, porém naquele momento não havia mais ninguém disponível, e ele gostava de falar e contar histórias.

Nossa conversa derivara para o sobrenatural, e o dr. Gottlieb estava dizendo: "Vocês, jovens, se apressam em explicar tudo conforme suas teorias. Para vocês, a teoria vem em primeiro lugar e os fatos, em último. Se os fatos destoam das teorias, a culpa é dos fatos. Mas um homem de minha idade sabe que os acontecimentos têm sua própria lógica. São, acima de tudo, produto da causalidade. Os místicos de vocês ficam ofendidos se as coisas seguem o que chamamos de curso natural. Para mim, contudo, o mais prodigioso dos milagres é o que Spinoza chama de ordem das coisas. Se perco os meus óculos e depois os encontro numa gaveta que imaginava não abrir havia dois anos, sei que eu mesmo devo tê-los posto ali e que eles não foram escondidos pelos demônios e diabretes de vocês. Também sei que por mais fórmulas mágicas que eu recitasse na esperança de recuperá-los, eles continuariam para sempre na gaveta. Como é do seu conhecimento, sou um grande admirador de Kant, mas para mim a causalidade é mais que uma categoria da razão pura. É a essência mesma da criação. Podemos até chamá-la de a coisa em si".

"Quem criou a causalidade?", perguntei, só para falar alguma coisa.

"Ninguém, e é aí que está a beleza da coisa. Ouça isto: há aproximadamente dois anos, sucedeu-me algo que tinha tudo para ser visto como um desses milagres de que vocês falam. Eu estava totalmente convencido de que não havia explicação possível. Racionalista como sou, disse a mim mesmo: se isso realmente aconteceu e não foi um sonho, terei de reconsiderar tudo o que aprendi desde a primeira série do colégio até o último ano das universidades de Bonn e Berna. Mas então ouvi a explicação, e era tão convincente e simples como apenas e tão somente a verdade pode ser. Com efeito, cheguei mesmo a pensar em escrever uma narrativa sobre o acontecido. Porém não quero competir com nossos literatos. Imagino que saiba que não tenho grande apreço pela literatura de ficção. Talvez isso soe como sacrilégio a seus ouvidos, mas o fato é que encontro mais falácias humanas, mais psicologia e até mais divertimento na imprensa diária do que nas revistas literárias que vocês publicam. Meu charuto o incomoda?"

"De jeito nenhum."

"Você decerto sabe — não preciso lhe dizer — que os tipógrafos do *Haint* e da imprensa ídiche em geral cometem mais erros do que todos os outros tipógrafos do mundo juntos. Ainda que se considerem idichistas fervorosos, não têm o menor respeito pelo idioma. Passo noites em claro por causa desses bárbaros. Não sei quem foi que disse que noventa e nove por cento dos escritores ídiches morrem não de câncer ou tuberculose, mas de erros tipográficos. Reviso semanalmente três provas da coluna que publico às sextas-feiras, mas quando corrigem um erro, eles acrescentam outro. E às vezes não é só um; são dois, três, quatro novos erros para cada correção.

"Há cerca de dois anos, escrevi um artigo sobre Kant — uma espécie de *jubilieum*. Diante de termos filosóficos, nossos tipógrafos ficam particularmente agitados. Além disso, o responsável pelo leiaute das páginas tradicionalmente some com pelo menos uma linha da minha coluna, a qual com frequência vai parar no artigo de outro colunista e às vezes até no meio do noticiário. Naquele dia, citei uma expressão que era um prato cheio para erros tipográficos: *a unidade transcendental da apercepção*. Sabia que os tipógrafos fariam gato e sapato dela, mas precisava usá-la. Fiz três revisões de provas, como de costume, e milagrosamente as palavras apareceram impressas de forma correta todas as vezes. Por via das dúvidas, porém, rezei uma pequena prece pelo futuro. Naquela noite, fui me deitar com o tanto de esperança que alguém que escreve em ídiche pode se dar ao luxo de ter.

"Recebo diariamente os jornais às oito da manhã, e sexta-feira é sempre o dia crítico da minha semana. A princípio, tudo parecia estar a contento e comecei a acreditar, contra todas as probabilidades, que daquela vez eu tinha sido poupado. Mas então vi que não era bem assim: extraviara-se a linha contendo as palavras 'a unidade transcendental da apercepção'. Meu artigo ficava completamente sem sentido.

"Claro que fiquei furibundo e amaldiçoei todos os tipógrafos ídiches com as piores pragas. Depois de uma hora da mais absoluta indignação e extremo anti-idichismo, pus-me a procurar a linha extraviada em outros artigos e matérias do jornal. Dessa vez, porém, parecia ter desaparecido. De certa maneira, foi uma decepção para mim. O que mais me aborreceu foi que leitores e até amigos meus aqui do Clube dos Escritores me cumprimentaram pelo artigo, pelo jeito sem se dar conta de que faltava uma linha. Já prometi um milhão de vezes a mim mesmo não ler mais o *Haint* às sextas-feiras, mas você sabe que todos nós temos um quê de masoquistas. Vinguei-me imaginariamente dos tipógrafos, editores e revisores, atirando neles, surrando-os e fazendo-os decorar todas as colunas que eu havia publicado no jornal desde 1910.

"Passado algum tempo, resolvi que já tinha sofrido bastante e me pus a ler o *Moment*, nosso concorrente, para ver o que o colunista deles, o senhor Helfman, havia escrito naquela sexta-feira. Obviamente, eu sabia de antemão que o artigo devia ser uma porcaria. Somos rivais há vinte anos e nunca li nada que preste da lavra desse borra-papéis. Não sei o que pensa dele, mas para mim o sujeito é abominável.

"Naquela sexta, o arrazoado parecia mais intragável que nunca, por isso interrompi a leitura no meio e passei para o noticiário. Interessei-me por uma matéria com o título 'Um homem, um animal', que contava a história de um zelador que chegara em casa bêbado e violentara a filha. De repente, a coisa mais inconcebível, mais inacreditável, mais extraordinária aconteceu: diante dos meus olhos estava a linha que se extraviara do meu artigo! Eu sabia que só podia ser uma alucinação. Contudo, alucinações se desfazem numa fração de segundo. E aquelas palavras continuavam estampadas em tipo preto no papel: *a unidade transcendental da apercepção*... Fechei os olhos, certo de que quando os abrisse de novo a miragem teria desaparecido, mas quando os abri, continuava lá — o impensável, o ridículo, o absurdo.

"Admito que, mesmo descrendo do que vocês chamam de sobrenatural, eu costumava me divertir com a ideia de que um dia poderia suceder um fenômeno que me faria perder a fé na lógica e na realidade. Mas que uma linha de metal saísse voando pelos ares e se transferisse da sala de composição do *Haint*, no número 8 da rua Chłodna, para a sala de composição do *Moment*, no 38 da Nelewski — com isso eu realmente não contava. Nesse momento meu filho veio falar comigo. Eu devia estar com o aspecto de alguém que tinha visto um fantasma, pois ele perguntou: 'Aconteceu alguma coisa, papai?'. Não sei por quê, mas eu disse a ele: 'Filho, vá lá fora e compre o *Moment* para mim, por favor'. 'Mas o senhor está com o *Moment* nas mãos, pai', contestou ele. Expliquei-lhe que eu precisava consultar outro exemplar. O menino olhou para mim como se dissesse: 'Esse velho está completamente *meshugga*', mas desceu até a rua e comprou o jornal.

"Como não podia deixar de ser, minha linha estava lá, na mesma página e na mesma matéria: 'Ele chegou em casa bêbado, viu a filha na cama e *a unidade transcendental da apercepção*...'. Eu estava tão perplexo e perturbado que comecei a rir. Para que não restasse nenhuma dúvida, pedi que meu filho lesse a matéria inteira em voz alta. Ele me fitou de novo com aquele olhar que dizia: 'Meu pai não está regulando bem', mas leu a reportagem devagar, palavra por palavra. Ao chegar à linha transposta, sorriu e perguntou: 'Foi por isso que me mandou comprar outro exemplar?'. Não respondi. Eu sabia que nunca aconteceu de duas pessoas experimentarem a mesma alucinação."

"Há casos de alucinações coletivas", contestei.

"Seja como for, passei as noites de sexta e sábado em claro, sem conseguir dormir nem me alimentar direito. Resolvi que na manhã de domingo iria falar com o gerente do nosso departamento tipográfico, um velho amigo meu, o senhor Gavza. Se há um homem que não se deixa ludibriar por abracadabras e truques ilusionistas, esse homem é ele. Queria observar a expressão que se estamparia em seu rosto quando ele visse o que eu tinha visto. A caminho do *Haint*, achei que seria boa ideia recuperar o manuscrito do meu artigo, caso não o tivessem jogado fora. Pedi ajuda ao pessoal da redação e, por incrível que pareça, eles o encontraram, e as palavras estavam lá, tal e qual eu me lembrava de tê-las escrito. Desejava ardentemente solucionar o mistério, mas não queria que a solução estivesse num erro idiota, num mal-entendido grotesco ou num lapso de memória. Com meu manuscrito numa mão e o *Moment* na outra, fui falar com o senhor Gavza. Mostrei-lhe meu manuscrito e disse: 'Por favor, leia este parágrafo'. Antes mesmo de eu completar a frase, ele disse: 'Eu sei, eu sei, extraviaram uma linha do artigo que o senhor escreveu sobre Kant. Imagino que queira publicar uma correção. Acredite em mim, ninguém lê esse tipo de coisa'. 'Não, não quero publicar nenhuma correção', respondi. 'Então o que o traz aqui numa manhã de domingo?', perguntou Gavza.

"Mostrei-lhe o *Moment* de sexta-feira, com a reportagem sobre o zelador bêbado e disse: 'Agora leia isto'. Ele deu de ombros, começou a ler e eu nunca vi uma expressão como a que poucos instantes depois se estampou no rosto sereno daquele homem. Olhava boquiaberto para a reportagem, para o meu manuscrito, para mim, para o jornal, novamente para mim, e por fim disse: 'Será que estou vendo coisas? Esta é a linha que desapareceu do artigo do senhor!'.

"'Pois é, meu caro', eu disse. 'Esta linha fugiu das dependências do *Haint* e partiu rumo ao *Moment*, a uns dez quarteirões de distância, passando por cima de casas e edifícios, tendo ido parar na sala de composição deles e imiscuindo-se nessa matéria que o senhor acaba de ler. É possível que tenha sido obra de algum demônio? Se o senhor puder me dar uma explicação para isso...'

"'Honestamente, não consigo acreditar', disse Gavza. 'Deve ser algum truque, vai ver que alguém resolveu nos pregar uma peça. Talvez a linha esteja colada. Deixe-me ver de novo.'

"'Não, não é truque, não há cola nenhuma aqui', disse eu. 'Esta linha desapareceu do meu artigo e foi parar no *Moment* de sexta-feira. Tenho outro exemplar do jornal no bolso.'

"'Meu Deus, como foi que isso aconteceu?', indagou Gavza, comparando repetidas vezes meu manuscrito com a linha publicada no *Moment*. Então o ouvi dizer: 'Se uma coisa assim é possível, tudo é possível. Talvez os demônios tenham de fato levado sua linha do *Haint* para o *Moment*'.

"Entreolhamo-nos por um bom tempo com o sentimento doloroso de dois adultos que compreendem que seu mundo se transformou num caos destituído de toda e qualquer lógica, com a tal realidade em frangalhos. Então Gavza caiu na gargalhada. 'Não, não foram os demônios, e tampouco os anjos. Acho que sei o que aconteceu!', exclamou ele.

"'Então fale logo, antes que eu morra de curiosidade', eu disse.

"E a explicação que ele me deu foi a seguinte. O Fundo Nacional Judaico costumava publicar um pedido no *Haint* e no

Moment. Às vezes faziam algumas modificações para adequar o pedido aos leitores de cada jornal. Por isso, em vez de fazer uma matriz, transportavam o clichê de um jornal a outro a fim de realizar os ajustes necessários. Minha linha provavelmente fora inserida por engano no clichê do pedido. Levaram-na para o *Moment* e lá alguém notou o erro, tirou a linha do clichê do pedido e em seguida ela foi parar no meio da tal reportagem. 'A probabilidade de algo assim acontecer não é tão pequena quanto se pode imaginar, considerando-se a categoria dos nossos tipógrafos e revisores', disse Gavza. 'São uns cretinos. Não, não é justo pôr a culpa num pobre demônio. Nenhum demônio é tão ignorante e descuidado quanto nossos tipógrafos e seus demônios.'

"Demos boas risadas e, em homenagem àquela solução histórica, fomos tomar um café e comer um pedaço de bolo. Falamos sobre os velhos tempos e os inumeráveis absurdos publicados na imprensa ídiche, que Deus a abençoe. Particularmente estranhas eram as erratas incluídas no final de alguns livros ídiches, como as seguintes: à página 69, onde se lê 'Ela foi visitar a mãe em Białystok', leia-se 'Ele tinha uma barba grisalha e comprida'. Ou: à página 87, onde se lê 'Ele tinha muito apetite', leia-se 'Ele foi ver a ex-mulher em Vilna'. À página 379, onde está 'Eles pegaram o trem para Lublin', deveria estar 'O frango não era *kosher*'. Para mim permanecerá sempre um mistério que um tipógrafo seja capaz de cometer equívocos como esses. Certa vez publicaram uma matéria sobre as bactérias, 'que são tão pequenas que só podem ser vistas com o auxílio de um telescópio'."

O dr. Gottlieb interrompeu-se, tentando reacender o charuto apagado, sugando-o com violência. Então disse: "Meu jovem, estou lhe contando tudo isso para lhe mostrar que não devemos tirar conclusões apressadas e acreditar que a Mãe Natureza abriu mão de suas leis eternas. No que me concerne, os diabretes e duendes ainda não assumiram o comando da situação e as leis da natureza continuam válidas, quer eu goste ou não delas. E quando preciso enviar um recado à minha velha esposa ou à minha não tão mais jovem namorada, ainda uso o telefone, não a telepatia."

O hotel

Quando Israel Danziger se aposentou e foi para Miami Beach, sua sensação era a de estar se retirando para o outro mundo. Aos cinquenta e seis anos, fora compelido a abandonar tudo o que conhecia: a fábrica em Nova York, suas casas, o escritório, os filhos, os parentes e os amigos. Hilda, sua mulher, comprou uma casa ajardinada em Indian Creek. Os aposentos ao rés do chão eram espaçosos; havia um pátio, uma piscina, palmeiras, canteiros de flores, um gazebo e cadeiras especialmente projetadas para forçar pouco o coração. O canal era um pouco malcheiroso, mas do outro lado da rua ficava o mar, e de lá vinha uma brisa fresca.

A água era verde e cristalina, como um cenário operístico, com barcos brancos deslizando sobre sua superfície. Gaivotas guinchavam com estridência enquanto adejavam e mergulhavam para fisgar peixes. Deitadas na areia branca da praia, viam-se mulheres seminuas. Israel Danziger não precisava de binóculos para espiá-las; podia observá-las detrás de seus óculos escuros. Chegava mesmo a ouvir seu falatório e suas risadas.

Não tinha o menor receio de ser esquecido. Todos vinham de Nova York no inverno: seus filhos, suas filhas, seus genros e suas noras. Hilda já começava a achar que os quartos e a roupa de cama não eram suficientes; e o risco de que a presença de tantas pessoas da cidade deixasse Israel excitado demais também a preocupava. O médico recomendara repouso absoluto.

Agora era setembro e Miami Beach estava deserta. Os hotéis permaneciam fechados e em suas portas se viam cartazes anunciando a reabertura em dezembro ou janeiro. Nas cafeterias do centro, que até outro dia fervilhavam de gente, as cadeiras haviam sido empilhadas sobre as mesas, as luzes estavam apagadas, e os negócios, paralisados. O sol brilhava, porém os jornais traziam vários alertas sobre um furacão proveniente de alguma ilha distante e aconselhavam os leitores a providenciar velas, água e janelas anti-intempérie, embora não houvesse muita certeza de que o ciclone chegaria mesmo a Miami. Era possível que desviasse da Flórida e rumasse para o Atlântico.

Os jornais eram volumosos e enfadonhos. As mesmas notícias que buliam com os sentidos em Nova York ali pareciam monótonas e desimportantes. Os programas radiofônicos eram uma chatice e na televisão só passavam coisas idiotas. Nem os livros de escritores famosos estavam a salvo da monotonia.

Israel continuava a ser um bom garfo, porém Hilda racionava comedidamente suas refeições. Todas as coisas de que ele gostava estavam proibidas — tinham muito colesterol —, manteiga, ovos, leite, café com creme, carne com bastante gordura. Em vez disso, Hilda o alimentava com ricota, saladas, manga e suco de laranja, e mesmo assim tudo em quantidades liliputianas, para que ele não ingerisse, Deus me livre, algumas calorias além da conta.

Israel Danziger estava deitado numa espreguiçadeira, vestido apenas com um calção de banho e sandálias de praia. A sombra de uma figueira o protegia; e todavia ele cobria a calva com um boné de palha. Sem roupa, Israel Danziger em nada lembrava Israel Danziger; era tão somente um homenzinho, um feixe de pele e ossos, com um único tufo de pelos no peito, costelas salientes, joelhos nodosos e braços finos como palitos. Apesar de toda a loção bronzeadora com que se besuntara, seu corpo estava coberto de manchas vermelhas. O excesso de sol irritara seus olhos.

Ele se levantou e entrou na piscina, espadanou um pouco na água e tornou a sair. Não sabia nadar; limitava-se a submergir o corpo na água, como numa *mikvá*. Começara a ler um livro algumas semanas antes, mas não conseguia terminá-lo. Todos os dias lia o jornal ídiche de fio a pavio, inclusive os classificados.

Tinha sempre um lápis e um caderninho consigo, e de tempos em tempos calculava a quantas andava seu patrimônio. Somava os lucros provenientes dos edifícios residenciais que possuía em Nova York e os rendimentos de seus investimentos financeiros. E toda vez o resultado era o mesmo. Mesmo que vivesse cem anos, Israel Danziger teria mais do que precisava e ainda deixaria muita coisa para os herdeiros. Contudo seus cálculos não lhe pareciam confiáveis. Como e quando amealhara tamanha fortuna? E o que faria ao longo dos anos que ainda estava fadado a viver? Passaria o resto da vida sentado naquela espreguiçadeira, olhando o céu?

Ele queria fumar, porém o médico autorizara apenas dois charutos por dia, e até isso podia ser prejudicial. Para aplacar a vontade de fumar e comer, mascava chiclete sem açúcar. Agachou-se, arrancou uma folha de grama e examinou-a. Então seus olhos vagaram até uma laranjeira que havia ali perto. Indagou a si mesmo o que teria pensado se alguém em Parciewe, seu vilarejo natal na Polônia, lhe houvesse dito que um dia ele seria dono de uma casa nos Estados Unidos, com laranjeiras, limoeiros e coqueiros, às margens do oceano Atlântico, numa terra onde o verão era eterno. Agora possuía tudo aquilo, mas de que lhe valia?

De repente Israel Danziger ficou tenso. Teve a impressão de ouvir o telefone tocando na sala. Um interurbano de Nova York, talvez? Levantou-se para atender à chamada e então se deu conta de que era apenas um grilo cricrilando como uma campainha. Nunca recebia ligações ali. Quem iria ligar para ele? Um homem que se desfaz de seu negócio é como um defunto.

Israel Danziger olhou novamente em redor. O céu tinha um tom azul-claro e não se via nem um fiapo de nuvem. Um único passarinho voava acima dele. Para onde estaria indo? As mulheres que antes jaziam na areia agora haviam entrado na água. Conquanto o mar estivesse manso como uma lagoa, elas pulavam como se houvesse ondas. Eram gordas, feias e de ombros largos. Notava-se nelas um egoísmo que enoja a alma dos homens. E era por aquelas parasitas que eles trabalhavam, prejudicavam seus corações e morriam tão cedo?

Israel também fora além do que permitiam suas forças. Os médicos o haviam advertido. Cuspiu no chão. Nada sugeria que Hilda fosse uma esposa infiel, porém ele sabia que, tão logo fechasse os olhos, em menos de um ano ela estaria casada de novo, e dessa vez arrumaria um homem mais alto...

Mas o que havia de fazer? Construir uma sinagoga que acabaria às moscas? Mandar entalhar uma Torá que não seria lida por ninguém? Dar dinheiro para um *kibutz* e financiar o amor livre dos ateus? Do jeito que as coisas iam, nem dinheiro para obras de caridade a pessoa podia mais doar. Fosse qual fosse a causa, tudo era gasto com secretárias, captadores de recursos e políticos. Quando chegava o momento de atender aos necessitados, o dinheiro tinha acabado.

Entre as páginas do mesmo caderninho que Israel Danziger usava para calcular sua renda, viam-se diversas cartas que ele recebera naquela manhã. Uma delas tinha sido enviada por uma *yeshivá* do Brooklyn; outra, por um poeta ídiche que pretendia publicar um livro; uma terceira, por um lar de idosos que planejava construir uma nova ala em sua sede. Entoavam todas o mesmo refrão: mande um cheque. Mas que proveito adviria da inclusão de mais alguns alunos na *yeshivá* de Williamsburg? Quem tinha necessidade dos novos versos do poeta? E para que uma nova ala? Para o diretor do asilo organizar um banquete e extrair a nata do leite? Era bem provável que a obra ficasse a cargo de sua própria construtora ou então vai ver que o sujeito tinha um genro que era arquiteto. Conheço essa gente, resmungou para si mesmo Israel Danziger. Não me enganam.

Israel Danziger não pôde mais permanecer sentado. Fora subjugado por um vazio que doía como um infarto. Sentia esvair-se a energia que mantém os homens vivos, parecia-lhe estar, sem sombra de dúvida, às portas da morte, da loucura. Precisava fazer alguma coisa imediatamente. Correu para o quarto, escancarou as portas do *closet*, vestiu uma calça, uma camisa, e calçou um par de sapatos; depois pegou a bengala e saiu. Seu carro estava na garagem, porém ele não queria se postar atrás de um volante e sair dirigindo em alta velocidade pela estrada, sem nenhum propósito. Hilda fora ao mercado; a casa ficaria vazia, mas não havia ladrões ali. E que importância tinha se alguém tentasse assaltá-los? Além do mais, Joe, o jardineiro, estava ali fora, cuidando do jardim, regando com uma mangueira a grama azulada que lhes fora entregue em placas e agora se estendia sobre a areia feito um tapete. Aqui nem a grama tem raízes, pensou Israel Danziger. Sentia inveja de Joe. Aquele negro pelo menos estava fazendo alguma coisa. Tinha uma família em algum lugar perto de Miami.

O que ele experimentava agora não era simples tédio, mas pânico. E se fosse até o escritório da corretora para dar uma olhada em suas ações? Mas já fizera isso pela manhã, passara uma hora observando as cotações. Se começasse a aparecer duas vezes ao dia por lá, acabaria se tornando um incômodo. Além disso, já eram vinte para as três. Quando chegasse, a corretora estaria fechada.

O ponto de ônibus ficava do outro lado da rua, e um ônibus se aproximava naquele instante. Israel Danziger atravessou a rua, e esse ato teve por si só um efeito medicinal. Subiu no ônibus e pagou a passagem. Iria até a cafeteria do Paprov. Lá compraria o jornal vespertino — cópia exata do matutino —, tomaria uma xícara de café, comeria uma fatia de bolo, fumaria um charuto e, quem sabe, poderia até encontrar um conhecido.

Apenas metade dos assentos do ônibus estava ocupada. Os passageiros estavam todos sentados do lado em que fazia sombra, e não paravam de se abanar, alguns com leques, outros com jornais dobrados e outros ainda com livros de bolso abertos ao meio. Havia apenas um passageiro sentado num banco que crestava ao sol, um homem para quem o calor já não importava. Estava malvestido, tinha a barba por fazer e parecia imundo. Um bêbado, tudo leva a crer, pensou Israel Danziger, e pela primeira vez compreendeu o vício do álcool. Se pudesse, também tomaria uma dose de uísque. Qualquer coisa era preferível àquela sensação de vazio.

Um passageiro desceu e Israel Danziger ocupou seu lugar. Pela janela aberta entrava um bafo quente. Cheirava a maresia, asfalto amolecido e gasolina. Israel Danziger ficou calado. De repente, porém, começou a sentir o suor escorrendo pelo corpo; num instante sua camisa ficou encharcada. Alegrou-se. Chegara ao ponto em que até um passeio de ônibus era uma aventura.

Na Lincoln Road viam-se lojas, vitrines, restaurantes, bancos. Era um pouco como uma cidade de verdade, quase como Nova York. Sob um dos toldos que cobriam as fachadas das lojas, Israel Danziger notou um cartaz anunciando uma grande promoção. Estavam liquidando o estoque. A seus olhos aquela rua era um oásis no meio do deserto. Pegou-se pensando com preocupação nos donos das lojas. Quanto tempo aguentariam se nunca apareciam fregueses? Sentia-se impelido a comprar alguma coisa — qualquer coisa — para ajudá-los nos negócios. É uma boa ação, disse com seus botões, melhor do que dar dinheiro para *shnorrers*.

O ônibus parou e Israel Danziger desceu e entrou na cafeteria. A porta giratória, o friozinho do ar-condicionado, as lâmpadas incandescentes brilhando no meio do dia, o alarido dos clientes, o barulho de pratos se chocando, as mesas compridas do bufê, repletas de comidas e bebidas, o caixa fazendo tilintar a máquina registradora, o cheiro de tabaco — tudo isso reavivou seu ânimo. Israel Danziger espantou a melancolia, a hipocondria e os pensamentos mórbidos. Com a mão direita, pegou uma bandeja; com a esquerda, apalpou o bolso de trás, onde estavam alguns trocados. Lembrou-se das advertências do médico, porém uma força mais poderosa — a força que dá a última palavra — lhe disse para ir em frente. Escolheu um sanduíche de arenque, um copo de café gelado e uma fatia de *cheesecake*. Acendeu um charuto comprido. Voltou a ser Israel Danziger, uma pessoa viva, um homem de negócios.

Em outra mesa, do lado oposto de onde ele se achava sentado, havia outro homenzinho, não mais alto que Danziger, porém atarracado, ombros largos, cabeçudo e dotado de um pescoço gordo. Envergava um chapéu-panamá que parecia ter custado caro (no mínimo quinze dólares, calculou Danziger) e uma camisa cor-de-rosa de manga curta. Num de seus dedos, roliço como uma salsicha, cintilava um diamante. Tinha um charuto na boca e folheava um jornal ídiche, vez por outra beliscando pedaços de um *pretzel* de ovo. A certa altura tirou o chapéu, exibindo a cabeça careca — lisa, redonda, lustrosa. Havia qualquer coisa de infantil em suas formas rotundas, em sua obesidade, em seus lábios pregueados. Não estava fumando o charuto, apenas o mantinha na boca, sugando-o; e Israel Danziger se perguntou quem seria o sujeito. Decerto não era dali. Um nova-iorquino, talvez? Mas o que estaria fazendo em Miami Beach em pleno mês de setembro, a menos que sofresse de febre do feno? E como ele estava lendo um jornal ídiche, Israel Danziger sabia tratar-se de alguém da família judaica. Sentiu vontade de puxar conversa com o desconhecido. Hesitou alguns instantes; abordar estranhos não fazia exatamente seu gênero. Mas em Miami, se a pessoa fosse excessivamente reservada, corria o risco de morrer de tédio. Levantou-se da cadeira, pegou o prato com o *cheesecake*, o copo de café, e mudou-se para a mesa do outro homem.

"Alguma novidade no jornal?"

O sujeito tirou o charuto da boca. "E desde quando há novidades? Nunca há nada de novo. Nada."

"Antigamente havia escritores, hoje são todos uns escrevinhadores", comentou Israel Danziger, só para falar alguma coisa.

"Cinco centavos jogados fora."

"Bom, que mais há para fazer em Miami? Ajuda a matar o tempo."

"O que faz aqui, nesse calor infernal?"

"E o senhor, o que faz aqui?"

"Meu coração... Há seis meses estou embolorando neste fim de mundo. Meu médico me exilou aqui... Tive que me aposentar..."

"Ora... Então somos irmãos!", exclamou Israel Danziger. "Meu coração também não vai nada bem. Tive de me desfazer de tudo o que eu tinha em Nova York, e a santa da minha mulher comprou uma casa com figueiras para mim, como na Palestina dos velhos tempos. Não faço nada o dia inteiro; é de endoidecer."

"Onde fica a sua casa?"

Danziger disse o endereço.

"Passo lá todos os dias. Acho até que vi o senhor uma vez. O que fazia antes?"

Danziger falou sobre sua fábrica.

"Estou no ramo imobiliário há mais de trinta anos", volveu o sujeito.

Os dois continuaram conversando. O homenzinho do chapéu-panamá disse chamar-se Morris Sapirstone. Tinha um apartamento na Euclid Avenue. Israel Danziger se levantou e foi buscar duas xícaras de café e mais dois *pretzels* de ovo. Depois ofereceu a Sapirstone um de seus charutos e Sapirstone também lhe deu um dos seus. Após quinze minutos, conversavam como se fossem velhos conhecidos.

Em Nova York, haviam frequentado os mesmos círculos; eram ambos provenientes da Polônia. Sapirstone tirou uma carteira de couro de crocodilo e mostrou a Israel Danziger fotos de sua mulher, de duas filhas e dois genros — um, médico; o outro, advogado — e de alguns netos. Havia uma neta que era igualzinha ao avô. A mulher era gorda, lembrava uma panela de cozido de Shabat. Perto dela, Hilda era uma beldade. Danziger indagou a si mesmo como um homem podia viver com uma mulher tão feia. Por outro lado, refletiu, se fosse casado com uma mulher assim, não se sentiria tão sozinho quanto se sentia com Hilda. Uma mulher como aquela provavelmente tinha um enxame de velhas fofoqueiras sempre a sua volta.

Israel Danziger nunca fora um judeu devoto, mas depois do enfarte, da aposentadoria e da mudança para Miami Beach, começara a pensar em termos religiosos. Agora enxergava o dedo de Deus em seu encontro com Morris Sapirstone.

"Joga xadrez?", indagou.

"Xadrez, não. Mas *pinochle*, sim."

"Tem parceiros?"

"Sempre encontro algum."

"Percebe-se que o senhor sabe se virar. Nunca encontro ninguém. Passo o dia inteiro à toa e não vejo vivalma."

"Por que foi morar num lugar tão afastado?"

No decorrer da conversa, Morris Sapirstone mencionou que havia um hotel à venda na cidade. Era um hotel quase novo, na zona norte, perto de onde Danziger morava. Os proprietários tinham falido e o banco estava disposto a vender o empreendimento por uma ninharia. Bastava aparecer alguém com duzentos e cinquenta mil em dinheiro vivo. Não lhe passava pela cabeça fazer uma proposta, mas Israel Danziger escutou a história com avidez. Falar sobre dinheiro, crédito, bancos e hipotecas sempre o alegrava. De certa maneira era uma prova de que o mundo ainda não acabara. Danziger não entendia nada de hotelaria, porém fisgou uma informação ou outra enquanto Sapirstone contava o caso. O negócio dera errado porque os proprietários quiseram atingir uma clientela sofisticada e puseram o preço das diárias num patamar muito elevado. Os endinheirados não se interessavam mais por Miami Beach. Era preciso atrair a classe média. Com uma boa temporada de inverno, recuperava-se o investimento. Nos últimos tempos, surgira um tipo novo de turista: latino-americanos que, durante o verão deles, vinham se "refrescar" na Flórida. Israel Danziger apalpou o bolso da camisa à procura de um toquinho de lápis. Enquanto Morris falava, usou a borda do jornal para anotar números e mais números, em ritmo acelerado. Ao mesmo tempo, bombardeava Sapirstone com perguntas. Quantos quartos havia no hotel? Quanto de lucro dava cada quarto? E os impostos? As hipotecas? Os gastos com os funcionários? Para Israel, aquilo era apenas um divertimento, uma maneira de recordar que no passado ele também fora um homem de negócios. Coçava a têmpora esquerda com a ponta do lápis.

"E o que acontece numa temporada ruim?"
"É preciso dar um jeito de fazê-la ficar boa."
"Como?"
"É preciso anunciar bem. Inclusive nos jornais ídiches."
"O hotel tem salão de convenções?"

Uma hora se passara e Israel Danziger nem dera por isso. Premia o charuto entre os lábios e o fazia passar agitadamente de um lado para outro da boca. Sentia um vigor novo brotando dentro de si. Seu coração, que em meses recentes ora disparava, ora parecia prestes a parar, agora batia como se ele fosse um homem saudável. Morris Sapirstone tirou uma caixinha do bolso do paletó, pegou um comprimido e o engoliu com um gole d'água.

"Teve um infarto, hein?"
"Dois."
"O que vou fazer com um hotel? Deixar para o segundo marido da minha mulher?"

Morris Sapirstone não respondeu.

"Como fazemos para dar uma olhada no lugar?", indagou Israel Danziger depois de algum tempo.

"Venha comigo."
"O senhor está de carro?"

"O Cadillac vermelho do outro lado da rua é meu."

"Ah, que belo carro."

Os dois homens saíram da cafeteria. Israel Danziger notou que Sapirstone usava uma bengala. Gota, pensou. O sujeito é um inválido e fica sonhando com hotéis... Sapirstone sentou-se atrás do volante e deu a partida. Bateu no carro de trás ao manobrar, mas nem se virou para olhar. Logo estava acelerando rua afora. Uma mão segurava o volante com destreza; a outra cuidava do acendedor. Com um charuto preso entre os dentes, continuou tagarelando.

"Vamos só dar uma espiada. Olhar é de graça."

"Tem razão."

"Se minha mulher souber disso, é capaz de fazer um escarcéu. Vai ligar para o médico e os dois vão me comer vivo."

"Deixaram você de repouso, não foi?"

"E de que adianta? É *aqui*, na cachola, que é preciso repousar. Mas a minha cabeça não para um segundo. Passo as noites em claro, pensando todo tipo de bobagens. E quando levanto, sinto uma fome de leão. Minha mulher procurou um serralheiro para ver se não havia uma maneira de colocar um cadeado na geladeira... Esses regimes fazem mais mal que bem. Como as pessoas viviam antigamente? Na minha época não havia essa história de regime. As refeições do meu avô, que Deus o tenha, começavam com uma fritada de cebolas e gordura de frango. Depois vinha um prato de sopa com gotas de gordura boiando em cima. Aí ele traçava um pedaço de carne bem gordurosa. E, para completar, um bolinho de *shmaltz*. Quem se preocupava com colesterol? Meu avô viveu até os oitenta e sete anos, e quando morreu, foi porque no inverno levou um tombo no gelo. Uma coisa eu garanto: um dia ainda vão dizer que colesterol faz bem à saúde. As pessoas vão tomar colesterol em comprimido, como se fosse vitamina."

"O senhor bem que podia ter razão."

"Um homem é como um *dreidel* de Hanucá. Uma vez lançado, gira em torno de si mesmo até parar."

"Se a mesa for lisa, demora mais para parar."

"Não existem mesas lisas."

Sapirstone estacionou. "Bom, o hotel é este."

Israel Danziger deu uma olhada rápida e num instante viu tudo. Se era correta a informação de que bastava desembolsar duzentos e cinquenta mil, aquilo era uma pechincha. Estava tudo novo em folha. A construção devia ter custado uma fortuna. Claro que ficava um pouco afastado do centro, mas a região estava começando a atrair mais pessoas. Antes os gentios queriam distância dos judeus. Agora eram os judeus que queriam distância dos judeus. Do outro lado da rua já havia um açougue que vendia carne *kosher*. Israel Danziger coçou a testa. Teria de desembolsar cento e vinte e cinco mil dólares para comprar a sua parte do negócio. Podia fazer um empréstimo no banco, oferecendo as ações como garantia. Raspando bem o tacho, era até capaz de juntar o dinheiro sem precisar se endividar. Mas devia mesmo se envolver com tais dores de cabeça? Seria suicídio, puro suicídio. Que diria Hilda? E o dr. Cohen? Viriam todos para cima dele: Hilda, os meninos, as meninas, os maridos delas. Isso poderia, por si só, levar a outro infarto...

Israel Danziger fechou os olhos e permaneceu alguns instantes mergulhado em sua própria escuridão. Como um adivinho, tentou projetar-se no futuro e antever o que o destino lhe reservava. Sua mente se esvaziou, enegreceu, rendendo-se ao torpor do sono. Chegou mesmo a se ouvir ressonando. Tudo o que lhe dizia respeito, sua vida inteira, ficou em suspenso no transcorrer daquele instante. Aguardava uma ordem lá de dentro, uma voz saída de suas entranhas... Melhor morrer do que continuar vivendo assim, balbuciou por fim.

"Algum problema, senhor Danziger? Pegou no sono?", ouviu Sapirstone indagar.

"Ahn? Não."

"Então vamos entrar. Vamos dar uma olhada nesse negócio."

E os dois homenzinhos subiram a escadaria que conduzia ao edifício de catorze andares.

Deslumbrado

A conversa versava sobre criadas e tia Genendel estava dizendo: "Não se deve subestimá-las — podem causar um sem-fim de problemas. Certa vez, havia um regimento de soldados russos baseado em nossa cidade, que ficava perto da fronteira com a Áustria. A Rússia e a Áustria andavam se desentendendo e os militares achavam que haveria uma guerra. Ou talvez o tsar pensasse que os poloneses iriam se rebelar de novo. Os soldados russos permaneciam sob o comando de um coronel e de alguns outros oficiais. Havia tendas para os soldados e cocheiras para os cavalos. Gendarmes montados percorriam as ruas com rifles pendurados às costas e espadas presas à cintura. Disseminavam medo entre os judeus. Mas, por outro lado, frequentavam suas lojas, e os comerciantes tinham bons lucros.

"Um dia, soubemos que estava para chegar de São Petersburgo um nobre muito importante, de nome Orlov — era um duque, parente distante da família do tsar. A notícia causou excitação e alvoroço entre os oficiais russos, pois era raríssimo que um homem de tão alta posição fosse enviado a um vilarejo remoto como o nosso. Os quartéis-mestres ficaram especialmente apreensivos, pois todos tinham embolsado subornos nas compras que realizavam, apresentando depois relatórios falsificados a seus superiores. Via de regra a comida dos soldados não tinha gosto de nada, e suas fardas tampouco eram de boa qualidade. Dizia-se que os padeiros que vendiam para os quartéis-mestres preparavam a massa do pão com os pés descalços. O coronel ordenou imediatamente que os soldados recebessem alimentação de melhor qualidade e roupas decentes. Os oficiais treinaram os homens com mais rigor e os advertiram de que, caso o dignitário fizesse perguntas, deviam afirmar estar satisfeitos. Baixaram-se recomendações de que as cozinhas e os caldeirões fossem esfregados, e os banheiros, limpos. Todos deviam engraxar suas botas. Providenciaram um banquete para o duque; e a orquestra polia seus instrumentos e ensaiava diariamente.

"Pouco tempo depois, soube-se que o tal duque não estava vindo inspecionar a tropa. Ao contrário, tinha sido punido com o degredo. Desafiara um alto oficial para um duelo e o matara. Como seria um escândalo pôr na cadeia alguém da família do tsar, resolveram mantê-lo exilado na Polônia por alguns anos.

"O duque chegou numa carruagem velha, puxada por dois cavalos descarnados, e, em vez de se instalar nos alojamentos que lhe haviam sido designados, foi para a pensão de Lippe Reznik. O homem estava um trapo; parecia cansado, exaurido. Era baixo, tinha uma barbicha grisalha e, embora ostentasse o título de general de divisão, vestia trajes civis. Provavelmente perdera todo o prestígio de que gozava em São Petersburgo. Sem galões, dragonas e medalhas, o mais insigne dos senhores não passa de alguém de carne e osso. Depois de ver o duque, o coronel cancelou suas ordens e os soldados voltaram a ser alimentados apenas à base de *kasha* e repolho. Pararam de engraxar as botas três vezes ao dia. A orquestra emudeceu. Apesar disso, o coronel e seus ordenanças fizeram uma visita ao nobre na pensão de Lippe Reznik. Eu não estava lá, mas a Lippe contou que o duque recebeu os visitantes com impaciência e nem mesmo os convidou a sentar-se. Quando o coronel quis saber se Sua Alteza precisava de alguma coisa, ele respondeu que não precisava de absolutamente nada e que só queria que o deixassem em paz.

"Por algum motivo, o duque simpatizava com os judeus. Um deles, um corretor de imóveis, sugeriu que ele comprasse uma velha casa de madeira, e o duque de pronto aceitou a oferta. O corretor também lhe ofereceu uma criada. Antosha era seu nome — viúva de um soldado que morrera na guerra contra os turcos. Lavava roupa para famílias judias e vivia sozinha num casebre semidesmantelado. A verdade é que não prestava nem para lavadeira. Certa vez levou uma de nossas trouxas de roupa para lavar e as roupas voltaram tão sujas que minha mãe teve de mandá-las lavar de novo. Não sabia passar, alvejar nem preparar as roupas lavadas para colocar na calandra. Uma criatura ignorante, infeliz, mas com um rostinho bonito para uma mulher da idade dela — olhos azuis, cabelos louros, um nariz bem delineado. Se não me engano, era filha bastarda de algum proprietário de terras polonês. Tinha uma qualidade positiva: não ligava para dinheiro. Qualquer que fosse a quantia que lhe pagassem, agradecia profusamente à freguesa e beijava-lhe a mão. Quando o corretor falou dela, o duque pediu para vê-la. No guarda-roupa de Antosha havia apenas um vestido, que ela usava aos domingos para ir à igreja, e um par de sapatos, que costumava levar na mão. Vestida assim foi conduzida à presença do duque. Após examiná-la brevemente, ele aceitou ficar com ela. Prometeu-lhe um salário exorbitante para criada de tão baixo calibre. Era ligeiro em tudo o que fazia. Passeava todos os dias pela rua Lublin, e caminhava com passos tão acelerados que ultrapassava todos os transeuntes. Havia uma igreja ortodoxa nas proximidades do quartel, mas ele nunca comparecia aos serviços religiosos, nem mesmo na Páscoa ou no Ano-Novo russo. Acabou ficando com a reputação de herege e louco. Recebia muitas cartas no começo, mas não respondia nenhuma, e passado algum tempo o carteiro só lhe trazia uma carta por mês: a ordem de pagamento referente a sua pensão.

"Havia uma mercearia perto da casa do duque. O dono, Mendel, e sua mulher, Baila Gitl, ficaram íntimos do duque. Abasteciam-lhe de tudo que ele necessitava — mesmo coisas que normalmente não se encontram numa mercearia, como tinta, penas de caneta, papel de carta, vinho, vodca, tabaco. A certa altura Baila Gitl reparou que Antosha andava comprando mais comida do que duas pessoas seriam capazes de consumir. Numa única compra, levava um quilo e meio de manteiga e dez dúzias de ovos. Acabava armazenando os mantimentos por tanto tempo que estes apodreciam e tinham de ser jogados fora. O duque se queixava a Baila Gitl, dizendo que, por causa de Antosha, a casa estava infestada de ratos e insetos. Baila Gitl o aconselhou a livrar-se dela e arrumar uma empregada mais prendada, porém o duque disse: 'Não posso fazer isso com ela. É capaz de ficar enciumada'. Tudo indicava que ele estava vivendo com aquela boboca. Eu não devia pecar com as palavras, mas os homens não querem saber de mulheres que tenham alguma coisa na cabeça. Só querem, você vai me perdoar, um belo corpo."

"Não fale assim, Genendel!", exclamou Chaya Riva, uma vizinha. "Nem todos os homens são iguais."

"Ahn? São todos iguais, sim", tornou Genendel. "Tinha um rabino em Lublin que as pessoas apelidaram de Cabeça de Ferro. Era um erudito formidável, profundamente versado na Torá, mas sua esposa, a *rebetsin*, não sabia nem ler o livro de orações. No Shabat e nos feriados, era preciso que uma mulher recitasse as preces para ela. A *rebetsin* só sabia dizer 'Amém'."

"Por que o marido não a ensinava?", indagou Chaya Riva.

"N*u*, quem sabe? Agora começa pra valer a história. O duque tentou explicar a Antosha que certos alimentos não podiam ser armazenados durante semanas e meses. Mas isso estava além da capacidade de entendimento da camponesa. Ela varria a casa e depois largava por vários dias a sujeira amontoada no canto onde ficava a vassoura. Baila Gitl com frequência via o próprio duque levando o lixo para o fosso de detritos. Aquela Antosha era como o Yussel da história do Golem. Se o mandavam ir buscar água no poço, ele voltava com uma quantidade tão absurda de água que alagava a casa inteira. E ela também não sabia cozinhar. Às vezes deixava a comida salgada demais, outras vezes se esquecia completamente do sal. Vendo que a coisa não tinha jeito, o duque punha um avental e ia preparar ele próprio suas refeições. Como um homem tão bem nascido podia se rebaixar tanto? Era um estudioso, vivia lendo livros ou escrevendo. Suas reflexões o absorviam tanto que às vezes ele deixava o leite ferver e a carne queimar na panela.

"Baila Gitl morava no apartamento que havia em cima da mercearia, e assistia de camarote a toda essa maluquice. Tentou ensinar Antosha a cuidar da casa, mas foi inútil. Antosha dizia apenas: 'Sim, senhora. Sim, senhora. Vou fazer tudinho como a senhora falou'. Chorava e beijava a mão de Baila Gitl, mas não aprendia nada."

"Uma paspalhona, hein?", comentou Chaya Riva.

"Tonta e teimosa", tornou Genendel.

"Devia ser muito boa com ele na cama", disse Chaya Riva.

Tia Genendel deu a impressão de ficar constrangida. "Porventura a mulher pode mais do que faz? Seja como for, com o tempo as coisas foram piorando. O duque dizia a Baila Gitl que a comida de Antosha estava lhe dando dor de estômago. Vez por outra Baila Gitl levava para ele um prato de aveia ou um caldo de galinha e o homem comia em silêncio. Certa feita, contou a ela: 'Por causa de uma desconfiança boba, matei um amigo. O desgosto e a humilhação causaram a morte de minha mulher. Pequei e agora devo pagar aqui por meu pecado'. Tempos depois, quando contava essa história para as amigas, Baila Gitl dizia: 'Um gentio penitente — quem já ouviu falar de semelhante coisa?'.

"Agora escutem só. Antosha tinha um problema com os palitos de fósforo. Acendia-os, usava-os, mas não se lembrava de apagá-los — jogava-os no chão ou no balde de lixo ainda acesos. De quando em vez, o lixo pegava fogo. A sorte era que o duque via e apagava as chamas antes que se espalhassem. Ele cansou de explicar a Antosha que ela precisava assoprar o fósforo antes de jogá-lo fora, mas ela sempre se esquecia. No casebre em que Antosha vivia antes de ir morar com o duque, o piso era de terra batida, não de madeira, e lá não havia nada que pudesse pegar fogo.

"O duque trouxera livros e uma infinidade de papéis da Rússia. Ao anoitecer, escrevia à luz de um lampião a querosene com um quebra-luz verde. Uma noite ele ouviu um grito e, tirando os olhos do papel, viu a cozinha em chamas. Já não era possível tentar apagar o fogo com um balde d'água: as chamas tinham se espalhado pela casa. Antosha jogara um fósforo aceso no lixo e depois fora tirar um cochilo. Ao acordar, vira o fogaréu e ao que parece se lançou sobre as labaredas — seu vestido logo se incendiou. O duque se precipitou em direção à cozinha, pegou Antosha nos braços e correu para fora com ela. Ambos teriam virado carvão se não fossem a vala de drenagem que havia ali perto e a chuva que caíra algumas horas antes. Com Antosha no colo, ele se jogou na vala. De modo que Antosha sobreviveu, mas perdeu todos os cabelos e ficou com o rosto completamente deformado. O duque também sofreu queimaduras, mas não tão graves quanto as dela. Ele ainda teve forças para pedir socorro, e ao ouvir seu grito Baila Gitl acordou o marido. Mais um pouco e o incêndio teria alcançado a casa e a mercearia de Baila Gitl, possivelmente se alastrando pela rua inteira. Quando por fim alguém conseguiu tirar os bombeiros da cama e eles chegaram com suas mangueiras velhas e seus barris d'água cheios pela metade, da casa do duque só restava um amontoado de cinzas."

Tia Genendel balançou a cabeça e assoou o nariz. Usou o lenço para limpar os óculos com aro de latão e prosseguiu. "Fazia bastante tempo que o coronel tinha ido embora. Seu regimento fora transferido para um local ainda mais próximo da fronteira com a Áustria, junto ao rio San. Mas havia para os soldados que permaneceram na cidade um hospital improvisado, composto de um quarto com três camas, e foi para lá que o duque levou Antosha — uma trouxa de carnes tostadas, um feixe de ossos. Não estava nem viva nem morta. O médico do Exército, um velho beberrão, recomendou que passassem gordura no corpo dela, porém a cada aplicação de banha sua pele saía inteira, como se fosse casca de cebola. Ficara preta como piche, praticamente um esqueleto. Mas enquanto respira, a pessoa ainda vive. Em comparação com ela, o duque até que saíra ileso, mas não de todo. Sua barba ficara chamuscada, e não cresceu mais. Suas mãos e sua testa estavam cobertas de bolhas. A única culpada pelo acidente tinha sido a própria Antosha, e no entanto o duque só pensava em seu restabelecimento. Implorava ao médico que a salvasse. O médico dizia sem rodeios: 'Ela não resistirá muito tempo'. Antosha não conseguia falar, apenas guinchava como um camundongo. Para piorar, ficou cega.

"Nesse meio-tempo, a notícia do desastre chegou a São Petersburgo, causando verdadeira comoção. As pessoas já tinham se esquecido do degredado, mas quando souberam que ele jazia enfermo num vilarejo perdido no interior da Polônia e que perdera tudo, só lhe restando a roupa do corpo, a comiseração tomou conta de seus amigos de outrora. Ao se inteirar do ocorrido, o tsar (não o atual, o pai deste) decretou que o duque fosse levado de volta à Rússia. Também mandou um médico e um enfermeiro em seu auxílio e determinou que o governador de Lublin fosse informado da situação. A imprensa noticiou tudo. Os repórteres vieram e encheram as pessoas de perguntas: em que condições o duque vivia? Com quem se relacionava? E mais isto, e mais aquilo. Os russos do lugar antipatizavam com o duque porque ele os havia evitado. Os poloneses, claro, jamais teriam nada de bom para dizer a respeito de um russo. Mas os judeus exaltavam suas qualidades. O duque fizera donativos para os pobres e enfermos do asilo de indigentes. Um grupo constituído de diversos funcionários chegou à cidade. O tsar queria que o exilado voltasse para casa com pompa e circunstância. Todos estavam perfeitamente a par de que ele tinha uma amante, uma mulher do povo, uma criada polonesa que naquele momento estava lutando contra a morte, mas obviamente não davam a menor bola para ela. Prepararam uma carruagem com oito cavalos. A comitiva rumaria para Lublin e de lá seguiria de trem, num vagão especial, para São Petersburgo. Porém os russos, como se diz, se esqueceram de avisar o chefe. O duque se recusou a partir sem Antosha."

"Continuava apaixonado, não é?", indagou Chaya Riva.

"Deslumbrado", volveu tia Genendel.

"Como um homem tão importante podia ligar para uma criaturinha como aquela?", inquiriu outra vizinha.

"Gente apaixonada não regula bem", tornou Genendel.

"O que aconteceu depois?", perguntou Chaya Riva.

Tia Genendel coçou a testa. "Não lembro onde parei... Vocês não deviam ter me interrompido. Ah, sim, os funcionários ficaram indignados. Tinha cabimento levar aquela moça para São Petersburgo? Além do mais, ela estava à beira da morte. Resolveram esperar, mas passavam-se os dias e Antosha não morria. Ah, que vida esta! Depois de muita discussão, esgotou-se a paciência dos funcionários. Mandaram um telegrama para São Petersburgo, informando que o incorrigível duque não estava mais em seu juízo perfeito, e receberam como resposta a ordem de deixá-lo por ali mesmo.

"Agora, escutem só. Na manhã seguinte à partida dos russos, o duque procurou o padre ortodoxo e pediu-lhe que celebrasse seu casamento com Antosha. O padre não pôde acreditar no que estava ouvindo. 'Como assim, casamento? A moça está com os dois pés na cova!', protestou. E o duque respondeu: 'Reza a lei que, enquanto a pessoa respira, pode muito bem se casar'.

"Não se preocupem, já estou acabando. O duque comprou um vestido de noiva para Antosha e tirou a moribunda da cama. Dois soldados a levaram numa padiola até a igreja ortodoxa, a *tsérkov*. A cidade inteira — tanto os judeus quanto os gentios — assistiu àquele grotesco casamento. As pessoas achavam que a noiva bateria as botas antes mesmo do início da cerimônia, mas o fato é que ela aguentou firme. Não sei muito bem se tinha consciência do que estavam fazendo com ela. O padre polonês se opôs ao casamento, dizendo que Antosha era católica, não ortodoxa, e que o russo não tinha o direito de se casar com ela num ritual que lhe era estranho. Mas quem mandava eram os russos, não os poloneses. Os sinos dobravam, o órgão tocava, um coral russo cantava e o noivo permanecia junto ao altar, com uma farda emprestada e o rosto chamuscado onde antes despontava sua barba. O fogo só lhe poupara a espada e uma medalha."

* * *

"Três dias após o casamento, Antosha finalmente deu seu último suspiro. Dessa vez, os poloneses prevaleceram e ela foi sepultada no cemitério deles, não no dos russos. Passados alguns meses, o duque pegou uma pneumonia e também foi desta para a melhor. Em testamento pediu para ser enterrado ao lado de Antosha, mas as autoridades não concordaram com isso. Chegou um despacho de São Petersburgo, ordenando que ele fosse sepultado com honras militares. O governador de Lublin veio para o funeral e o enterro foi realizado ao som de uma orquestra e das salvas disparadas por um canhão velho que alguém encontrou em algum lugar. Sei que não vão acreditar, mas a verdade é que, quando o duque ficou doente, os judeus recitaram salmos por ele. O rabi disse que, à sua maneira, o duque era como um santo."

Tia Genendel assoou o nariz e enxugou uma lágrima com a extremidade do xale. "Por que lhes conto tudo isso? Para mostrar que não se deve desdenhar as criadas. Antigamente eram concubinas de seus senhores. E ainda hoje, quando um homem perde a mulher, é comum que a criada passe a agir como sua esposa. Sei de um rabino que se apaixonou por sua empregada e casou-se com ela ao ficar viúvo — um velho de setenta anos, com a barba toda branca, e uma mocinha de catorze, filha de um aguadeiro."

"E ninguém falou nada?", indagou Chaya Riva.

"Os anciãos ficaram tão furibundos que os enxotaram da cidade. Colocaram os dois num carro de boi e os mandaram para o exílio em plena sexta-feira", disse Genendel.

"Por que num carro de boi?", indagou Chaya Riva.

Tia Genendel refletiu por alguns instantes. "Porque, sendo o carro de boi um veículo muito lento, os dois pombinhos não conseguiriam chegar a nenhum lugar habitado antes de o sol se pôr, de modo que teriam de passar o Shabat no meio da estrada."

Shabat na Geena

Como é sabido, durante o Shabat as fornalhas da Geena permanecem apagadas. As camas de pregos são cobertas com lençóis. Os ganchos em que são pendurados os homens e mulheres perversos — pela língua, os mexeriqueiros; pelas mãos, os ladrões; pelos peitos, os libertinos; pelos pés, os que fogem após pecar — ficam ocultos atrás de tabiques. As pilhas de carvão incandescente e neve gélida, às quais são lançados os transgressores, tornam-se nesse dia invisíveis. Os anjos da destruição depõem suas lanças ardentes. Os pecadores que mesmo no inferno continuam devotos (e os há) se dirigem a uma pequena sinagoga, onde um chantre iníquo entoa preces sabáticas. Os livre-pensadores (há uma porção deles na Geena) sentam-se em toras de madeira e dialogam. Como é de hábito entre gente esclarecida, discutem formas de tirar partido de sua sorte, maneiras de melhorar a Geena.

Ao cair da tarde daquele Shabat invernal, um pecador chamado Yankel Farseer dizia: "Nosso problema aqui no Inferno é que somos muito egoístas: cada um de nós só pensa em si mesmo. O sujeito acha que vai conseguir escapar de uma ou duas chicotadas do anjo Dumá e já se sente no sétimo céu. Se conseguíssemos formar uma frente unida, não dependeríamos de favores particulares. Apresentaríamos reivindicações".

Ao pronunciar a palavra "reivindicações", a boca do pecador começou a salivar. Yankel Farseer ficou sem ar, pôs-se a resfolegar. Era um homem gordo, com ombros largos, barriga rotunda e pernas curtas. Usava os cabelos compridos para cobrir o cocoruto careca e cultivava uma bela barba — não a barba *kosher* que os devotos têm no Paraíso, mas sim uma barba rebelde, cada fio seu sugerindo insurreição.

Um delinquentezinho, que trançava os cabelos compridos e os prendia com um pedaço de arame arrancado de uma das camas de pregos, indagou: "Que tipo de reivindicações, camarada Yankel?".

"Primeiro, que a semana na Geena seja reduzida de seis para quatro dias. Segundo, que a canalha toda tenha direito a férias de seis semanas, durante as quais cada um de nós possa voltar à Terra e violar os Dez Mandamentos sem ser castigado. Terceiro, que não fiquemos mais separados de nossas amadas irmãzinhas pecadoras. Queremos sexo e amor livre. Quarto..."

"Sonhos de um desmiolado!", interveio Chaim Bontz, um ex-gângster. "O anjo Dumá não está nem aí para as suas reivindicações e petições. Nem se dá o trabalho de lê-las."

"E o que você propõe?"

"Os anjos, assim como os seres humanos, só entendem as coisas na base da força. Precisamos arrumar algumas armas. Aí, damos um fim no anjo Dumá, invadimos a corte celeste, quebramos duas ou três costelas entre os justos. Depois nos apossamos do Paraíso, do Leviatã, do Unicórnio, do vinho santificado e de todas as outras coisas boas. Depois..."

"Armas!?", exclamou um pequeno-burguês que fora lançado ao Inferno por conta de suas patifarias. "Onde vai arrumar armas no Inferno? Nem talheres nos dão aqui. É com a mão que temos de pegar os pedaços de carvão aceso que nos servem de alimento. Além do mais, tirando sábados e feriados, não passamos nem um ano na Geena. Minha saída está marcada para o dia seguinte ao Purim. Se começarmos uma rebelião agora, podem nos obrigar a ficar mais tempo. Sabe qual é o castigo para quem conspira contra o anjo Dumá?"

"Eis a nossa desgraça!", trovejou Yankel Farseer. "Aqui é cada um por si. E os pecadores que virão depois de nós? Este ano não tem sido tão ruim, são doze meses, mas o ano que vem será bissexto."

"Não tenho obrigação de me preocupar com toda a gente má do mundo", respondeu o patife. "Sou uma vítima inocente. Só falsifiquei uma assinatura. Derramei tinta, não sangue. Os que matam, os que põem fogo em casas e deixam crianças morrer queimadas, os que apunhalam e estupram, esses não são meus irmãos. Se eu fosse o chefe deste lugar, faria que ficassem aqui até o último dia do sexto milésimo ano!"

"Não falei que o pecador só cuida do que é seu?", comentou Yankel Farseer. "Se não somos capazes de nos unir, os anjos podem nos tratar como bem entendem. Sendo assim, para que ficar gastando saliva? Vamos jogar um carteado enquanto ainda é Shabat."

"Camarada Yankel", interveio um pecador de óculos, "posso dizer uma coisa?"

"Diga. Falar não muda nada."

"Sou da opinião de que deveríamos nos concentrar mais no aspecto cultural. Antes de fazermos exigências tão ousadas, como férias de seis semanas com sexo e amor livre, precisamos mostrar aos anjos que somos pecadores com propósitos espirituais. Proponho que publiquemos uma revista."

"Uma revista na Geena?"

"Isso mesmo, uma revista, com o nome de *Geenanik*. Se subscrevemos uma petição, os anjos dão uma espiada e a jogam fora, quando não a usam para assoar o nariz. Mas uma revista, eles não deixariam de ler. Os justos morrem de tédio no Paraíso. Estão fartos dos segredos da Torá. Querem saber o que acontece no Inferno. Nossa visão de mundo, nossa maneira de pensar, nossas fantasias sexuais incitam a curiosidade deles, e o fato de permanecermos ateus é algo que os deixa particularmente intrigados. Uma série de artigos sobre 'Os ateus na Geena' faria o maior sucesso no Paraíso. Claro que também haveria uma coluna de fofocas e muita pornografia. Os santos teriam algo com que se distrair e motivo para se queixar."

"Asneira das grossas! Eu vou é dormir", bocejou Chaim Bontz.

"Quem iria escrever essa porcariada toda? E de que nos serviria isso?", indagou um pecador de voz roufenha.

"Quem vai escrever não é problema", disse o pecador de óculos. "Aqui tem escritores aos montes. Eu próprio fui escritor na Terra. Fui condenado ao Inferno porque, segundo diziam, era um demagogo rematado. Mudava de opinião toda segunda e quinta-feira. Quando era vantagem fazer propaganda do comunismo, virava um comunista fervoroso, mas quando me convinha, também entoava loas ao capitalismo. Fizeram-me acusações sem conta. Mas o fato é que eu tinha muitos leitores e eles se empolgavam e me escreviam cartas cheias de admiração. É verdade que eu mudava de opinião como quem troca de roupa, mas por acaso os leitores eram mais coerentes que eu? Aqui no Inferno..."

Um pecador que tinha aparência jovem e cujos cabelos compridos passavam dos ombros indagou: "Por que publicar uma revista? Por que não abrimos um teatro? O papel anda em falta nestas bandas. Além do mais, a temperatura é tão alta que a revista vai acabar pegando fogo. Os justos são todos ceguetas, não entendem nossa linguagem moderna e não estão acostumados com nossa ortografia. Ouçam o meu conselho: ganharemos mais montando um grupo de teatro".

"Um teatro no Inferno? Quem vai representar? Quem será a plateia? Somos castigados dia e noite."

"As apresentações serão aos sábados e feriados."

"E por acaso existem roteiros teatrais na Geena?"

"Eu tenho uma ideia para uma peça: uma história de amor entre um pecador e uma santa."

"Que tipo de história de amor? Os perversos e os santos nunca se encontram."

"Já pensei em tudo. Meu protagonista está deitado numa cama de pregos, esgoelando-se de dor. Tinha sido um cantor de ópera, e a dor é tão lancinante que de repente ele se põe a cantar uma ária. A santa ouve a melodia e se apaixona perdidamente por aquela voz. Então..."

"No Paraíso, os santos são todos surdos."

"Mas essa santa não é."

"Tudo bem, e depois?"

"A fim de conhecer o sujeito, ela pede permissão ao anjo Eshiel para se vestir como demônio e tornar-se um dos responsáveis pelos açoites na Geena. A permissão é concedida e os dois amantes se encontram. A santa é encarregada de açoitá-lo, mas o cobre de beijos quando o anjo Dumá não está olhando, e logo os dois chegam a um estágio em que um não pode mais existir sem o outro."

"É um melodrama da pior espécie!"

"O que você queria encenar na Geena? *Migdal Oz*, de Mosheh Chayim Luzzato? Nossos pecadores gostam de ação. Uma peça assim daria aos atores a oportunidade de cantar, dançar e dizer duas ou três piadas picantes."

"Supondo que dê certo, aonde isso nos levaria?"

"A melhor forma de propaganda é o teatro. Não me espantaria nem um pouco se os santos e os anjos viessem assistir às nossas peças. E entre um ato e outro, aproveitaríamos para explicar-lhes nosso ponto de vista, nossa situação e nossa filosofia."

"Falta realismo à sua peça, e ao seu plano também. Onde encenaríamos isso — entre as pilhas de carvão? Os santos não virão até aqui. Passam o dia se inteirando dos segredos da Torá e mastigando o Leviatã. E têm medo de sair do Paraíso à noite."

"O que receiam?"

"Alguns assassinos e estupradores conseguiram fugir da Geena. Quando cai a noite, ficam de tocaia por aí. Já mataram vários santos e tentaram violentar Sarah bas Tovim."

"É a primeira vez que escuto isso."

"Claro, sem uma revista, não temos como saber o que anda acontecendo. A revista nos daria notícias e explicaria..."

"Fantasias, fantasias", censurou um pecador que tinha sido político na Terra. "Nossos problemas não se resolverão nem com cultura nem com teatro. Precisamos é de um partido progressista, organizado em torno de princípios democráticos. Não devemos fazer reivindicações inviáveis, camarada Yankel. Temos de nos contentar com pouco. Uma fonte bastante confiável me contou que há um grupo liberal entre os anjos que anda proclamando a necessidade de reformas na Geena."

"Que tipo de reformas?"

"Acham que deveríamos ter uma semana de cinco dias. Além dos sábados e feriados, propõem que nos seja concedida uma semana de férias no Mundo das Ilusões. Alguns sugerem que os pregos de nossas camas sejam dois milímetros mais curtos. Contaram-me que tem havido mudanças na maneira como encaram a homossexualidade, o lesbianismo e, sobretudo, a masturbação. Poderíamos conseguir muitas coisas, mas precisamos de dinheiro."

"Dinheiro?", indagaram todos os pecadores em uníssono.

"É, dinheiro. 'E o dinheiro atende a tudo', diz o Eclesiastes. Com dinheiro, teríamos tudo o que quiséssemos, sem precisar de insurreições, petições ou cultura. Na Geena, como em qualquer outro lugar, todos têm seu preço. Vocês são muito inocentes. Conheço este lugar de cabo a rabo, até do lado do avesso. Com dinheiro, poderíamos até..."

O político pretendia falar sobre todas as outras coisas que era possível conseguir com dinheiro na Geena, porém naquele instante o Shabat chegou ao fim. As fornalhas voltaram a arder. O calor fez coruscar os pregos das camas. Os demônios vingadores empunharam suas lanças e novamente soaram os açoites, as vergastas, os flagelos e os lamentos. O político que acabara de falar sobre dinheiro piscou para um dos outros demônios e os dois se retiraram — aonde iam ninguém saberia dizer. O mais provável é que se dirigissem a algum canto da Geena mais propício a negócios não *kosher*.

O último olhar

A notícia da morte de Bessie foi um choque do qual ele sabia que não se recobraria facilmente. Tinham se passado quinze meses desde que a vira pela última vez e só agora se dava conta do quanto ela significava para ele. Naquela mesma noite foi até a funerária onde se realizaria o velório, mas a garota do guichê lhe informou: "Ainda não a aprontaram. Volte amanhã cedo".

Foi para casa e iniciou uma partida de xadrez consigo mesmo, movimentando tanto as peças brancas como as pretas. Tentou fumar, mas o tabaco o deixou com um gosto amargo na boca. Embora não tivesse comido nada depois do café da manhã, sentia a barriga inchada, como se houvesse ingerido metal pesado. Deitou-se no sofá sem apagar as luzes e usou o sobretudo para se cobrir.

"Se o além existe", devaneou, "que ela venha até mim agora. Que seu rosto apareça no espelho, que eu ouça sua voz, que me seja dado um sinal de sua presença." As luzes brilhavam com um clarão de meia-noite. O telefone permanecia mudo na mesinha de cabeceira. No aquecedor, sibilava e borbulhava um último resto de vapor. Ele imaginou que ouvia o movimento de rotação da Terra em torno de seu eixo. Naquele exato instante, enquanto a Terra girava entre planetas e estrelas, uma multidão de pessoas e animais dava seu último suspiro. Cem mil homens e mulheres, no mínimo, estavam morrendo; muitos mais morreriam no dia seguinte, e no outro, e dali a uma semana.

Cobriu parcialmente o rosto com o chapéu, qual um passageiro num trem, e cochilou. Refletira anos a fio sobre seu relacionamento com Bessie, todavia não conseguia explicá-lo a si mesmo. Na superfície, parecia tratar-se de algo bastante simples, mas por trás da afeição mútua pairava uma espécie de inimizade. Não conseguiam ficar juntos, mas tampouco suportavam estar separados. Ao fim e ao cabo, entendiam-se apenas no escuro.

Como tinha sido a última noite que haviam passado juntos?, indagou a si mesmo. Como poderiam ter imaginado que aquele seria seu derradeiro encontro? O que haviam dito um ao outro? Quais tinham sido as últimas palavras que haviam trocado? Infelizmente, aquela última noite se misturara a muitas outras noites em sua memória. Era bem provável que ele houvesse prometido ligar no dia seguinte, porém nunca mais a procurara, nem ela a ele. No entanto, ao longo daqueles quinze meses, pensara nela todos os dias, quiçá todas as horas. Mais de uma vez colocara a mão no aparelho, estivera prestes a tirar o fone do gancho, mas a força que tinha a última palavra ordenara: não. Sempre que o telefone tocava, agitava-se em seu íntimo a esperança de que fosse ela. Então o irmão de Bessie ligou para dar a notícia devastadora.

O aquecedor já não dava sinal de vida. Em meio à sonolência, tentou ouvir o que diziam seus sonhos, porém não havia nada ali ao alcance de sua compreensão. As imagens se sucediam velozmente, como numa febre. Em determinado momento, viu-se numa viela estreita. Margeavam-na duas fileiras de casebres, com telhados que lembravam bonés infantis, servindo de abrigo a uma raça de anões. No meio da rua estava uma cama de palha sem lençol. Ele se deitava nessa cama e dava um dólar a um guri maltrapilho, morador de um dos casebres, deixando subentendido que o menino devia ir trocar o dinheiro e voltar com noventa centavos. Mas o menino não voltava. "Ficou com o meu dólar!", repreendia a si mesmo, deplorando a estupidez de ter confiado no garoto. E esse arrependimento era mesclado de autocomiseração. O que fazia ali, naquela cama estranha, naquela viela desolada, longe de casa, em meio a uma raça de anões? Só podia ter a ver com suas inúmeras faltas.

Despertou. O relógio marcava três e quinze. Desperdiçara metade da noite com um sono que não lhe trouxera nada além de um sonho absurdo. Algum tempo depois, tomou um banho, barbeou-se e vestiu seu terno mais elegante. No dia anterior, mandara uma coroa de flores enorme para o velório de Bessie. Ansiava transmitir uma imagem de prosperidade para os amigos e parentes dela. Escolheu cuidadosamente a camisa, a gravata e as abotoaduras. Preparou o café da manhã — não porque estivesse com fome, mas para não ficar com um aspecto abatido. Fez um café forte, com bastante açúcar. Na rua, caíam grandes flocos de neve, e embora fosse pleno inverno, uma mosca fez uma aparição repentina. Esvoaçou alguns instantes junto à janela, depois pousou perto de alguns grãos de açúcar que ele derrubara na mesa. Não se serviu do alimento, dando antes a impressão de meditar sobre aqueles cristais diminutos. De quando em quando entrelaçava as patas traseiras e depois tornava a esticá-las. Por fim voou até a borda de um pires em cujo fundo se formara uma pequena poça de café preto, e mirou-a como se olhasse para um abismo. Talvez, sobreveio-lhe de supetão o pensamento, esta mosca seja Bessie.

Tinha de se apressar. Queria vê-la a sós, longe dos olhos dos outros. A funerária não era longe, porém resolveu tomar um táxi para não chegar lá com o nariz vermelho de frio. Dali a pouco estava junto ao guichê que fazia a ligação entre os mortos e os vivos.

"Quarto andar", informou-lhe a mesma moça. A sala do velório estava deserta, entregue a um vazio que em breve seria ocupado por um tropel de gente. Parou diante de uma porta com um vidro fosco e pintalgado, em que se via um cartão com o nome de Bessie e o horário do enterro. Teve a sensação de que, de alguma maneira, por vias misteriosas, Bessie se tornara uma funcionária pública, com seu próprio gabinete e seu horário de expediente. Abriu a porta e viu o caixão parcialmente aberto. No teto, uma lâmpada colorida projetava uma luz pálida, a qual se misturava com a luz do dia filtrada pelos vitrais das janelas. Viu-se a sós com Bessie.

O rosto dela achava-se coberto por um véu de gaze. Parecia quase viva, com a diferença de que suas feições estavam ainda mais encantadoras, obra de um retratista genial que quisera proteger sua tela do pó. Nos lábios era como se estampasse um sorriso, o sorriso de alguém que, prestes a acordar, saboreia uns minutinhos a mais de sono. Tinha os cabelos apanhados numa rede e seu pescoço era cingido por uma gola branca que lembrava a gola de um traje de freira. Porventura o reconhecia através das pálpebras cerradas? O coração dele batia como um martelo mecânico, suas têmporas pulsavam. Parecia calmo por fora, mas sabia que não conseguiria suportar aquela tensão por muito tempo. Fez uma coisa proibida, soerguendo hesitantemente a gaze. Imaginou que Bessie tinha consciência de seu olhar trêmulo e encantado. Descobrira o rosto dela tal qual um noivo levanta o véu de sua noiva. Depois tornou a baixar a gaze, como se Bessie fosse uma coisa sagrada, e olhar para ela, algo interdito. Foi como na infância, quando olhava furtivamente os *kohanim* abençoarem a congregação.

Então ouviu passos e alguém abriu a porta. Pelo visto, ele não era o único que queria ficar alguns instantes a sós com Bessie. Em sua confusão, passou apressadamente pelo recém-chegado; e depois não soube dizer se era um homem ou uma mulher.

No térreo, foi informado de que a cerimônia começaria em meia hora. Deixou a funerária com o intuito de evitar um encontro com os parentes de Bessie. Como fazia muito frio e ele estava tiritando, entrou numa lanchonete e pediu um café. Aqueceu as mãos na xícara, tomou um gole e ficou olhando fixamente para o café, como se esperasse descobrir no líquido quente a resposta para o enigma.

Todos os antigos desentendimentos com Bessie, todos os atritos entre eles tinham desaparecido, deixando em seu lugar o amor puro que um dia sentiram um pelo outro. Se ao menos pudesse ter olhado mais alguns instantes para ela! Permanecia ali sentado, embriagando-se com o entusiasmo que desde o primeiro encontro experimentara com ela. Estava se apaixonando de novo por Bessie, e já não era inverno, mas a primavera de doze anos antes. Os flocos de neve que caíam na rua o faziam se lembrar de flores; por uma abertura no céu plúmbeo passava um raio de sol ofuscante.

Porém era tarde demais. Já não havia como fazer bem ou mal a Bessie. Ela jazia como uma rainha no alto daquele edifício, independente de todo mundo, concedendo imparcialmente sua graça a todos. Ele sempre se mantivera de prontidão para todo e qualquer contra-ataque no xadrez do amor — menos esse. Com um movimento ela lhe dera um xeque-mate. As rugas em torno dos olhos e lábios de Bessie guardavam uma expressão de triunfo. Só agora ele se dava conta: ela o subjugara por completo. Seu coração já não martelava, mas dava a impressão de estar sendo premido por uma mão invisível. Ele se esquecera de que era possível uma derrota tão fragorosa. Não levara em consideração o tipo de poder que num segundo elimina tudo o que é mesquinho e ambicioso.

O relógio da lanchonete marcava cinco para as onze e ele regressou à casa funerária. Estavam todos reunidos na capela. O caixão repousava no devido lugar, em meio às coroas de flores. As velas elétricas estavam acesas. Todos os bancos se achavam ocupados, exceto o último. Olhando em volta, ele não reconheceu nenhum rosto. Uma mulher soluçava, entregue a um choro em que havia qualquer coisa de riso. Um homem assoou o nariz e limpou os óculos. As mulheres cochichavam entre si, trazendo-lhe à lembrança a imagem de uma sinagoga feminina durante os Dias de Reverência. Sentou-se num lugar desocupado. Um rabino com um quipá minúsculo sobre uma cabeleira recém-besuntada de brilhantina dizia as palavras costumeiras, trovejando frases bíblicas com a habitual entonação fúnebre: "Ele é a rocha, e sua obra é perfeita, pois toda a sua conduta é o Direito. É Deus verdadeiro e sem injustiça, ele é a Justiça e a Retidão". Em seguida, o chantre entoou a prece "Deus é misericordioso". Alternando de modo eloquente os sussurros apaziguadores com os crescendos estridentes, seu canto, ainda que obviamente ensaiado e artificial, tocava as cordas do coração, onde se misturam dor e rito.

Depois todos se levantaram e formaram uma fila para passar pelo caixão e olhar o corpo, como que para certificar-se de que a eles, os vivos, ainda restava curiosidade e ânimo. Esquivando-se de entrar nessa procissão, ele deixou o edifício. O rabino que acabara de concluir o elogio fúnebre se achava muito prosaicamente orientando os motoristas, ajudando-os a manobrar na rua estreita para recolher as pessoas e levá-las ao cemitério. Abandonara o papel de sacerdote e encarnara a função de auxiliar de trânsito, tendo se despojado da atitude solene como se esta fosse uma máscara.

Por algum tempo pareceu que ele passaria despercebido em meio à confusão de enlutados e transeuntes, porém um dos parentes de Bessie o reconheceu e o levou até uma limusine em que havia um lugar vazio. Sentou-se no carro entre estranhos. Um homem e uma mulher falavam sem parar sobre o desaparecimento da chave do apartamento dela e sobre as terríveis consequências que isso lhes trouxera por ter acontecido num domingo, quando, após a procura infrutífera por um chaveiro, tinham sido obrigados a arrombar a porta de ferro com uma furadeira elétrica. O relato desse incidente não esgotou o assunto. A chave extraviada tornou-se o tema da jornada. Todos os outros passageiros falaram de acontecimentos similares, vivenciados por eles próprios ou por seus vizinhos.

Ele estava pasmo. Por que haviam se dado o trabalho de comparecer ao enterro, se não tinham o menor respeito pela falecida? Ou seria aquilo uma maneira de esquecer e ignorar a morte quando se está diante dela? Tamanha insensibilidade era em si mesma um mistério. Encostou o rosto no vidro da janela. Queria se dissociar daquelas pessoas. O automóvel avançava velozmente pelos ermos do Brooklyn, cruzando ruas e avenidas tão estranhas que era como se estivessem na Filadélfia ou em Chicago. A quietude do domingo as tornava ainda mais feias e desoladas do que durante a semana.

Passaram por um cemitério enorme, uma cidade de túmulos. As lápides assemelhavam-se a uma floresta de cogumelos, estendendo-se até onde a vista alcançava. Aqui e ali, entre uma cruz e outra, assomava a estátua de um anjo, as asas cobertas de neve, o pesar estampado em seus olhos cegos. Os vivos tinha encontrado uma maneira misteriosa de infundir seus medos e desgostos na pedra, mantendo-se eles próprios ocos.

Após algum tempo, a limusine entrou no cemitério. Tudo fora preparado com antecedência: a sepultura aberta, a grama artificial, que nem pretendia criar uma ilusão. Uma mulher se lamuriava aos prantos. Um homem disse o *kadish*, lendo as palavras aramaicas transliteradas em inglês num folheto especialmente impresso para tais ocasiões. O que seus olhos testemunhavam não era apenas um enterro, mas um sacrifício antiquíssimo, em que se tirava a sorte para decidir quem seria devolvido ao solo naquele dia de inverno sombrio. Tiveram de tampar a sepultura rápido, antes que a terra congelasse.

Tão logo terminou a cerimônia, teve início o tumulto da partida. Agora o assunto que mobilizava a todos era um só — o melhor caminho para retornar à cidade. A locomoção se tornara a questão soberana; homens e mulheres rivalizavam em seus conhecimentos sobre atalhos, túneis, pontes.

Ele não voltou para a limusine, preferindo sair sozinho em busca de um ponto de ônibus ou de uma estação de metrô. Cortara relações com os que regressaram no Cadillac preto com o chofer empertigado. Alguém precisava tomar ciência do fato de que Bessie jazia agora num ataúde coberto de terra, enquanto uma infinidade de micróbios se punham a decompor sua carne, restituindo-a aos elementos. Restaria algum vestígio de pensamento em seu cérebro? Estaria seu espírito totalmente extinto, imperando agora apenas e tão somente a mais completa escuridão? Se era assim, Bessie não tinha sequer morrido — simplesmente desaparecera. Aquele na realidade fora o enterro dele, pensou, não o dela.

Tremendo de frio, levantou o colarinho enquanto se arrastava em meio à neve e à lama. Ergueu os olhos para o céu; talvez houvesse ali algum sinal. Quem sabe os poderes divinos não lhe abririam uma exceção? Porém as nuvens revoluteavam lá em cima, ferruginosas. O vento arrancou seu chapéu, mas no último segundo ele conseguiu recuperá-lo. O Senhor do Universo, ou seus subordinados, aos quais Ele delegara o governo deste planeta insignificante, não pareciam dispostos a fazer revelações.

Avançava com dificuldade pela rua — uma miscelânea de oficinas, prédios desocupados e terrenos baldios —, quando uma buzina soou. Virou-se e viu, com a cabeça para fora da janela do carro, um homem que lhe disse em tom levemente inquisitivo: "O senhor estava no enterro. Quer uma carona para a cidade?".

"Quero."

"Então venha." Entrou no automóvel e agradeceu. Só então olhou direito para o sujeito ao volante; um homem já com certa idade, porém robusto, dotado de ombros largos, cabelos crespos e grisalhos e um rosto achatado em que despontava um nariz largo e dois lábios grossos, comprimidos ao redor de um charuto. Tinha olhos cinzentos e sobrancelhas hirsutas. Trajava um sobretudo vistoso, de um tom amarelado, do tipo usado por velhos que tentam parecer mais jovens. O chapéu repousava jovialmente em sua cabeça, ostentando na lateral uma pena vermelha. Até seu jeito de dirigir realçava o esforço que o sujeito fazia para parecer jovem: recostava-se com indolência no assento, o volante numa mão só, com a despreocupação de um motorista capaz de enfrentar qualquer emergência possível. Falava com o passageiro enquanto dirigia, e, ao fazê-lo, inclinava despreocupadamente a linha de seu perfil.

"Bom, ela não está mais entre nós", disse ele — um comentário feito tanto para si mesmo como para o passageiro.

"Pois é."

"Uma mulher extraordinária. Como poucas." E levou a mão à buzina, por pouco não passando por cima de um pedestre.

Manteve um silêncio mórbido por alguns instantes. Então disse: "Conheço o senhor. Quer dizer, não pessoalmente, mas por meio da Bessie. Ela me contou tudo sobre o senhor. Mostrou-me uma foto sua. Foi por isso que o reconheci".

"Era parente dela?"

"Não, longe disso. Eu e ela nos conhecemos há mais ou menos um ano e logo nos tornamos, por assim dizer, amigos. Ela não me escondeu nada; contou tudo o que havia para contar e assim conquistou meu respeito. Para que blefar? Ninguém esperaria que uma mulher da idade dela fosse virgem."

O sujeito brecou de forma abrupta por conta de um sinal vermelho. Por alguns instantes nenhum dos dois abriu a boca. Então o motorista recomeçou: "O que houve entre vocês? Por que não se casaram? — Mas é como eu digo: tudo é questão de destino. Do destino a pessoa não tem como escapar. Eu queria que ela me desse uma espécie de resposta. Veja, não sou um homem rico, mas ela teria vivido bem comigo. Minhas duas filhas são casadas. Trabalho no setor de construção. Construo bangalôs. Se quisesse, já podia ter me aposentado. Disse que a levaria para a Europa, para Israel, para onde ela tivesse vontade de ir. Meus genros não precisam do meu dinheiro, e desta vida não se leva nada mesmo, então por que raios apertar-se e economizar? Mas ela não se decidia, ficava protelando, protelando. — *Ei, aonde pensa que vai?*", bramiu subitamente para um transeunte. "*Mendigo desgraçado!*"

Permaneceu alguns instantes em silêncio. "O senhor fuma? Comigo são dez cigarros por dia. Os médicos dizem que, para um homem da minha idade, isso não faz bem. Mas uma coisa é certa, morrer jovem eu já não vou. E enquanto estiver vivo, quero me divertir. Quando vamos para o lado de lá, é tarde demais. Pois é, meu caro, parecia que eu e a Bessie nos daríamos às mil maravilhas, até que aquele sujeito entrou na parada..."

"*Outro* sujeito?"

"O tal de Levy. Ela não contou para o senhor? Eu achava que tinham continuado amigos."

"Não, ela não me disse nada."

"Pois é, o dentista. O que ela via nele é algo que nunca conseguirei entender. Mas o que nós, homens, sabemos sobre o gosto das mulheres? O sujeito fala bonito e não perde um concerto no Carnegie Hall. Além disso, é um maioral entre os sionistas ou sei lá quem. Assim que me informei a seu respeito, falei para ela tomar cuidado. Bessie quis que eu o conhecesse e pediu minha opinião. Eu sou um sujeito que, se tivesse gostado dele, teria dito isso sem o menor problema. Sou assim nos negócios também. O fulano pode ser o meu maior concorrente, mas se faz um trabalho benfeito, sou o primeiro a reconhecer. Mas não gostei do tal e disse para a Bessie: 'Faça o que achar melhor. Continuarei sendo seu amigo'. E dali em diante as coisas começaram a ficar ruins para ela. Depois daquele dia, telefonei algumas vezes, mas ela não retornava as minhas ligações. Levei-a para passear também; fomos ao teatro, a um restaurante. Estava disposto a perdoar e esquecer, mas ela era orgulhosa. Orgulhosa demais. Disse para mim: 'Estou acabada, Sam'. Eu perguntei: 'Por que acabada?'. E ela: 'Não me importo que os outros não me respeitem, mas perder o respeito que tenho por mim mesma é o fim'. O que houve foi que o vivaldino voltou para os braços da esposa — o pai dela tinha morrido e deixara uma fortuna. Fiquei sabendo também que, na época em que estava saindo com Bessie, o pulha tinha outra amante, uma tal de senhora Rothstein, uma mulher divorciada. É um desses caras que vivem trocando de mulher e pensam que enganam o mundo inteiro. Que diabos ela viu nele? Não foi amor — amor ela só tinha por você. Mas existe uma coisa chamada ambição. Principalmente nas mulheres. — *Aonde aquele desgraçado pensa que vai? Como deixam um barbeiro assim dirigir?* — Pois é, ambição. Queria casar com o sujeito, e ele a enrolou direitinho. Esteve com ela nos últimos meses?"

"Não."

"Ah, ela ficou um trapo. Um verdadeiro trapo. Uma mulher tão boa, tão digna. O que aconteceu para você não ligar mais para ela?"

"Nada demais."

"Entendo. Sei como são essas coisas. Ele estava no enterro também, o sujeitinho. Sentou na primeira fila e se comportou como se fosse o viúvo. Tentou até fazer um discurso ao lado do caixão, mas isso o irmão dela não permitiu. Que tal se almoçássemos juntos? Conheço um restaurante aqui perto..."

"Não, obrigado. Mas se estiver com fome..."

"Não estou, não. Mas, mesmo que estivesse, o que iria fazer? Estou acima do peso. Meu médico me mandou perder dez quilos. Agora me diga, como alguém faz para perder dez quilos? Não dá para notar, mas estou quase com setenta anos. Vou esquentar a cabeça com alguma coisa? Mas a morte dela foi um golpe terrível para mim, um golpe terrível. E o senhor? É sozinho?"

"Sim. Sozinho."

"Bom, como dizem, todo mundo tem seus problemas. O que sabemos uns sobre os outros? Nada. Absolutamente nada. Menos que nada."

E o sujeito emudeceu. Baixou a cabeça, arqueou as costas, como se de repente sentisse o peso dos anos. O carro parecia despencar morro abaixo. A tarde se esvaía depressa, como se um pavio celeste tivesse sido apagado. O céu ficou amarelo qual uma lona velha. Tudo estava em silêncio. Começou a nevar de novo — uma neve cinza, espessa e úmida, absorvendo a luz do dia e transformando tudo o que é vivente num crepúsculo primordial.

A morte de Matusalém

Era um dia de verão abafado. Numa tenda de vime, Matusalém descansava — um homem velho, com bem mais de novecentos anos. Estava descalço, nu, com uma faixa de folhas de figueira cobrindo o púbis. Achava-se entre deitado e sentado numa cama feita de peles de veado, cabra e vaca. De tempos em tempos estendia uma mão encarquilhada e bebia de uma jarra d'água. Suas faces eram chupadas e sua boca, desdentada. Na juventude, Matusalém se distinguira pela força física. Mas o sujeito depois que passa dos novecentos anos não é mais o mesmo. Tornara-se macilento, e sua pele, crestada pelo sol, assumira um tom marrom-escuro. Perdera todos os cabelos, inclusive a barba e os pelos do peito. Em seu corpo proliferavam furúnculos, nódulos, tumores. Seus ossos eram salientes; seu nariz, recurvado; e suas costelas lembravam as cintas de um barril.

Matusalém não estava acordado mas tampouco dormia. Parecia entorpecido pelo calor e murmurava consigo mesmo os murmúrios da velhice extrema. Porém continuava lúcido. Sabia muito bem quem era: Matusalém, filho de Enoque, o qual jamais morrera, tendo sido arrebatado por Deus. Sua mulher e seus muitos filhos tinham visto quando Enoque ia atravessando a plantação rumo ao celeiro e de repente sumira. Alguns diziam que a Terra havia aberto sua bocarra e o engolira, porém outros sustentavam que a mão de Deus descera dos céus e o levara para as altitudes celestiais, pois Enoque era um homem justo que caminhava com o Todo-Poderoso.

Matusalém tinha a esperança de partir da mesma maneira. Deus estenderia Sua mão divina e o levaria para junto de Si, de seu pai, Enoque, e dos anjos, serafins, aralins, querubins, animais sagrados e demais hostes celestes. Mas quando? Já contava novecentos e sessenta e nove anos. Até onde sabia, era o homem mais velho da Terra. Ouvira dizer que Naamá, uma mulher que ele amara no passado, talvez fosse ainda mais velha. Supunha-se que fosse filha de Lameque e Zilá, a irmã de Tubalcaim, que fabricava todos os utensílios de cobre e ferro. Matusalém conhecera Naamá centenas de anos antes. Desde então, desejava-a ardentemente e sonhava deitar-se em seu colo. Corriam rumores de que, na realidade, Naamá não era filha de Lameque, e sim de um dos anjos caídos que, tendo visto como eram belas as filhas dos homens, coabitavam com as que mais lhes apeteciam. Naamá depois desaparecera, e dizia-se que havia se juntado a um bando de demônios-fêmeas, as filhas de Lilith, com a qual Adão se deitara cento e cinquenta anos antes de Deus fazê-lo cair num sono profundo e moldar Eva a partir de sua costela.

Enquanto cochilava, vencido pelo calor, à beira da morte, Matusalém não parava de pensar em Naamá. Sonhava com ela à noite e por vezes durante o dia também. Já não fazia muita distinção entre sonho e vigília. Abria os olhos e tinha visões. Ouvia as vozes de irmãos e irmãs, filhos e filhas já falecidos. Matusalém tinha um filho ao qual dera o nome de Lameque, em memória do pai de Naamá. Esse filho tinha um filho chamado Noé. Dos filhos de Matusalém que ainda estavam vivos, alguns vagavam pelos campos com rebanhos de ovelhas, jumentos, mulas, cavalos e camelos. Suas filhas tinham se casado com homens de cujos nomes ele não se lembrava mais. Acumulava uma infinidade de netos e bisnetos com os quais nunca se encontrara e de que nunca tivera notícia. O mundo era vasto e pouco habitado. Muitos homens viviam da caça. Perseguiam os animais, matavam-nos, assavam-nos e comiam sua carne, arrancavam suas peles e faziam vestes e calçados com elas. Aprendiam a atirar com arco e flecha e, como Tubalcaim, sabiam forjar utensílios de cobre e ferro, chegando mesmo a fabricar objetos de ouro e prata. Usavam redes para apanhar peixes nos rios. Armas eram fabricadas, travavam-se guerras, e os homens matavam seus próprios irmãos, como Caim matara Abel. Soube-se que Iahweh estava arrependido de ter criado o homem. Via como era grande a sua maldade e como nos desígnios concebidos por sua mente não havia senão perversidade. Bom, ruminava Matusalém, no fundo já não pertenço ao mundo dos vivos. Logo descerei ao Xeol, à Dumá, a terra das sombras. Moscas e mosquitos voavam em redor dele, porém Matusalém não tinha forças para espantá-los.

Uma mocinha entrou na tenda, descalça e seminua. Matusalém não sabia se era uma de suas netas ou uma de suas escravas. Ainda que fosse uma escrava, provinha de sua semente, pois todas as escravas haviam se tornado suas concubinas. Matusalém quis perguntar o nome da menina, porém tinha a garganta cheia de muco e não conseguia falar. A garota viera trazer-lhe tâmaras em compota numa tigela de madeira. Ele segurou o recipiente com uma mão trêmula e bebeu do sumo adocicado. Súbito lhe ocorreu que seu filho Lameque havia gerado um filho com o nome de Noé. "Onde estão? Por que me deixaram sozinho? Quem me enterrará quando eu der meu último suspiro?"

Matusalém ergueu os olhos e viu Naamá à sua frente, nua como no dia em que viera ao mundo. O sol poente projetava uma luz avermelhada em suas faces, em seus seios, em seu ventre. Seus cabelos pretos tocavam-lhe o quadril. Matusalém a abraçou e eles se beijaram. Disse ela: "Matusalém, aqui estou".

"Desejei-a todos esses séculos", respondeu ele.

"E eu a você."

"Por onde andava?", indagou ele.

"Com meu anjo Ashiel, numa caverna profunda, no coração do deserto. Comia do alimento dos céus e bebia do vinho dos deuses. Demônios me serviam e cantavam canções para mim. Dançavam diante de mim, trançavam meus cabelos e a barba de Ashiel. Traziam-me romãs, pães de amêndoa, tâmaras e mel. Tocavam liras e tambores para me agradar. Deitavam-se comigo e seu sêmen enchia meu útero."

As palavras de Naamá incendiaram o desejo de Matusalém, e ele se tornou jovem e forte de novo. Inquiriu: "Ashiel não tinha ciúmes?".

"Não, meu senhor. Os anjos caídos são todos meus escravos e criados. Lavam meus pés e bebem a água."

"Por que veio até mim após centenas de anos?", indagou Matusalém.

"Para levá-lo comigo à cidade que nosso avô Caim erigiu e à qual deu o nome de seu filho", respondeu Naamá. E prosseguiu: "Esse filho foi o pai de Irade e o avô de Meujael, Metusael e Lameque, que matou um homem e uma criança e desposou Ada e minha mãe, Zilá. Sou filha de um assassino, neta de um assassino e vivo numa cidade construída por um assassino. Para lá o levarei, meu adorado. Ashiel havia caído lá e trouxe consigo muitos anjos. Você deve saber que Iahweh é perverso, um Deus ciumento e vingativo. Submete os que O servem a tentações constantes. Quanto mais forte a devoção que dedicam a Ele, mais Ele os castiga. Na cidade de Caim, servimos a Satã e a sua esposa, Lilith, com a qual o pai de todos nós copulou. Satã e seu irmão Asmodeu são deuses apaixonados, e assim é a que lhes serve de esposa, a deusa Lilith. Têm seus prazeres e permitem que os outros também os tenham. Não são fiéis e não exigem fidelidade de seus parceiros. A ira de Iahweh se acende por qualquer motivo. Todos os prazeres Lhe são interditos, mesmo a simples ideia deles. Vive com receio de que a descendência de Adão se apossé de Seus domínios. Trouxeram-me a notícia de que Ele pretende provocar um dilúvio sobre a Terra para afogar o homem e os animais. Abençoado seja meu avô Caim, em cuja cidade as águas não chegarão".

"Como sabe de tudo isso?", indagou Matusalém.

"Na cidade de Caim temos muitos espiões", foi a resposta de Naamá.

"Temo Iahweh e Sua vingança", disse Matusalém. "Pequei um bocado nesses meus novecentos e sessenta e nove anos. Desejava-a, Naamá, dia e noite."

"Na cidade de Caim, a luxúria não é pecado", disse Naamá. "Pelo contrário: é a mais elevada virtude."

Matusalém queria dizer outra coisa, porém Naamá instou: "Venha, voe comigo para o lugar em que minha cama está feita...".

Naamá abriu os braços e Matusalém alçou voo com ela. Voavam em sincronia, como dois pássaros. Os sinais da idade e das doenças o haviam abandonado. Em seu enlevo, Matusalém tinha vontade de cantar e assoviar. Ouvira dizer que Iahweh realizava milagres apenas para quem O servia de todo o coração e alma. Porém agora um milagre estava acontecendo com ele, o mais velho dos pecadores.

* * *

Matusalém sabia que a Terra era imensa e fértil, mas agora podia vê-la do alto — montanhas, vales, rios, lagos, campos, florestas, pomares e plantas de todos os tipos. Enquanto ele comia, dormia e sonhava, os filhos de Adão haviam construído cidades, vilas, estradas, pontes, casas, torres, barcos a vela. Naamá voou com ele até a cidade de Caim, onde proliferavam cavaleiros e pedestres, assim como vendas e oficinas de todos os tipos. Matusalém viu indivíduos de várias raças e cores: brancos, negros e pardos. Tinham construído templos para servir a seus deuses. Sinos dobravam. Sacerdotes sacrificavam animais e aspergiam sangue nos cantos dos altares; queimavam gordura e incenso. Soldados com espadas à cintura e lanças às costas agrilhoavam cativos, infligiam-lhes suplícios e os eliminavam. Chaminés expeliam colunas de fumaça. Algumas mulheres usavam adereços de ouro e prata e ostentavam símbolos fálicos entre os seios. Naamá mostrava-lhe tudo. Dentro de jaulas, mulheres nuas chamavam pastores e condutores de caravanas que iam e vinham dos desertos. Matusalém aspirava odores que lhe eram desconhecidos. A noite caíra e fogos ardiam na escuridão. Reunidas em grupos, as pessoas riam, gritavam, dançavam, davam cambalhotas. Os loucos falavam alto, com vozes selvagens e esganiçadas. No deserto atrás da cidade, a lua cheia brilhava. Matusalém viu ao luar um portão que se abria para o ventre da Terra. Um sem-fim de degraus conduzia a um abismo. Será o Xeol ou a Dumá?, indagou a si mesmo. Embora estivesse preparado para enfrentar a morte, sentia-se a um só tempo amedrontado e curioso. Sua mãe lhe havia falado sobre os poderes da noite. Esses poderes guerreavam com Iahweh, rebelavam-se contra Ele e Sua Providência. Chamavam de morte a vida e de vida a morte. Para eles o certo era errado, e o errado, certo. Zilá, a mãe de Naamá, contara à filha que os poderes do mal eram tão velhos quanto *tohu* e *vohu* e as trevas que precederam a Criação. Essas forças chamavam a si mesmas de nativas e tinham Iahweh na conta de um intruso que violara as fronteiras de Satã, rompera todas as suas barreiras e profanara o mundo com luz e vida. Como era estranho que, ao término de seus dias, quando seu corpo estava prestes a transformar-se em pó e sua alma se preparava para retornar às origens, como era estranho que justo agora Matusalém caísse nas mãos daqueles adversários de Deus.

Naamá o levou para sua alcova e, conquanto estivesse escuro, Matusalém pôde ver a cama e um homem enorme deitado nela. Era Ashiel, um anjo caído, um dos filhos de Anaque, os gigantes de renome. Naamá apresentou Matusalém a ele, dizendo: "Eis aqui um de meus amantes mais antigos", e o outro indagou: "Matusalém? Ela fala de você o tempo inteiro. É a você que ela quer, não a mim. Mesmo eu sendo um gigante e você sendo pequeno como um gafanhoto".

"Ele é pequeno, mas é um homem de verdade", disse Naamá. "Enquanto que o seu sêmen é como água e espuma."

"Agora", disse Ashiel, "vou ter com os sábios de nossa assembleia."

Ashiel partiu e Matusalém abraçou Naamá e a possuiu. Naamá revelou para ele segredos do Céu e da Terra. "Seu pai, Enoque", disse ela, "tornou-se chefe dos anjos de Iahweh, o anjo Metatron. Na realidade, não passa de um criado Dele. Seu filho Lameque, Matusalém, jaz entre as sombras da Dumá." Naamá revelou-lhe que a mãe dela, Zilá, era uma meretriz e se deitava com todos os amigos do marido, bem como com seus inimigos. Gerou a ela, Naamá, com um dos filhos de Adá, Jubal, o antepassado de todos os que tocavam lira e flauta. Continuou falando a Matusalém: "Saiba que o mundo de Iahweh não passa de um manicômio. Ele errou ao criar o homem e agora ordenou ao seu neto Noé que construa uma arca a fim de salvar a ele, à família dele e a todos os animais do dilúvio. Esteja certo, porém, de que esse dilúvio jamais atingirá a Terra. Aqui no inferno se reúne uma assembleia de sábios provenientes de todas as partes do mundo. Vêm de Kush e da Índia, de Sodoma e de Nínive, de Shinar e Gomorra. Iahweh está velho e cansado. Pensa que é o único Deus e tem ciúmes dos outros deuses, receando a todo instante que Seus próprios anjos se voltem contra Ele e assumam o comando do universo. Nós, os demônios desta geração, somos jovens e numerosos. Iahweh ameaça abrir as janelas do Céu e causar o dilúvio. Mas nós temos eruditos que descobriram como fechá-las. Ao longo de todos esses anos, Matusalém, enquanto você vivia com suas fiéis esposas e concubinas, lavrava os campos com o suor da sua testa e cuidava dos seus rebanhos de ovelhas, muitos sábios surgiram. São capazes dos raciocínios mais sutis; sabem calcular quanta areia há no mar, quantos olhos tem uma mosca; conseguem medir o fedor de um gambá e o veneno de uma cobra. Alguns aprenderam a domesticar crocodilos e aranhas, outros podem tornar jovem o velho e sábios os tolos e são capazes de inverter os sexos. Alcançam as profundezas mais recônditas da perversão. Fique conosco, Matusalém, e será duas vezes mais sagaz e dez vezes mais viril".

Naamá beijou Matusalém, acariciou-o. Depois disse: "Iahweh teve apenas uma esposa, a Shekiná, e em virtude da impotências Dele e da frigidez dela há incontáveis anos os dois estão separados. Iahweh proibiu todas as coisas que dão prazer aos homens e às mulheres, como o furto, o homicídio, o adultério. Até a dulcíssima cobiça pela mulher do outro é crime para Ele. Mas nós fizemos da sedução e da tentação a mais elevada arte. Venha comigo, Matusalém, e o levarei à assembleia dos sábios aqui reunidos e você testemunhará suas realizações e ouvirá o que eles pretendem fazer no alegre porvir. Meu amante Ashiel lá se encontra, e também muitos anjos caídos que se cansaram das filhas de Adão e agora se deitam uns com os outros. Se ficar comigo, darei a você todas as minhas criadas e vários diabretes para nosso deleite comum".

Matusalém e Naamá se levantaram e ela o conduziu por um labirinto de corredores. Chegaram a um templo, onde cada erudito falava de sua terra e de seu povo.

Um sábio de Sodoma dizia à assembleia que as crianças sodomitas estavam sendo adestradas na arte do morticínio, bem como na do incêndio criminoso, do desfalque, da mentira, do assalto, da perfídia, da agressão aos velhos e da violação dos jovens. Um glutão de Nínive explicava como se deve fazer para comer a carne de animais ainda vivos e sugar-lhes o sangue ainda correndo nas veias. Prêmios eram concedidos aos melhores ladrões, assaltantes, falsários, mentirosos, prostitutas, torturadores, assim como a filhos e filhas que desonravam seus pais e a viúvas que se notabilizavam por envenenar seus maridos. Tinham sido criados cursos especiais de blasfêmia, sacrilégio e perjúrio. O formidável Ninrode em pessoa ensinava maus-tratos a animais.

Um velho demônio, de nome Shavriri, proferia um discurso em que dizia: "Iahweh é um Deus do passado, mas nós somos o futuro. Iahweh está morrendo — é possível até que já esteja morto —, porém a serpente vive e dá à luz incontáveis novas serpentes ao copular com nossa rainha Lilith e as damas de sua corte. Os anjos do Céu foram todos cegados pela maldição da luz, mas nós traremos de volta a escuridão primeva, que é a substância de toda matéria".

A assembleia era brindada com uma música de sonoridade áspera, e o canto era tão estridente que perfurava os ouvidos de Matusalém. Ele já não conseguia fazer distinção entre as risadas e os gritos, entre os vivas proferidos pelos demônios-fêmeas e os gritos alucinados dos duendes. "Estou velho demais para toda essa folia", disse Matusalém, sem saber se falava consigo mesmo ou com Naamá. Caiu de joelhos e suplicou a ela que o levasse de volta para sua tenda, para sua cama, para a bem-aventurança da velhice e do repouso. Pela primeira vez em quase mil anos o receio do túmulo abandonou Matusalém. Sentia-se pronto para abraçar o anjo da morte, com sua espada aguçada e seus incontáveis olhos.

Na manhã seguinte, quando a criada foi levar a tigela com o suco de tâmaras para Matusalém, encontrou-o morto. Correu a notícia de que o homem mais velho da Terra tornara ao pó. Noé logo soube da morte do avô, porém não podia abandonar a mulher e os três filhos, Sem, Cam e Jafé, nem a arca que o Todo-Poderoso ordenara que ele construísse. Deus estava prestes a fazer cair o dilúvio. As janelas do Céu começaram a se abrir e ninguém as poderia fechar. Os senhores de Sodoma e Shinar, de Nínive e Admá seriam em breve levados pela enchente. Em alguma parte das profundezas da Dumá e do Xeol, escondia-se um bando de demônios, Naamá entre eles. Matusalém conhecia bastante bem o passado e tivera um vislumbre do futuro. Deus assumira um risco temerário ao criar o homem e conceder-lhe o domínio sobre as outras criaturas da Terra, contudo estava em vias de sinalizar, por meio do arco-íris entre as nuvens, a promessa de nunca mais provocar um dilúvio, fazendo perecer toda a carne. Ficou evidente para Ele que todo castigo era vão, pois desde o princípio carne e corrupção são uma só coisa e continuarão a ser, para todo o sempre, o refugo da criação, o oposto mesmo da sabedoria, da misericórdia e do esplendor de Deus. Aos filhos de Adão, Deus conferira amor-próprio em abundância, além do precário dom da razão e das ilusões de espaço e de tempo, porém não os investira de nenhum senso de propósito ou justiça. O homem encontraria uma maneira de rastejar de cá para lá sobre a superfície da Terra até que a aliança que Deus fizera com ele chegasse ao fim e seu nome fosse apagado de uma vez por todas do livro da vida.

Glossário

BAR MITZVÁ: Literalmente, "filho do mandamento", combinação do aramaico *bar* (filho) com o hebraico *miswāh* (mandamento). O menino judeu torna-se *bar mitzvá* ao completar treze anos, quando assume a maioridade religiosa e passa a ser pessoalmente responsável pelo cumprimento dos mandamentos divinos.

CHALÁ (plural: *chalot*): Pão cerimonial, geralmente trançado, servido no Shabat e em dias santos.

CHOFAR: Trombeta de chifre de carneiro que os antigos hebreus usavam em batalhas e cerimônias religiosas importantes. Atualmente tocada nas sinagogas antes e durante o Rosh Hashaná e ao final do Yom Kipur.

CHOLENT: Espécie de cozido que é o prato tradicional do almoço de Shabat entre os judeus asquenazes.

DIBUK (plural: *dibukim*): No folclore judaico, espírito de uma pessoa que, em virtude dos pecados cometidos ao longo da vida, vagueia sem descanso até entrar no corpo de alguém, passando então a controlar suas ações.

DREIDEL: Espécie de pião de quatro lados, cada um contendo uma letra do alfabeto hebraico. Usado como brinquedo especialmente durante a festa de Hanucá.

DRÓCHKI: Carruagem baixa de quatro rodas, de origem russa, composta de um longo banco longitudinal, em que as pessoas se sentavam de lado ou montadas, como numa sela, com os pés apoiados no estribo próximo ao chão.

Dumá: Anjo responsável pelas almas no outro mundo, tanto as dos justos — que são enviados ao lugar da bem-aventurança eterna — quanto as dos iníquos — que são lançados às profundezas do Inferno. Também designa uma das sete regiões em que se divide a Geena.

Gefilte Fish: Prato típico dos judeus asquenazes, composto de bolinhos de carne de peixe moída.

Golem: No folclore judaico, figura feita de barro a que grandes sábios dão vida por meio de fórmulas mágicas ou combinações de letras que formam uma palavra sagrada ou um dos nomes de Deus. A partir do século XVI, com o início das perseguições aos judeus no Leste europeu, o *golem* assume o aspecto de um autômato muito forte e assustador, criado para a proteção de uma comunidade que se vê sob ameaça de extermínio. À sua força descomunal, porém, corresponde um entendimento excessivamente literal e mecânico das ordens que recebe.

Groschen: Antiga moeda de prata alemã.

Guemará: Reunião exaustiva de comentários e interpretações sobre a Mixná elaborados entre os séculos III e VI na Palestina e na Babilônia. Compõe, com a Mixná, o Talmude.

Hanucá: Festa das Luzes, em comemoração às vitórias dos macabeus sobre os generais do rei sírio Antíoco Epífanes e à purificação, em 165 a.C., do Segundo Templo de Jerusalém, que Antíoco mandara profanar.

Hascalá: Movimento intelectual também conhecido como "Iluminismo judeu", iniciado na segunda metade do século XVIII com o objetivo de romper o isolamento em que viviam as comunidades judaicas da Europa Central e do Leste. Por meio de medidas como a secularização da educação judaica, a substituição do ídiche pelas línguas dos países em que tais comunidades viviam e o abandono das vestes tradicionais, seus adeptos pretendiam promover maior integração dos judeus com a civilização e a cultura europeias. Essencialmente racionalista, o movimento nutria especial aversão pelas tendências místicas e pietistas do hassidismo.

Hasside (plural: *hassidim*): Pio, beato, adepto do hassidismo.

Hassidismo: Movimento pietista iniciado no sudeste da Polônia, na primeira metade do século XVIII, em reação ao judaísmo excessivamente legalista da época, que dava pouca atenção aos anseios espirituais das pessoas mais simples, concentrando-se no estudo erudito do Talmude. O movimento foi iniciado por Israel ben Eliezer (c. 1700-60), cujas pregações místicas e supostas curas milagrosas lhe valeram a reputação de santo e o epíteto de Baal Shem Tov, o "Mestre do Bom Nome". Um de seus sucessores, Dov Baer (m. 1772), ganhou adesões importantes entre rabinos eruditos e estimulou o surgimento de líderes espirituais carismáticos (*tzadikim*), em torno dos quais se formou uma série de comunidades hassídicas na Polônia, Rússia, Lituânia, Hungria e Palestina. Ainda no século XVIII, o hassidismo passou a enfrentar forte oposição dos rabinos ortodoxos, que lhe censuravam as tendências panteísticas, a adoção de ensinamentos esotéricos da Cabala e a veneração excessiva dos *tzadikim*. O antagonismo manteve-se intenso até os anos 30 do século seguinte, quando ortodoxos e hassidim somaram forças para combater a disseminação das ideias reformistas da Hascalá (Iluminismo judeu).

HEDER (plural: *hadarim*): Escola primária judaica em que meninos de cinco a treze anos aprendem hebraico e começam a estudar o Pentateuco e o Talmude.

IAMIN NORAIM: Período de dez dias de introspecção e penitência entre Rosh Hashaná (ano-novo judaico) e Yom Kipur.

ÍDICHE: Língua dos judeus asquenazes, surgida por volta do ano 1000, o ídiche resultou da fusão de elementos semíticos (do hebraico e do aramaico) e germânicos. Da Alemanha e Norte da França espalhou-se por quase todo o Leste Europeu, adquirindo aí um componente eslavo. Ainda que a partir de meados do século XVIII constituísse um idioma autônomo, foi apenas nas últimas décadas do século XIX e essencialmente na Europa Oriental que deixou de ser visto como uma "língua do gueto" — o jargão que os judeus, em seu isolamento, usavam entre si no cotidiano (ao passo que o hebraico continuava a ser a "língua sagrada", o idioma da esfera erudita e religiosa). Na Europa Ocidental, entre fins do século XVIII e princípios do XIX, em virtude da gradual assimilação pelo alemão e dos esforços dos adeptos da Hascalá, que viam em tal barbarismo linguístico um obstáculo à integração dos judeus na civilização europeia, o ídiche praticamente desapareceu. Na Europa Oriental, porém, o idioma ultrapassou em muito sua dimensão de linguajar do dia a dia. Impulsionado de início pelo hassidismo, invadiu a esfera espiritual e as sofisticadas disputas lógicas das academias talmúdicas, mediando e marcando de forma indelével a relação do indivíduo judeu (fosse ele erudito ou iletrado) com a tradição de seu povo, registrada em hebraico e aramaico na Torá e no Talmude.

IDICHISMO: Na virada do século XIX para o XX, ganhou corpo entre intelectuais judeus do Leste Europeu o movimento idichista, que tinha por objetivo promover a difusão e o aperfeiçoamento do ídiche. Em 1908, durante a Conferência Linguística de Tchernovitz, o idioma foi reconhecido como "a segunda língua nacional do povo judeu". Em 1913, passou por uma reforma ortográfica e linguística, e em 1925 ganhou um instituto de pesquisas dedicado ao seu estudo, o importante YIVO (Instituto Científico Ídiche), com sede em Vilna, na Lituânia, e transferido em 1940 para Nova York. Tal iniciativa malogrou na época do Holocausto nazista. O número de falantes de ídiche tornou-se ainda menor graças à proibição oficial de seu uso na União Soviética após a Segunda Guerra, bem como em virtude do antagonismo semioficial por parte do Estado israelense, preocupado em proteger e estimular o hebraico moderno.

KADISH: Hino em louvor a Deus que contém uma súplica pelo advento da era messiânica. Como a vinda do Messias está associada à ressurreição dos mortos, o *kadish* acabou se tornando a oração que os judeus dizem em memória dos pais e dos parentes próximos.

KASHA: Prato típico do Leste Europeu: mingau à base de trigo-sarraceno, cevada, painço ou trigo.

KETUBÁ: Contrato de casamento judaico que prevê indenização financeira à esposa na eventualidade de divórcio ou falecimento do marido.

KOHEN (plural: *kohanim*): De acordo com a tradição, descendente de Zadok, fundador do corpo eclesiástico responsável pelas atividades litúrgicas no Templo de Jerusalém — e, por meio de Zadok, também de Aarão, irmão de Moisés, primeiro sacerdote dos hebreus. Com a destruição do Segundo Templo, a autoridade sobre a lei judaica e o ensino dos preceitos religiosos tornaram-se responsabilidade dos rabinos, embora os *kohanim* mantenham o direito hereditário ao sacerdócio. Ainda hoje lhes cabe o privilégio de efetuar a primeira parte da leitura da Torá nas sinagogas e de oferecer, nos feriados, uma bênção sacerdotal à comunidade.

KOSHER: Apropriado, ritualmente puro. Refere-se a alimentos que podem ser consumidos, pois estão em conformidade com as leis dietéticas judaicas.

KUZU, BEMUCHZAS, KUZU (também grafado *Kosu, Bemuchzas, Kosu*): Fórmula críptica, cunhada por místicos judeus na Idade Média, à qual se chega substituindo cada letra na frase *Adonai Eloheinu Adonai* ("o Senhor, nosso Deus, é o único Senhor"), que aparece em Deuteronômio 6, 4, pela letra seguinte do alfabeto hebraico. Ainda hoje costuma ser inscrita no verso do rolo de pergaminho da *mezuzá*.

KVASS: Cerveja caseira de baixo teor alcoólico, típica dos países do Leste Europeu.

LANDSMAN (plural: *landsleit*): Conterrâneo, compatriota; usado sobretudo em referência a imigrantes judeus provenientes da mesma cidade, região ou país do Leste Europeu.

MAGUID (plural: *maguidim*): Pregador itinerante judeu muito comum na Polônia e na Rússia entre os séculos XVII e XVIII.

Matzá (plural: *matzot*): Pão ázimo consumido durante o Pessach, em comemoração ao Êxodo do Egito, quando os judeus não tinham tempo de deixar a massa do pão fermentando.

Mazel Tov: Parabéns, congratulações.

Meshugga: Mentalmente desequilibrado, louco.

Mezuzá: Pequeno rolo de pergaminho contendo uma inscrição bíblica (os versículos do Deuteronômio 6, 4-9; 11, 13-21), acondicionado em estojo de metal, madeira ou vidro e fixado no batente da porta de entrada principal dos lares judeus.

Midrash: Método de exegese por meio do qual a tradição oral judaica interpretava e comentava o texto das Escrituras. Refere-se também às vastas coleções de comentários sobre a Bíblia elaborados com base em tal método interpretativo. Esses comentários, os Midrashim, estão para a Bíblia como a Guemará está para a Mixná.

Mikvá: Piscina de água natural para banhos de restauração da pureza ritual.

Mitzvá (plural: *Mitzvot*): Mandamento bíblico ou rabínico.

Mixná: Compilação da Lei Oral empreendida por eruditos judeus denominados tanaítas e editada em forma definitiva por Judá ha-Nasi (135-c. 220). Compõe, com a Guemará, o Talmude.

Nu: Interjeição tipicamente ídiche, empregada para expressar dúvida, surpresa, ênfase, impaciência, interrogação.

Oy: Interjeição muito comum entre os falantes do ídiche, cuja tradução literal é "ai!", mas que pode ser empregada para expressar da mais simples alegria até o profundo pesar.

Pessach: Festividade que comemora a libertação dos judeus de seu cativeiro no Egito, quando se constitui historicamente a identidade judaica. O Pessach é celebrado durante oito dias (sete em Israel), principiando no dia 15 do mês de Nissan (primeiro mês do calendário judaico). Nesse período os judeus comem a *matzá*, o pão ázimo, e não podem consumir nem ter em casa nada que contenha lêvedo. Nas duas primeiras noites há uma ceia familiar especial, o Seder.

Pinochle: Jogo de cartas popular na América do Norte, derivado do besigue.

Pretzel: Biscoito salgado, geralmente em forma de laço, de origem alemã ou alsaciana.

Purim: Festa que celebra o feito de Ester, que conseguiu convencer o rei persa Assuero a suspender o edito baixado sob inspiração de seu conselheiro Amã, que determinava a aniquilação do povo judeu em todo o território persa.

Reb: Forma respeitosa de tratamento, equivalente a "senhor".

REBETSIN: Título dado às esposas dos rabinos.

SCHLEMIEL: Indivíduo desastrado, estabanado, atrapalhado.

SEDER: Ceia de caráter religioso servida em lares judeus nos dias 15 e 16 do mês de Nissan, marcando o início das festividades do Pessach.

SELÁ: "Para sempre", expressão encontrada com frequência no livro dos Salmos. Usada como bênção ou confirmação do que foi dito.

SHADAI: Antigo nome do Deus dos hebreus, mencionado nos livros do Pentateuco e em Jó como El Shadai. Embora o significado seja duvidoso, tradicionalmente é traduzido como "Deus Todo-Poderoso".

SHEKINÁ: No âmbito do Talmude e da teologia judaica, a Shekiná é a presença de Deus no mundo. Para os cabalistas, porém, ela é antes a "esposa" de Deus, que se afastou e se exilou do "esposo" no momento da Criação e que só no fim dos tempos, com o advento da redenção messiânica, tornará a se unir a ele.

SHIKSA: Moça gentia.

SHMALTZ: Gordura de frango derretida.

SHNORRER: Mendigo.

SHOLEM (também grafado *shalom* ou *sholom*) ALEICHEM: Saudação tradicional dos judeus, que significa "A paz seja convosco!", para a qual a resposta apropriada é *aleichem sholem*.

TALMUDE: Compilação das normas legais contidas na tradição oral judaica, cuja importância só é menor que a da Bíblia. Também reúne material de natureza enciclopédica, versando sobre os mais variados temas, como agricultura, arquitetura, astrologia, astronomia, interpretação de sonhos, ética, fábulas, geografia, história, lendas, magia, matemática, medicina, metafísica, ciências naturais, provérbios, teologia. O Talmude é dividido em duas partes, a Mixná, que é a Lei Oral compilada pelos tanaítas e editada por Judá ha-Nasi no início do século III, e a Guemará, que são as interpretações sobre os preceitos contidos na Mixná, elaboradas pelos amoraítas entre os séculos III e VI. A partir do século VIII, o Talmude sofreu considerável oposição por parte de grupos e indivíduos que o denunciavam como invenção rabínica. Sua autoridade se tornou progressivamente menor com a secularização da vida judaica, iniciada na segunda metade do século XVIII pelos adeptos da Hascalá.

TCHEKISTA: Integrante da Tcheká, primeira polícia política soviética, antecessora da NKVD e da KGB, responsável por capturar, prender e executar os "inimigos do Estado".

TISHÁ BE AB: Dia de jejum observado no nono dia do mês de Ab, em memória da destruição do Primeiro e do Segundo Templos de Jerusalém.

Tohu: "Sem forma", palavra hebraica empregada no relato bíblico da Criação.

Torá: Em seu sentido mais estrito, o termo designa os cinco livros do Pentateuco (Gênesis, Êxodo, Levítico, Números e Deuteronômio), que é a Lei Escrita supostamente transmitida por Deus a Moisés no alto do monte Sinai. Porém Moisés também teria recebido de Deus uma série de ensinamentos orais, a chamada Lei Oral, ou Torá Oral (que ultrapassa a Lei Escrita em abrangência e detalhe), repassada pelos judeus pelas gerações e afinal compilada e codificada por escrito na Mixná. Assim, em seu sentido mais amplo, o termo Torá se refere a todos os preceitos religiosos e éticos contidos na revelação de Deus ao povo judeu.

Vohu: "Vazio", palavra hebraica empregada no relato bíblico da Criação.

Yenta: Lambisgoia; mulher rabugenta.

Yeshivá (plural: *yeshivot*): Seminário rabínico dedicado a estudos talmúdicos e estudos avançados da Torá.

Yom Kipur: Dia do Perdão, dia mais santo do calendário judaico, também chamado de Dia do Arrependimento ou da Expiação, em que o indivíduo jejua, abstém-se de prazeres, procede a um exame de consciência e se penitencia pelos erros cometidos ao longo do ano.

Zohar: Também chamada de Sefer ha-Zohar (Livro do Esplendor), é a obra clássica do esoterismo místico judeu, a Cabala, escrita entre os séculos XII e XIII.

ESTA OBRA FOI COMPOSTA EM ELECTRA PELO ACQUA ESTÚDIO E IMPRESSA
PELA RR DONNELLEY EM OFSETE SOBRE PAPEL PÓLEN SOFT DA SUZANO
PAPEL E CELULOSE PARA A EDITORA SCHWARCZ EM MARÇO DE 2010